THE
PHARAOH'S
SEALED
ROOM

ファラオの密室

NAOFUMI SHIRAKAWA

白川尚史

宝島社

［目次］

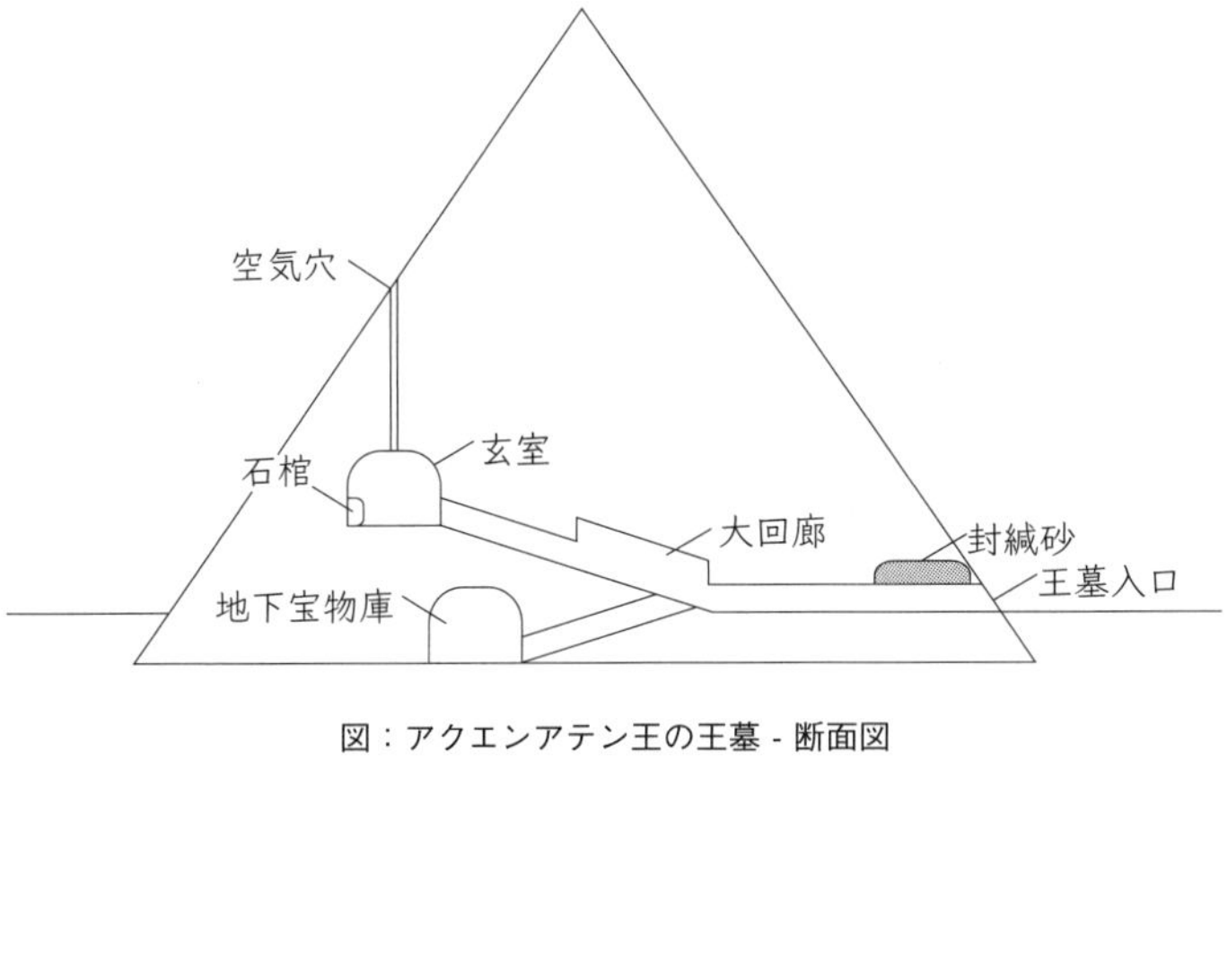

図：アクエンアテン王の王墓 - 断面図

主な登場人物

セティ……………………上級神官書記。半年前に起こった王墓の崩落事故で命を落とす。
タレク……………………ミイラ職人。セティの親友。先王アクエンアテンのミイラを手掛ける。
カリ………………………奴隷の少女。生まれはハットゥシャ（現在のトルコ南部）。
メリラア…………………神官を束ねるエジプトの神官長
アクエンアテン…………先代の王《ファラオ》。エジプトの主神をアテンと定め、ほかの神々への信仰を禁じる。一年前に病死。
トゥトアンクアテン……アクエンアテンの子であり、現在の王《ファラオ》。先王に倣い、アテン信仰を支持。
ジェド……………………生前のセティの同僚。神官書記
アシェリ…………………生前のセティの同僚。上級神官
イセシ……………………セティの父。書記長を務める。宰相アイの部下
アイ………………………文官を束ねるエジプトの宰相
ホルエムヘブ……………軍を束ねるエジプトの将軍
ムトエフ…………………王墓建設のために作られた建設村の警察隊長
パヌトム…………………カリの属する班を指揮する班長
ペルヌウ…………………カリの属する班を指揮する副班長
アテン……………………太陽を司る神
マアト……………………真実を司る神
ネフェル…………………マアトに仕える従者

ファラオの密室

装画　wataboku
装幀　菊池 祐

プロローグ

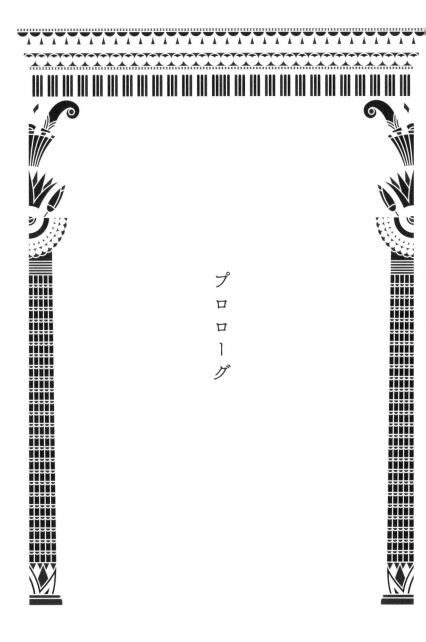

葬送の儀　七日前

タレクの仕事場からは、砂漠にそびえる王墓《ピラミッド》がよく見えた。

王墓は月明かりに照らされ、日が沈んだあとも光り輝いて見える。白亜《はくあ》に輝くその威容は、まさしく王《ファラオ》の権威の象徴だ。

王墓の周囲では、闇の中でも黒々とした人々の影がうごめいて見えた。七日後に行われる葬送の儀のためだろうか、冥界《めいかい》へ旅立つ王を送り出す神官団と、その従者たちが、祭礼の準備に慌《あわ》ただしく動きまわっている。

タレクは視線を落とし、あらためて眼前に横たわる男を見つめた。葬送の儀の主役、偉大なる先王アクエンアテンは、まるで静かに眠っているかのように見える。だが、すでに事切れているのは疑いようもない。ほかならぬタレクが、その遺体をミイラに仕立て上げたのだ。

目立たぬように入れた脇の切れこみから、そっと腹腔《ふくこう》を覗《のぞ》きこむ。本来あった内臓は半年前に取り出され、それぞれのカノプス壺《つぼ》に収められていた。代わりに、そこには干上がった湖から採取された乾燥剤《ナトロン》のほか、肉桂《ニッキ》と没薬《ミルラ》、それにたっぷりのおがくずが詰まっていた。

このあと棺《ひつぎ》に収められるミイラには、包帯が丁寧に巻きつけられる。だがその前に、思考や感情を司《つかさど》る心臓《イブ》を体に戻す必要があった。少しの傷もつけないよう慎重に椰子《やし》油《ゆ》で洗い、乳香にまぶして清めたそれを、タレクはそっとミイラに戻し、慎重に縫い合わせる。

この世でもっとも栄誉ある仕事、王の遺体に施すあらゆる手技は、ミイラ職人として完璧であるべきだ。

そうできたはずだ――と、思いたい。だが、持てるすべての集中力を発揮したとはとても言えなかった。目の前にある王のミイラも、王墓の神秘の輝きも、葬送の儀への興奮も、タレクの心を上滑《うわすべ》りしていた。

縫合を終えたタレクは、自らの顔にかけていた布巾《ふきん》をはずす。滴《したた》り落ちそうになった汗を拭《ぬぐ》い、小さくため息をついた。

この半年というもの、なにをしていても、ふとした瞬間に失った友のことを考えてしまう。我が手で遺体をミイラにし、冥界へと送り出した友。名を、セティという。

初めて会ったのは十六年前。なよっちいやつだ、というのが第一印象だった。だが、すぐにそれが見当違いだと悟った。体の大きさで負けていても、セティは自らが正しいと思ったら決して退《ひ》かなかった。こてんぱんにやられたあとでさえ、その赤みがかった灰色の目には確固たる意志を宿していた。成長してからも線の細さは相変わらずだったが、卓越した知性に磨きをかけ、死の瞬間まで、立派に神官書紀の務めを果たしていた。

友人と呼べる者は多いが、セティはかけがえのない親友だった。小さいころからよく知っている、実直な男だった。少なくとも、タレクはそう思っていた。だが、どれだけ長く共に時を過ごしても、知らない面はある。今回のことで、タレクはそれを嫌というほど思い知らされた。

――悩んでいたのなら、相談してくれればよかった。自分なら、受け入れることができたと思う。

しかし、どれだけ悔やんでも、もう遅い。セティは現世を離れ、冥界に行ってしまった。できる限りの手は尽くしたが、再会が叶《かな》うかはわからない。

タレクは後悔と諦念《ていねん》を抱えながら、愛用の石刃を見つめた。

エチオピア石でできた刃が、蠟燭《ろうそく》に照らされて鈍く輝く。丁寧に研《と》いだ刃はいつも、十分な仕事をしてくれた。

だが、今だけは、より鋭い、金属の刃に頼る必要があった。

タレクは静かに瞑目《めいもく》し、覚悟を決めた。セティに再会する方法がこれしかないのであれば、ほかに選択肢はなかった。

銅のカップを手に、傍《かたわ》らの壺から温めた蜜蠟をきっかり一デベン掬《すく》い取ると、タレクは最後の仕上げに取り掛かった。

葬送の儀　当日

プロローグ

王墓の石室の中には焚《た》かれた香と呪《まじな》いの言葉が充満していた。

メリラアの眼前に立つは、白布を頭からかぶった男、並《な》べて十二人。彼らの口からは低く、重い音のうねりが間断なく紡《つむ》がれ続けている。彼らの喉を震わせたはずの声は、混ざって溶け合い、個々の音が誰から出たものか、もはや区別できない。

地平線で歓喜する支配者アテンの息子、我らが王アクエンアテンよ。
我らの供物を手に取り、万物に生命を吹きこみたまえ。
我らの祈りを飲み干し、世界に秩序を与えたまえ。
エジプトの黄金に太陽の輝きを与えたまえ。

偉大なる王《ファラオ》を奉じる神官団、その長《おさ》であるメリラアも、同じ言葉を唱えていた。口を動かしながらわずかに目線を上げ、顔を覆う白布に開けられた切込みから、松明《たいまつ》に照らされた石室内を目だけ動かして見回す。奥の壁に立てかけられた棺、すなわち先王アクエンアテンの石棺にも異常はない。これまでのところ、儀式はつつがなく進行している。

それでもなお、メリラアは、未《いま》だかつて前例のない儀式に全神経を集中させていた。

エジプトの歴史において、これまで何度となく行われてきた葬送の儀は、現世を旅立つ王を冥界の王オシリスの元へと送り出すとともに、先王を新たなオシリスたらしめるものであった。

しかし、今回送り出す先王アクエンアテンは、生前に太陽神アテン以外への信仰をすべて否定したのである。

アテン以外に神はなし――。

アクエンアテンの言葉は、冥界の王オシリスの存在すらも否定するものであった。とはいえ、代わりにアテンが冥界をどう治めているかについては十分な説明がなかったものだから、祭礼の一切を取り仕切るメリラアは、石室の壁に彫りつける呪文にも、死者の書に残す記録にも、司祭たちが唱えるべき呪言にも、大変に苦慮することとなった。

長く続いていた呪文は、念を押すようにアクエンアテンを讃《たた》えたあと、終わった。メリラアと十二人の神官は、静寂の中、その場で膝をつく。

静まり返った石室の中に、一つの足音が響いた。

石室に入ってきたのは、ひとりの少年。齢《よわい》八歳の新王、トゥトアンクアテンだ。アテンを冠するその名からも、亡き父の遺志を汲《く》み、アテン信仰を支持していることは明らかだった。

新王が眼前まで来ると、メリラアは立ち上がった。ひざまずいた神官たちは松明の揺らめく炎に照らされたまま、微動だにしない。

――この中に、本心からアテンを奉じるものは何人いるのだろう。

儀式の最中でありながら、自然と疑念が湧いてくる。

重用されたメリラアにとってすら、先王の行為は受け入れがたいものだった。アメンホテプ四世と名乗っていた王《ファラオ》がアクエンアテンと名を変え、主神はアテンただひとりだと宣《のたま》ったとき、王宮はワセトから、荒野も同然のアケトアテンへと移され、荘厳な神々の神殿はすべて取り壊されることになった。その財は新設されるアテンの神殿へと召し上げられ、神官長であったメリラアを例外として、多くの同僚や部下が職を失った。

メリラアが罷免《ひめん》されなかったのは——元部下である神官たちの反乱の抑止という政治的な理由もあったにせよ——当初は太陽を司るアテンが、太陽神ラーと同根とされた部分があったためである。しかし今ではそれも否定されていて、ラーの神官もその職を追われ、エジプトの神官はすべてアテンと、神の息子である王《ファラオ》のみを信仰するよう強制されていた。メリラア《ラーに愛される者》の名のとおりもともとラーの神官であったメリラアの立場も、いつ危うくなるかわかったものではない。

だが、それほどの扱いを受けても、表立って不満を口にする神官は現れなかった。万が一にでもアクエンアテンの耳に入れば、鼻削《そ》ぎや腕を落とされる程度の刑ではすまない。エジプトを統《す》べる神に抗《あらが》うとなれば、その罪は現世のものに留まらず、父祖の墓は暴かれ、あらゆる碑から名前を削られることになる。神官長であるメリラアですら例外ではなく、その名が後世に残らないよう、文献や碑は徹底的に破壊されるだろう。名《レン》を奪われることは、死よりも恐ろしいことだった。それは永遠の命を得るはずの冥界で、飢えと渇きに苦しみながら永劫《えいごう》の苦役に苛《さいな》まれることを意味していた。

だから、メリラアの裏切りは、一族すべての命運を懸けたものだった。

神官長として儀礼に参加していくなかで、メリラアは確信を深めていった。アテンは、神などと呼べるようなものではない。エジプトに災いをもたらす、禍々《まがまが》しき存在だ。一刻も早く退《しりぞ》けなければ、我が国が滅んでしまう。

それでもメリラアは、アクエンアテンを信じていた。慈悲深き先王は、その優しさに付けこまれ、現世ではアテンに心を許してしまった。しかし賢明なる王は、冥界を訪れ、実際にアテンを目にすれば、過ちを悟り、手遅れになる前にエジプトを救ってくれるに違いない、と。

……いや、そう信じるしかなかった。王を止められるものは、王のほかにいないのだから。

先王アクエンアテンを現世に蘇《よみがえ》らせ、アテンへの信仰を廃止するよう、現王トゥトアンクアテンと対話させる。それがエジプトを救うことができる、唯一の手段だった。

この日のために、メリラアは細心の注意を払って準備を進めてきた。神官書記が王墓の内壁に刻みこんだ呪文も、神官団がいま唱えている呪言も、すべては先王を冥界に送るものではなく、巧妙に偽装した、復活の秘術を構成するものであった。

今のところ、誰にもメリラアの真意は悟られぬまま、儀式は終わりを迎えようとしている。

トゥトアンクアテンはゆっくりとした足取りで石棺に歩み寄る。メリラアも静かに、そのあとに続いた。

王も、周囲の神官も、それは葬送の儀でもっとも重要な口開けの儀式を行うためだと信じているだろう。だが実際にメリラアが執《と》り行うのは、アクエンアテンを現世に蘇らせる、復活の秘術の最終工程だった。

静かに近づいてきた二人の従僕が、そろそろと石棺の蓋《ふた》を開けた。

メリラアは深く息を吸いこみ、ゆっくりと吐いた。そして、棺の中を覗きこみ、予想外の事態に思わず絶句する。

そこに、アクエンアテンの姿はない。

つい昨日、ほかならぬメリラア自身がそこに安置した先王の遺体――アクエンアテンのミイラは、姿を消していた。

「これは、いったい」

どういうことだ、とトゥトアンクアテンが幼い唇を尖《とが》らせ、メリラアを非難する。だが、メリラアはその答えを持ち合わせていなかった。

先王アクエンアテンのミイラは、昨日運びこまれたときからずっと、メリラア本人が王墓を片時も離れず、夜を徹して守り続けていた。しかしそのミイラは、密室であるはずの王墓から消え失せてしまったのだ。

不穏な空気を悟ってか、背後で神官たちが身じろぐ衣擦《きぬず》れの音がした。動きを止めたメリラアの背中に、視線が集まるのを感じる。棺の蓋を開けた姿勢のままの従僕は、見てはいけないものから目を逸《そ》らすように、汗を流しながらじっと天井を見つめていた。

そのとき、石室の外から遠く喧騒《けんそう》が聞こえ、続けて、何者かが駆けこんでくる気配がした。

「申し上げます」

メリラアが振り返ると、石室に転がりこんできたひとりの男が、王を警護する衛兵に腕をねじ上げられ、床に組み伏せられるところだった。男はそれでも怯《ひる》まず、絶叫するように声を張りあげる。

「先ほど、アクエンアテン様のお体が、アテンの大神殿にて発見されました!!」

神官たちはそれを聞いて、動揺と困惑にどよめいた。

「……まさか先王様は、メリラア様の葬送の儀を、拒絶されたのか」

神官の誰かが囁《ささや》く。続いて、

「メリラア、貴様、なにをした」

儀式の失敗を悟り、メリラアを罵《ののし》るトゥトアンクアテンの声が、どこか遠くから聞こえた気がした。

衛兵が近づいてきて、メリラアをねじ伏せ、取り押さえる。だが、まるで現実感がない。

初めはさざなみのようだった神官たちの声は、石室の中で唸《うな》り声となっておどろおどろしく響き、徐々に大きさを増していく。

「——ああ、偉大なる王、アクエンアテンよ」

地に組み伏せられ、体を震わせる音の奔流《ほんりゅう》を全身で感じながら、メリラアは虚空に向かってつぶやいた。

「貴方《あなた》の招いた災厄によって、エジプトは滅ぶだろう……」

メリラアには、石室に渦巻く地響きのような声が、祈りを奪われた神々の憤怒《ふんぬ》のように思えてならなかった。

第一章　死者への試練

王が即位したとき、南はエレファンティネから
北はデルタ地方に至るまで、神々の神殿は荒廃し、
草の生い茂る丘となり、建物はもともとなかった
かのようで、人々が勝手に歩きまわる場となっていた。
神々はこの国を見捨て、祈りも聞き届けられなかった。

（カルナック神殿、ツタンカーメンの信仰復興碑）

1

見上げた黒い空に、太陽が滲《にじ》んでいた。

仰向けに横たわった体が、一定の間隔で揺られている。誰かの手で、運ばれているのだろうか——いや、違う。耳元から、跳ねる水音が聞こえてくる。

セティは起き上がろうとしたところで、自《みずか》らが蓋のない箱に横たわっていることに気づいた。箱は上下も左右も体とほぼ同じ大きさで、隙間を埋めるようにじゃらじゃらとした小物が詰まっているようだ。それを手で払い除《の》け、箱の縁を摑《つか》み、上体を起こす。

あたりを見回すと、果たしてそこは川の上だった。両岸はともに遠く、暗いのも相まって様子は判然としない。だが、この川幅はナイル以外にありえない。

箱から出て、船に降り立った。パピルスを編み樹脂を塗った、どこにでもある一人用の小舟だ。セティと箱以外に荷はないようだった。周囲にほかの船の姿もなく、見るともなしに空を見上げる。

空は漆黒《しっこく》に塗りつぶされていた。かといって星は見えず、真っ白な太陽がただ一つ、ぽつんと浮かんでいる。しかし、違和感があった。その太陽は、真円ではなく少しいびつで、縁がゆらゆらと揺らめいているように見える。

さらに目を凝らすと、太陽から、なにかが生えているのがわかった。

――それは、無数の腕だった。

太陽から伸びた何本もの真っ白い腕が、触手のように蠢《うごめ》いていた。それらはどこか、ひっくり返した虫の脚の動きを連想させる。独立したそれぞれの腕が、なにかを摑もうとするかのように不規則にもがいていて、薄気味の悪さに背筋が寒くなる。

思わず目を逸《そ》らし、足元を見下ろした。箱の外側には聖刻文字《ヒエログリフ》が刻まれている。その内容はすぐにわかった。セティが普段から慣れ親しんでいる、死者の書に著《あらわ》される『四十二の否定告白』だ。

それで、その箱が棺だとわかった。

同時にようやく、今の状況を理解する。

セティはナイル川を、現世から冥界へと渡っているのだ。

小舟はゆっくりと、一方の岸へと近づいていく。セティは舟に座り、自分の体を検《あらた》めた。

セティの体の様子は、生前と明らかに異なっている。呼吸はたんなる習慣のようで、どれだけ息を止めても苦しくない。空腹も感じない。さらに大きな違いとして、腰から下がまるごと、木でできた義肢や義体に替わっていた。とはいえそれは、もともと自分の体の一部であったかのように自由に動いた。目で見て手で触れなければ気づかなかったほどだ。

それ以外にも違いはあった。砂を嚙《か》んですり減っていた歯は、おそらく花崗岩《かこうがん》であろう、すべすべとした差し歯に替わっていたし、右の腹には一度切開して縫った痕《あと》があった。水面に顔を映すと、灰色の目は、少し赤みがかったところも含めて生前とそっくりだったが、よく見ればそれは精巧な義眼であった。肩まで伸ばした黒髪は以前のまま、さらさらと揺れている。

下半身はともかく、差し歯や義眼、腹の縫い痕はミイラの特徴だ。おそらく今のセティは、死によって体を離れた魂《バー》が再びセティの肉体へと戻り、冥界に渡っている最中なのだろう。初めての経験ではあるが、もとよりミイラはそのために作るものであるので、特段の驚きはない。

――だが、自分はいつ、なぜ死んだのか。

セティは心臓《イブ》に手を当てて考えるが、死の瞬間の記憶はなかった。ここ最近――少なくとも覚えている限りは、先王アクエンアテンの葬送の儀に向けて、王墓の内壁に呪文を刻むという大仕事に掛かりきりであった。最後の記憶も玄室に入ろうとしたところで終わっていて、そのあとはなにも思い出せない。死の直前の記憶は、なんらかの理由で失われてしまうのだろうか。

ともあれ、失われているのが下半身でよかったとセティは思う。もし心臓を失っていたら、思考すらもできない骸《むくろ》になっていたところだ。当然、冥界での生は得られず、セティという存在はそこで永遠に終わってしまう。

それにしても、とセティはゆっくりと腹の傷痕を撫《な》でる。惚《ほ》れ惚《ぼ》れするような、見事な縫い痕だった。エジプト全土広しといえど、これだけの腕を持つミイラ職人はひとりしかいない。

これは無二の親友、タレクの為業《しわざ》に違いなかった。

そのことが嬉《うれ》しく、だが同時に、先立ってしまったことを申し訳なく思う。いつか再会したときには、謝らなければならないだろう。

とはいえ、友にまた会うためには、この先の試練を潜《くぐ》り抜けなければならない。

死者の審判――。

真実を司る女神マアトが、冥界を訪れた死者に課す試練である。死者の心臓を秤《はかり》の一方に、もう一方には真実を象徴する〝マアトの羽根〟を載せる。

心臓と羽根が釣り合えば、その心臓は汚れなきものである。罪なき者は楽園であるイアルの野へと迎え入れられ、永遠の生を得る。一方、心臓が羽根より重い場合、心臓が罪に汚れて重くなっていることが暴かれる。心臓はアメミットという怪物に食われ、その者は永遠に復活できない。

生命を象《かたど》る〝☥《アンク》〟は、イアルの野への鍵でもあった。新王であるトゥトアンクアテン、すなわち生ける《アンク》アテンの化身《トウト》という名前の一部にもなっており、生者は死者の無事を願い、アンクを必ず副葬する。当然、セティの棺にも入っていた。セティは自らのそれを首にかけ、強く握りしめる。

だが、死者の審判が近づくにつれ、セティの不安は増すばかりであった。

――世を欺《あざむ》き続けた私の心臓は、果たして羽根と釣り合うのだろうか。

2

小舟が岸へとたどり着く。岸辺には現世と同じく、パピルスやナツメヤシが生《お》い茂っていた。セティは小舟に巻かれた舫《もや》い綱を背の高いパピルスの根元に結わえつけ、固定する。アンクのほか、棺の中から取り出した護符やスカラベのブローチといった副葬品を身に着けると、頭に日除けの布をかぶり、川を背にして歩きはじめた。

水辺であるにもかかわらず、獣の姿はない。人影はもちろん、誰かが住んでいる痕跡もなかった。セティはひたすら歩を進めた。川は現世と冥界が交じり合う境界線だ。死者の国は、砂漠にこそある。

歩き続けるうち、草木は減っていき、黒い砂の世界が姿を現す。あたりは暗く、ほとんど日差しがないように見えるのに、大気は熱を孕《はら》み、砂は焼けるようだった。義足でも素足と同じように火傷《やけど》しそうな熱を感じ、パピルスでサンダルを編めばよかった、とセティは後悔を抱く。うだるような熱気に耐えながら、前へ前へと歩いていく。

ほどなくして、砂漠の地平線に建物の影が見えた。まっすぐに歩いて向かうと、普段見ている蜃気楼《しんきろう》とは逆で、その建物は急速に近づいてくるように思えた。そして、その建物の大きさに気づいたとき、セティは愕然《がくぜん》として歩を止めた。セティもよく知るクフ王の王墓《ピラミッド》、それ自体も見上げると首が痛くなるほどに大きいが、今目にしている建物はさらに巨大で、天を衝《つ》く柱のように思えた。また、同時に建物の左右にも壁が続いていることに気づく。要するに、すべての死者が通るべき関門なのだろう。

さらに一時間ほど歩いて、セティは建物にたどり着いた。石造りのそれは、見上げても上端が見えないほどの威容を誇っている。外壁には神像が彫られており、それを祀《まつ》る神官の壁画も描かれているのを見て、セティはこの建物が神殿であることを確信した。そもそも石で造られる建物は、永遠に残るべき神殿か墓しかありえない。

ひととおり外壁を眺めてから、神殿に足を踏み入れた。扉はなく、前面に設けられた大きな穴がそのまま回廊になっている。回廊の壁にも神々を祀る壁画が描かれていた。回廊を進むごとに、壁画にもっとも大きく描かれている者はラー、オシリス、ホルス、マアト、と移り変わっていく。より大きく描かれる者ほど地位が高いので、この神殿はアテンの神殿ではないということがわかり、セティはほっと胸を撫で下ろした。

先王アクエンアテンは、十年前から唯一神アテン以外の信仰を禁止し、ほかの神の存在を否定した。息子であり新たに玉座についた新王トゥトアンクアテンも、その立場を支持している。つまり、冥界を治めるオシリスや、死者の審判を行うマアト、太陽神であるアメン・ラーも存在しないということだ。

王《ファラオ》の言葉を疑うなど考えられないことだったが、幼いころから神々への信仰を捧げてきたセティにとって、簡単に割り切れることではなかった。神官書記の職を得てからも、明確な答えを持たず悩みながら、表向きはアテンを信仰しつつ、密《ひそ》かに古来の神々を信奉してきた。だからこそ、その姿をこの目で確かめられるかもしれないと思うと、セティは期待に胸を躍らせた。

セティはまっすぐな回廊を歩き続ける。振り返っても入り口が見えないくらいに進んだところで、一つの部屋に行き着いた。

そこは開けた、大きな四角い広間であった。

天井は高く、窓はなく、四方をなんの装飾もない無機質な石壁に囲まれている。部屋の四隅には燃える松明が煌々《こうこう》と焚かれ、どこか入るものを圧倒するつくりをした部屋だった。部屋には先客があり、セティはようやく人の姿が見えたことに安堵《あんど》を覚えた。

広間の手前には三列に並んだ長い木のベンチ、その前に演台があり、ひとりの老人が背を向けて立っている。それに向かい合う正面にはひときわ高い座が一つ。まるで、王宮の裁きの間にある法廷のようだ。

そして、なによりセティが目を奪われたのは、司直の席に座しているひとりの女性の美貌であった。

孔雀石《くじやくいし》を砕《くだ》いたのだろう、鮮やかな緑のコールで切れ長の目を縁取り、少し突き出た細い唇は朱で染めている。宝石のビーズを並べたネックレットと黄金のイヤリングは松明の光を反射して輝き、肩の少し上で揃《そろ》えた瑞々《みずみず》しく艶やかな黒髪にダチョウの羽根を一挿し。

それはまさしく壁画に見る、マアトの姿そのものだった。

そして、セティの視線はその前に置かれた一つの秤に注がれる。その秤は小さいながらも、目を惹《ひ》きつけ逸らせないような、異様な存在感を放っていた。

「我、真実を司る神、マアトが問う――」

女神が低く、厳《おごそ》かな口調で告げる。その声は広間に反響し、まるで天上から降ってくる託宣のようだった。声を向けられた老人はおろか、その後ろにいるだけのセティも、居住まいを正さずにはいられないような声。

そして、マアトが次に口を開こうとする瞬間、

「失礼――こちらへ」

と耳元で囁かれ、セティは思わず飛び上がった。慌てて振り向くと、女性がひとり、無表情で空《あ》いたベンチを指し示している。

歳のころはセティと同じ二十なかばに見えた。白のキルトを身にまとい、長髪を二つ分けの三つ編みにしている。装飾の類《たぐい》は着けていないことから、おそらく従者であろうが、それでもどこか人間離れした神性を感じるのは、浅黒い肌には陶器のような透明感があり、また彼女の服が砂でまったく汚れていないせいだろう。

セティは指示に従い、足音を殺して歩き、ベンチに腰を下ろす。その間に、老人とマアトの問答が始まっていた。

「――死者ウセムトよ。お前は嘘《うそ》をついたことがあるか」

静かながら威圧的に感じるマアトの問いに、ウセムトと呼ばれた老人は、副葬品であろう『死者の書』を顔の正面に掲げ、震える声で読み上げる。

「汝《なんじ》、背を逆しまにして現れる炎よ。我、偽りを口にせざりき……」

「死者ウセムトよ。お前は、人を殺したことはあるか」

「汝、巌窟《がんくつ》より来たる数多《あまた》の影を呑《の》みこみし者よ。我、何者の命をも奪わざりき……」

「死者ウセムトよ。お前は、誰かに呪いをかけたことがあるか」

「汝、炎の緑なる者にして、ヘト・カ・プタ……」

そこで、ウセムトは大きく咳《せ》きこんだ。

咳《せき》が止《や》み、静寂が訪れると、ウセムトの震えが大きくなる。見るからに怯《おび》えていた。無理もない、とセティは思う。この場の一挙手一投足で、永遠の生を得るか、怪物の餌になるかが決まるのだ。

マアトはなにも言わず、冷めきった目で震える男を見下ろし続けた。ウセムトは爪が喰《く》いこむほどに死者の書を握りしめ、一言一句間違えるまいとばかりに言葉を絞り出す。

「……ヘト・カ・プタハより来たる者よ。我、何者にも禍言を投げざりき……」

「死者ウセムトよ。お前は――」

この調子で、質問とそれへの答えが続いた。死者の審判で行われる、四十二の罪を否定するための否定告白である。神官書記であるセティは、当然に質問も答えも知り抜いていた。だが、市井《しせい》の者であれば、答えに窮《きゅう》することもあろう。想定問答が記された死者の書は、ほかの祈りの句なども書き加えられ、実用品としてもお守りとしても、死者を助けるために必ず副葬されていた。

「死者ウセムトよ。お前は神を冒瀆《ぼうとく》したことがあるか」

「汝、寂寞《せきばく》の地より出《い》で来《きた》る、齎《もたら》し与える蛇よ。我、神を汚《けが》せしことなかりき……」

その答えを以《もっ》て、すべての否定告白が終わる。マアトは無表情のまま、秤を手に掲げた。

「では、これより審判を行う。ネフェル、心臓を持て」

先ほどセティに声をかけた従者が、ウセムトへと歩み寄る。おもむろに右手を掲げると、それをそのままウセムトの胸部に突っ込んだ。

「ひっ」

ウセムトは小さく悲鳴を上げ、腕で自らを庇《かば》う。従者が静かに手を引き抜くと、そこには脈打つ心臓が握られていた。

心臓を抜かれた当のウセムトは、不思議そうに自分の体を検めたあと、ぽかんとした顔で目の前の心臓を眺めた。ネフェルと呼ばれた従者は、ウセムトの態度を意に介した様子もなく、しずしずと歩き、壁の周囲を大きく回って、ゆっくりとマアトのもとへと向かっていった。

静寂、そして、間《ま》。これから自身の運命が決まることを考えれば、ウセムトは正気ではいられないだろう。それを示すように、彼の心臓はネフェルの手の中で激しく拍動していた。

「──死者ウセムトよ。己が運命を見届けよ」

マアトが宣言し、秤の一方にネフェルから受け取った心臓を置く。秤が心臓のほうに傾くとともに、ガチャン、と音を立て、ウセムトの体がびくりと跳ねる。

少しの間を置いて、マアトは髪に挿していた羽根を引き抜き、もう一方にそっと載せた。

秤がゆらり、と動きはじめる。もどかしくなるほど緩慢に、ゆらり、ゆらり、羽根が下がり、心臓が下がり……。これが静止したとき、心臓がわずかでも羽根より下にあれば、その心臓はアメミットの餌となり、ウセムトの生はそこで終わる。

心臓は、秤の上で激しく動いていた。そのせいで、なかなか秤は止まらない。セティからは背しか見えないが、きっとウセムトは目を見開き、拳《こぶし》を握りしめて秤を見つめているだろう。

やがて、ゆっくりと動き続けた秤が、止まる時が来た。

遠目では、微差がわからない。セティの目に、秤は──釣り合っているようにも見えるが、ほんの少しだけ、心臓のほうが下がっているようにも見えた。

「それでは、判決を言い渡す」

マアトが厳かに言う。思わずセティも息を呑んで見つめる。

「──死者ウセムトよ。お前がイアルの野の地を踏むことはない」

一瞬の間。直後、ウセムトは大声で喚《わめ》きはじめた。

「嘘だ！　なにかの間違いです！　私は――」

「ネフェル、止めろ」

マアトが疎《うと》ましそうに言った直後、ウセムトが体を仰《の》け反《ぞ》らせ、絶叫した。遠目に見やると、ネフェルの爪が、秤から取り上げたウセムトの心臓に深々と喰いこんでいる。そこから、血がぼたぼたと垂れていた。

「心臓はアメミットに。面倒だ、体も放りこんでおけ」

マアトが眉一つ動かさず命じる。ネフェルは心得たように無言で一礼すると、倒れて動かなくなったウセムトの体を引きずって、広間の右手の扉の奥へと姿を消した。

3

気詰まりな静寂が広間に満ちる。ネフェルは数分も経たずに戻ってきた。人をひとり始末してきたというのに、無表情のまま、その手も衣服もまっさらで、血の汚れは見当たらなかった。

「……さて、次はお前か」

マアトの声に応じて、セティは立ち上がり、演台へと向かった。先ほどまでウセムトが立っていた場所だ。ここに立つのは――ベンチで後ろから見ているのと、なにもかもが違う。儀礼や祭祀《さいし》に慣れているセティでさえ、マアトの神々《こうごう》しさと相対すると、顔が紅潮し、息が荒くなるのを抑えきれなかった。

「死者よ。まずは、名を聞こう」

「書記長イセシの子、セティと申します。神官書記に席を得てからは八年勤めております――いえ、勤めておりました」

マアトは無表情で頷《うなず》いた。真実を司る神だ、あらためてセティがなにかを言うまでもなく、すべて承知のことだろう。

「それでは、始めよう。――我、真実を司る神、マアトが問う。死者セティよ。お前は嘘をついたことがあるか」

「汝、背を逆しまにして現れる炎よ。我は――」

セティの言葉はそこで止まった。マアトは沈黙を保っている。セティは、その先を続けようとする。

「我は……」

だが、先の言葉が出てこない。

マアトはじっとセティを見下ろしている。

法廷に、静寂が満ちた。

ややあって、マアトが口を開いた。

「……もうよい。ネフェル、その者の心臓をここに」

四十二あるはずの否定告白、それが最初の一つで終わったことが、なにを意味するか。

セティは己の体が震えはじめるのを感じた。

ネフェルがセティから心臓を抜き取り、マアトに献上する。

マアトはそれを手に取ると、秤に置くことはなく、目の前に掲げてしげしげと眺めた。

永遠に感じられるような沈黙。そして、マアトが口を開く。

「セティよ。お前の心臓だが――」

マアトはそこで言葉を切ると、心臓からセティの顔へと視線を移して続けた。

「――お前の心臓は、欠けている。このままでは、秤にかけられぬ」

予想外の言葉に、セティは目を見開く。

「心臓に、欠け……ですか?」

「わずかではあるがな。記憶にも欠落があるのではないか?」そう言って、マアトは心臓に再び目を落とした。「いずれにせよ、欠けがある心臓は秤にかけられぬ。このままアメミットに食わせるしかなかろう」

「そんな……」セティは声を震わせた。「マアト様、お助けください。審判の機会を、なにとぞ」

「いや、だが、もう一つ妙なことがある。どうやらお前は、まだここに来るべき者ではないようだ」

「それは……どういう意味でしょうか」

マアトは心臓を矯《た》めつ眇《すが》めつ、続けた。

「お前はたしかに死んでいる。だが、心臓《イブ》に、わずかながら生命力《カー》が残っているようだ」

死者に、生命力《カー》が残っている――それは、ありえないことだ。もはや、事態はセティの理解を超えていた。黙ったまま行く末を見守っていると、マアトは思案の末、ぽつりとつぶやく。

「セティよ。本来欠けのある心臓はどうしようもないのだが、幸いお前には生命力《カー》が残っている。現世に戻って、心臓の欠片《かけら》を探してきてはどうだ」

「そんなことが、できるのでしょうか」

「生命力《カー》がある限り、現世には留まれるだろう。だが、そう長くはない。うまくいくかはお前次第だ」

「しかし、探すといっても、どうすれば」

マアトはネフェルに心臓を手渡した。戻ってきたネフェルによって、セティは心臓を体に戻される。セティは胸に手を当て、心臓の拍動を確かめた。

「現世に戻れるのは、三日が限度だろうな」マアトは言った。「ミイラの肉体に生命力《カー》は馴染《なじ》まぬ。食物から新たに得ることもできぬ。生命力《カー》が尽きれば魂《バー》との結びつきが解けるだろう。それまでには、必ず自分の棺に戻るがよい」

「もし間に合わず、生命力《カー》が尽きてしまったら、どうなるのですか」

セティの問いに、マアトは無表情のまま小さく首を振った。

「お前の肉体と魂は、完全に分離する。現世にも冥界にも行けず、魂だけの存在として、永劫の時をさまよい続けることになるだろう。そうなったら我にも、どうにもできぬ」

——なんとも恐ろしい話だ。無限の時を苦しみ続けるのに比べたら、怪物に食べられるほうがまだマシなようにすら思えた。

「さて、どうする？　現世に戻って心臓の欠片を探すか、あるいは、その身をアメミットに捧げるか。好きに選ぶがよい」

「私は……」

セティは迷った。だが、自分はこのままでは助からないということだけはたしかだった。可能性があるならば、それがわずかでも、すがりつくしかない。

「……現世に行き、心臓を探します」

「では、行くがいい。お前に残された時間は今日を含め三日、明後日の夜までだ。くれぐれも忘れるなよ」

セティは神殿を出ると砂漠を引き返し、ナイルの岸辺へと向かった。

岸辺に着くとすぐに、先ほど固定した小舟が見つかる。乗りこむと、水草を数本束ねて櫂《かい》として、セティは川の向こう岸へと漕《こ》ぎだした。

漕ぎ続けるうち、意識が朦朧《もうろう》としはじめた。手を止めても、小舟は減速せず、川に流されもせず、滑るように向こう岸へと向かっていく。

やがて、セティは棺の中に体を横たえ、眠りに落ちた。

葬送の儀　前日

意識が徐々に覚醒していく。

ゆっくりと目を開けるが、光はない。セティは暗闇の中に横たわっていた。

手を伸ばそうとするが、体がきつく縛られていた。

誰かに拘束されているのだろうか?……いや、違う。体に巻かれているのは包帯だ。どうやら無事に現世に戻ってきたらしい。

副葬品にナイフがないか探したが、見つかったのは鞘《さや》だけだった。狭い棺の中、やむなく素手で包帯を引きちぎり、あるいは解いていく。途中、整然と巻かれた包帯の、左胸に違和感を覚えた。手触りからして、鋭利な刃物で切り裂かれているようだ。セティの心臓が欠けていることと、無関係ではないだろう。

体の自由を取り戻すと、セティは腕を上に伸ばした。すぐに天井——いや、棺の蓋に手が届く。そのまま力を入れて、蓋を持ち上げた。浮かせたままずらし、蓋を棺の横に下ろすと、セティは立ち上がる。顔と肩を覆っていたマスクを脱ぎ、棺の横に置いた。

棺から出てマスクを取っても、そこは暗闇の中だった。おそらく、埋葬室の中だろう。手を伸ばしたままあたりを探りながら歩くと、壁に行き当たった。壁に沿って歩き、扉を見つける。外に出ようと力を入れて押したり引いたりしても、扉はびくともしなかった。

「……ああ、偽扉《ぎひ》か」

セティは扉の正体に思い当たり、つぶやいた。墓には死者のために偽の扉を作るものだ。本来魂《バー》だけであれば、供物《くもつ》を受け取るための偽扉を抜けられるのだが、肉体を持っているセティは、生者のための扉を通る必要がある。セティはそのまま探索を続け、横の壁に別の出入り口を見つけた。

埋葬室を出て、礼拝室を通り抜け、階段を上ると地上に出た。相も変わらず照りつける太陽に目を細める。すでに日は高く、正午を回っているようだ。日除けの布をかぶりつつ、いつもどおり真っ青な空の色に、どこかほっとする気持ちがあった。

――本当に、現世に戻ってきたのだな。

振り返ると、セティが入っていた墓には大きな墓石が屹立《きつりつ》していた。墓石に描かれているのはセティの名前ではなく、その父であるイセシの名、そして妻と子を表す肖像だ。とはいっても、イセシ本人はまだ存命である。墓というものは、親子の繋《つな》がりを表すために家族単位で作られる。妻子のないセティは、セティ本人としてではなく、イセシの子として埋葬されたのだろう。

ここは首都アケトアテンの街はずれの高台だ。高官向けの墓所として人気の場所である。セティはあたりを見回し、まずは、どこに向かうべきか考えた。

とにかく、心臓の欠片がなぜ失われているかを確かめるのが先決だ。何者かが悪意を持って奪ったのか、あるいはなにかの手違いがあったのか。そのためには、自分がなぜ死んだかも知りたい。

アケトアテンの実家までは、歩いてすぐだ。だがこの時間、イセシは仕事に出ているだろうし、家に顔を出すのは気が進まなかった。それよりも、友であり、セティをミイラにしたであろうタレクに話を聞くべきだろう。

そう思い、街に向かって歩きだそうとしたとき、

「おい、そこのお前」と背後から声をかけられる。振り返ると、革鎧《かわよろい》を着こんで、槍《やり》を構えた男——墓守《はかもり》がひとり、セティを胡乱《うろん》げに眺めていた。

「盗掘者か？　いったいどこから忍びこんだ」

そう言って、槍の切っ先を向けてくる。敵意のこもった声に対して、セティは落ち着き払って答えた。

「私はセティ、神官書記だ。つい先ほどまで、この墓に埋葬されていた」

「埋葬されていた？」墓守は鼻で笑った。「酔っているのか？　こんな昼間から」

「私は正気だ。一度は死んだが、現世に戻って参った」

「黙れ、薄汚い盗掘者め。怪我《けが》をしたくなければおとなしく縄につけ」

「……しつこいな。この体を見ろ」

セティは木でできた自らの足を、誇示するように突き出した。

「この体を見ても、まだ疑うか」

「……たしかに、人間の足じゃねえな」墓守はぽかんとした表情でセティを見た。「じゃあ、本当に冥界から戻ってきたのか」

「ああ、そうだ」

「そうか……いや、疑って悪かったな」

墓守は槍を下ろした。セティは軽く手を振る。

「気にするな。職務に忠実な者を責めはしない。それより、今日は何日だろうか」

「洪水の季節、第二の月の七日だ」

セティの持つ最後の記憶から、半年ほどが経っていた。だが、違和感はない。遺体からミイラを作るには、数ヶ月以上を要する。

セティは頷いて、さらに問いかける。

「この半年間で、私の墓――書記長イセシの墓に、盗掘者は入らなかったか」

心臓が墓から盗まれたなら、その犯人が捕まっているかもしれない。そう思っての質問だったが、セティの淡い期待は「いや」という墓守の言葉に打ち砕かれた。

「このところ、怪しいやつは見てないな。盗掘者も捕まってない」

「そうか……」セティは気を取り直して問いを投げる。「ところで、ミイラ職人のタレクが今どこに住んでいるか、知らないか」

「ああ、例の天才職人か。たぶん、王墓の近くじゃないか。先王様のミイラを任されたって話だから」

「ありがとう。行ってみることにする」

礼を言うと、セティは墓所の出口に向かって歩きだす。その背に、墓守が言葉を投げかけた。

「冥界からの旅人さんよ。あんたに神々の……じゃない。アテン神のご加護があらんことを」

セティは振り向かず、歩きながら軽く肩をすくめた。

高台を下り、少し歩くとアケトアテンの外縁へとたどり着く。首都とはいえ、遷都《せんと》から十年しか経っていないこともあり、それほど大きな街ではない。少し歩くと、すぐに中心部である王宮が見えてくる。

王宮前の広場は、街の住人すべてが集まったかと思うほど人通りが多く、ごった返していた。露天商が立ち並び、子どもたちが走りまわっている。大きな祭があるのかもしれない。そう思いながら、セティは広場を通り抜けた。

用があるのは王宮の横にそびえるアテンの大神殿だ。豪華な石づくりの神殿は、王墓と同じく日の光を反射して白く輝き、見る者を圧倒する。しかしその建材がアメン・ラーの神殿群から切り出されてここにあることを考えると、手放しで称賛する気にはなれなかった。

セティが神殿に近づくと、衛兵が警戒心もあらわに声をかけてくる。

「おい、止まれ。ここをどこだと思っている」

「メレク、私だ」セティは日除けのためにかぶっていた布を払った。

「セティ⁉」顔見知りの衛兵は、動揺した様子で叫んだ。「お前、死んだはずじゃ――」

「ああ。たしかに死んだが、少しの間戻ってきた」

「……驚いた。その見た目じゃ、生きているとしか思えない」

「ああ。ミイラ職人の腕のおかげだな」セティは頷き、問いかける。「それよりメレク、教えてくれ。私はなぜ、命を落としたのだ」

「……なんと、お前自身が知らんのか」

メレクは驚愕した顔でセティを見つめたが、やがて小さく首を振った。

「お前の死については……さまざまな噂《うわさ》が流れていて、なにが本当のことかわからないんだ。俺が中途半端に話すより、警察隊か、メリラア様から直接お話を聞くのがいいだろう」

「今、メリラア様はどこに？」

「明日の葬送の儀を取り仕切られることになっている。王墓にいらっしゃるはずだ」

「そうか、明日、葬送の儀があるのか」

セティはそれで、広場の賑《にぎ》わいに納得した。

「すぐに向かおう。ありがとう、メレク」

「幸運を、セティ」衛兵は涙目で頷いた。「また会えて、嬉しかった」

セティは頷きを返すと、踵《きびす》を返し、王墓に向かって歩きはじめた。

4

正午を回り、日が傾きはじめていた。王墓へは、街から歩いて三時間を要する。馬を借りれば大した距離ではないが、あいにくセティは持ち合わせがなかった。副葬品を売り飛ばすわけにもいかないし、誰かに借りたところで返すあてもない。家に帰れば融通はしてもらえるかもしれないが、イセシと顔を合わせたら馬の話どころではなくなるだろう。

結局、セティは砂漠を歩いて横断することにした。ミイラの体であるせいか、汗は出ず、渇きも感じない。とはいえ暑さはしっかりと感じるので、セティは太陽に身を焦がされながら歩を進めた。

アクエンアテン王の王墓が近づいてくる。太陽の光を浴びて純白に輝く巨大な四角錐《すい》は、何度見ても見慣れることがない。その威容は圧巻の一言だった。

近づくにつれ、セティは王墓の真横に新しい土台が建設中であることに気づく。おそらくは新王トゥトアンクアテンの墓の建設が始まっているのだろう。トゥトアンクアテンはひとりでライオンを組み敷き、カバを素手で殴り殺す勇猛さを持ち合わせているとの話だったが、同時に持病があるという噂も囁かれていた。まだ少年といっていい歳だが、王墓は早く完成させるに越したことはない。

王墓の横には、建設村――すなわち職人や建設の担当官、雑用係たちが住むための小さな村が作られるのが習わしだ。先の王墓建設時は三百人以上が寝起きしていて、セティも宿を借りることがあった。遠目に見えたその村は、トゥトアンクアテン王の王墓建設にも使われているのだろう。多くの労働者たちが出入りしているのが見える。

タレクもまた、この建設村に工房を構えていた。

タレクとは幼少からの付き合いだ。ともに学び、書記学校まで一緒に進学したが、タレクは卒業を待たず、突然学舎を去った。あとから聞いたところによると、孤児だったタレクは育ての親から学費の支払いを止められ、退学せざるを得なかったらしい。

退学と同時に家を飛び出したタレクは、もともとの夢だったミイラ職人を目指した。身一つで仕事を始め、才能を発揮し、一見奇抜にも見える技術を次々と発明して、今では当代随一のミイラ職人の名をほしいままにしている。技術そのものもそうだが、親の庇護《ひご》を必要とせずに独り立ちしたタレクを、セティは尊敬していた。アクエンアテン王のミイラをひとりで任されたという栄誉は、未来永劫語り継がれることになるだろう。

タレクに会いたくてたまらなかったが、まずはメリラアを探さなければ。そう思って王墓周辺に近づくと、警備がものものしくなっていった。何人もの衛兵が巡回しており、セティは三度も見咎《みとが》められたが、神官書記の身分を明かすと無事に通してもらえた。

王墓の入り口に近づくと、二人の男が立っているのが見えた。ひとりは上級神官の格好をした初老の男性で、白く長い髭《ひげ》を蓄え、黒く長い髪を三つ編みにしている。だがそれは、高価な人毛のかつらであることをセティは知っていた。彼こそは神官長のメリラア、この国の神官すべての上に立つ者だ。その脇に控える鎧の男は、アハブという老兵である。メリラアの警護をになう神官兵で、弓の名手として知られていた。

「……セティ」

メリラアはセティの姿に気づくと、声を上げた。アハブも視線を向けてくる。

セティはメリラアから十歩ほど離れたところで歩みを止め、声を張り上げた。

「お久しぶりです、メリラア様」

「久しいな、セティ。よくぞ……よくぞ戻った」メリラアは笑みとともに、歓待するように両手を広げた。「これほど嬉しいことはない。お前こそ、儀式の成功の証《あかし》だ」

メリラアの顔に、驚きの色はなかった。それどころか、まるでセティの来訪を待っていたかのようだ。かすかな違和感はあるが、余計な話をする時間はない。セティはメリラアに一歩近寄ると、囁くように言った。

「少しお話しできませんか。できれば、二人きりで」

「ああ、もちろんだとも」

メリラアは顔をしかめてセティを見つめているアハブに手を上げて制すと、ゆっくりと歩き、セティの眼前で立ち止まった。

「メリラア様。私は一度冥界へ行き、マアト神と相まみえました。いざ死者の審判が始まるときになって、心臓が欠けていると告げられたのです」

「セティ。ここでマアト神の名前を出してはならぬ」メリラアは素早くセティに注意すると、横目で周囲をうかがった。「今この国で、アテン以外の神の名は禁句だ」

「……失礼しました。とにかく心臓が欠けているせいか、私には、死の直前の記憶もありません。私がどうやって命を落としたか、教えていただけませんか」

「ああ、もちろんだ。あれは我々神官にとっても、大きな事件だった」

メリラアは少しの間、目を閉じ、記憶を掘り起こすように黙りこむ。セティにとってはつい昨日のことでも、メリラアにとっては半年前のことなのだから、無理もない。

ややあって、メリラアが口を開いた。

「半年前、お前が命を落としたその日。葬送の儀に向け準備を進めていた、このアクエンアテン王の王墓で、崩落事故があったのだ」

「なんと——王墓が、崩れたのですか」

「上部にある玄室だけだがな。中で作業をしていた神官たちは逃げだしたが、ひとりだけ逃げ遅れた。崩落がおさまったあとに掘り返してみると、ひとりの神官書記の遺体が見つかった。下半身は石に潰《つぶ》されており、その胸にはナイフが刺さっていた」

メリラアはそこで少しの間をおくと、静かな声でセティに告げる。

「その被害者こそが、セティ、お前だ」

自分が死んだ様子を聞かされるのは、奇妙な体験だった。なにか作り話を聞いているかのようで、まったく実感がない。

「……メリラア様。もう少し詳《くわ》しく教えていただけませんか」

「ああ。とはいえ、遺体の状況は警察隊に聞くほうがいいだろう。私が話せるのは、崩落事故についてだ」

「わかりました。そもそも王墓は、なぜ崩落したのですか」

「王墓が崩れたのは、玄室の周囲の一部に、脆《もろ》い砂岩が積まれていたことが原因だ」

「砂岩――」

「通常、王墓のような巨大な建築では、頑強な石灰岩や花崗岩を積み上げる。もちろん砂岩を使うこともあるが、十分に頑丈なものに限られる。それが、脆い建材が混じってしまったことで、上の岩の重さを支えきれずに崩れてしまったのだと考えられる」

「ということは、偶発的な事故だったのですか」

「いや、むしろ逆だ」メリラアは重々しく首を横に振った。「強度の足りぬ砂岩など、誰かが工作しない限り、絶対に積まれることはない。砂岩の存在は、何者かの作為があったことの動かぬ証拠だ」

「しかし、いったい誰が、なんのために」

「あくまで私の想像だが」とメリラアは前置きし、続ける。「崩落は犯人も意図せぬことだったのかもしれない。本当の目的は、その砂岩を玄室の周囲に積みこむことそのものにあった」

「玄室の周りに……つまり」

セティが目を上げると、メリラアと目が合った。

「――盗掘、ですか」

「ああ。王墓の入り口は、埋葬が終わると土砂で封鎖されるからな」

メリラアはちらりと、その入り口に視線を向ける。そこには、手首ほどの太さがある封緘綱《ふうかんづな》が張ってあった。王の埋葬のあと綱を切ると、膨大な量の岩と砂が入り口通路の上部から降り注ぎ、王墓の入り口を完全に封鎖する仕組みだ。

「盗掘者が内部に侵入するためには外壁のどこかを崩す必要があるが、硬い花崗岩を掘るのは容易ではない。犯人は王墓の建材に掘りやすい砂岩を紛《まぎ》れこませ、盗掘路を確保するつもりだったのだろう。……それにしても、恐ろしいことだ。もし崩落が起こらず、葬送の儀を迎えてしまっていたら、アクエンアテン王のお体と副葬品は、すべて奪われてしまっていたかもしれない」

その場合には自分も死ぬことはなかったかもしれないと考えると複雑な気分だったが、エジプトにとっては幸運だったのかもしれなかった。

セティがそう考えた、そのとき——突然、王墓の中から、音が響いた。

なにか硬く、重いものが地面に落ちたような音だ。メリラアとセティはその場で凍りついた。

「今の音は」

「すまない、セティ。少し待っていてくれ」

言い残して、メリラアは王墓の中へ駆けこんでいった。そのあとにアハブが続く。セティは、ひとり取り残された。

葬送の儀においては、多種多様な副葬品を埋葬することになる。その数はセティの知る限りでも五千以上に及び、わずかな傷や欠けも許されない。もし今の音が副葬品に関わるものだとしたら、明日の葬送の儀にも差し障る可能性があった。

メリラアはすぐに出てきた。セティに向かって駆け寄ってくると、荒い息のまま告げる。

「積んでいた副葬品が崩れたようだ。見たところ問題はなさそうだが、点検と積み直しをしなければならない。話の続きは建設村の警察隊長、ムトエフに聞いてくれるか」

「心得ました。お忙しいところ、お時間ありがとうございました」

頭を下げると、メリラアはセティの肩を叩《たた》いて言った。

「セティ。あらためて、お前を歓迎する。葬送の儀が終わったらまたゆっくり話そう。お前と話したいことが、たくさんあるのだ……」

5

再び王墓に姿を消したメリラアを見送り、セティは建設村へと向かった。

目を向けると、遥《はる》か遠く、丘陵に日が沈もうとしていた。暮れなずむ砂漠の中、建設村では松明が焚かれはじめている。

建設村の奥、警察隊の詰め所に顔を出すと、ちょうど蠟燭に火を灯《とも》そうとしていたムトエフが、まさしく亡霊を見たような顔でセティを迎えた。

「セ……セティ殿」

「ムトエフ殿。お久しぶりです」

「あなたは、死んだはずでは……」

「神の恩寵《おんちょう》を受け、現世に舞い戻りました」

セティは事情を説明した。自身の心臓の在《あ》り処《か》を探していること、自分が死んだときの記憶がないこと、残された時間は明後日の夜までしかなく、手掛かりを探していることを伝える。

五十過ぎ、黒い口ひげを蓄え、剃《そ》り上げた禿頭《とくとう》に布の帽子をかぶったムトエフは、人の良さそうな顔に憂慮の色を浮かべ、うんうんと頷いた。

「その様子を見れば、お言葉を疑う余地はありませんな。お気の毒なことです。心臓の捜索についてもご協力したいのですが、あいにく今は葬送の儀で手一杯でして」

「では、王墓であった崩落事故、そして事件について聞かせてもらえませんか」

「……本来、調査内容は明かせないものなのですが」ムトエフはそう言いながらも、詰め所の奥へと歩を進める。「セティ殿は当然事情を知るべき人物でしょう。まさしく……当事者なのですから。調書を持ってきますので、少しお待ちを」

ムトエフが姿を消すと、セティは詰め所の中を見回した。入ってすぐは、普通の家の間取りと同様、神像を載せるためのベンチが置かれた小さな広間になっていた。日干し煉瓦《れんが》でできた壁の一部には石膏《せっこう》が塗られ、そこに墨で当直らしき者の名前が書かれている。もしかしたら、民家として建てられたものを改装して使っているのかもしれない。奥の部屋を覗いてみると、木の机が四個ほど並べられ、事務所として使われているようだ。さらに奥は、牢になっているのか、遠目に木の格子が並んでいるのが見える。ムトエフ以外の者の姿はなかった。明日の葬送の儀に備えて、警戒に出ているのだろう。

「お待たせしましたな。こちらを」

ムトエフはパピルスの束を手にして戻ってきた。調書のため、聖刻文字《ヒエログリフ》ではなく書き文字である神官文字《ヒエラティック》で書かれており、挿絵として王墓の断面図も載っていた（図）。

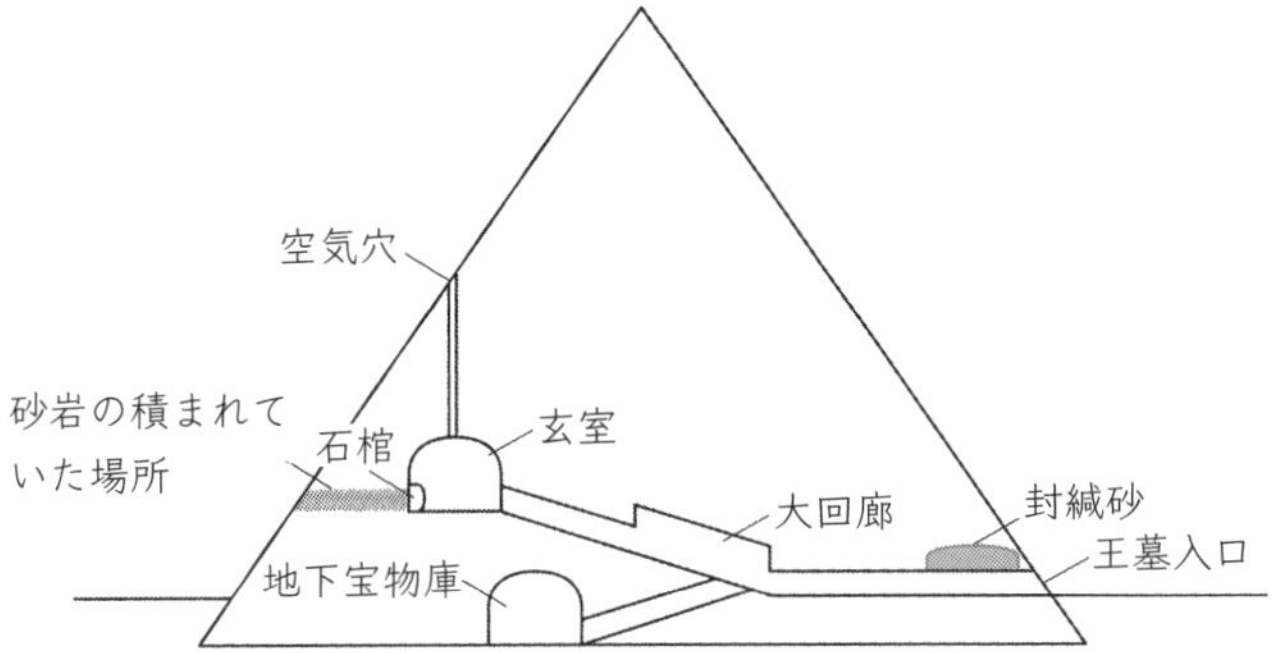

図：アクエンアテン王の王墓 - 断面図

セティがパピルスに目を通す間、ムトエフはセティの内心を推《お》し量るように、上目遣いで顔色をうかがっていた。だが、結局は下手に気を遣うよりも職業的な冷静さを発揮することを選んだらしい。平坦な声音《こわね》で切り出す。

「崩落の話と、殺人の話があります。どちらから始めますか」

セティにとっても事務的なほうが気が楽である。軽く頷いて、先を促《うなが》す。

「崩落の話を、先に」

「わかりました。崩落の原因が砂岩にあったことはご存じですかな？」

「ええ、先ほどメリラア様から」

「結構。この資料には、問題の砂岩が積まれていた場所と、それを積んだ日付、担当した労働者などがまとめられています」

セティはあらためてパピルスに目を落とした。付された調査報告書によれば、問題の砂岩の数は、どうやら百個にも満たないようだ。王墓全体が十万単位の石を使っていることから考えると、ごく少量といっていい。

しかし、その積みこまれた部分には明らかな特徴があった。

「崩落してしまった部分もあるので、推測が混じっていますが」ムトエフがパピルスに描かれた王墓の断面図を指さしながら続ける。「ここです。問題の砂岩は、王墓の外壁から玄室の石棺の横までほぼ一直線に、まるで道を作るように積みこまれています」

「これは……やはりメリラア様のおっしゃったとおり、盗掘路を作ろうとしたのでしょう」

「我々も、そう考えています」

「犯人の目星はついているのでしょうか」

「いいえ。今のところ、誰がどうやってこの岩を積みこんだか、まるでわかっていないのです」

「誰が、というだけでなく、方法もわかっていないのですか」

セティは眉をひそめる。ムトエフは頷いて先を続けた。

「はい。石のすり替え自体は、運河の途中で行われていたことが明らかになりました。尋問した船夫が白状したんです。上質な花崗岩の横流しを持ちかけられ、表面に花崗岩を貼りつけた粗悪な砂岩とすり替えて差額を受け取っていた、と」

「なんと、度し難い……」

「お怒りはもっともです。加担した四名は、鼻を削いだうえ、流刑としました。しかし」

　ムトエフは別のパピルスを示した。どうやら、建設に関わった作業員の一覧らしい。日付入りで、人々の名前が何枚にもわたって長々と続いている。「船夫が関われたのは、花崗岩と砂岩のすり替えまでです。建築の過程は分業化されていますから、そこから先の、石を船着き場で荷降ろしする者、建設現場まで運ぶ者、王墓に積み上げる者、すべて別の班が担当しており、介入はできません」

「しかし、それぞれの石をいつ、誰が積んだかはわかっているのでしょう」

「ええ。ですが、一つ石を積むのですら数十人がかりで行うことなのです。建設現場の者たちを漏れなく尋問しましたが、皆が口を揃えて、石は到着した順に積み上げていた、そこに作為はない、と答えています」

「その労働者たちも、口止めされているということは？」

「考えにくいでしょうな。大人数をまとめて買収するというのは難しい。口が軽いものや首を縦に振らない者も出てくるでしょうし、そもそも労働者は入れ替わるものですから、確実な口止めは不可能です」

「なるほど。……船夫が花崗岩を横流しをした相手は、捕まえられたのですか」

「残念ながらまだ捜査中で、おそらくは国外の者だろうと思われます。しかし船夫の話によれば、仲介役になったエジプト人の男がいるようなのです。ただ、ずっと顔を隠していたらしく、その正体についても一切の手掛かりがない状況です」

「それにしても、いったいどうやって」セティは顎に手を当てて考えこんだ。「犯人は狙った位置に石を積みこんだのか……」

「見当もつきません」ムトエフは首を横に振った。「ただ、すでにトゥトアンクアテン王の王墓の建設が始まっています。積みこみの方法がわからない以上、石のすり替えに対して警戒を強める方針を執《と》ることにしました。狙った位置に石を積まれようが、そもそも砂岩でなければ問題はありませんからね」

6

しばしの沈黙。セティは小さく息を吐くと、もう一つの話題を切り出した。

「それでは、殺人事件についてお聞かせいただけますか」

「わかりました。被害者の名前は……言うまでもありませんね」ムトエフはパピルスのうちの一枚を手に取ると、読み上げながら続けた。「イセシの息子、セティ。二十六歳。事件当日は上級神官書記として、玄室の壁に呪文を刻む作業を主導していました」

セティは頷いた。ムトエフが先を続ける。

「事件が起こったのは夜で、ほとんどの労働者は帰宅していましたが、現場には被害者のほかに二人の者がおりました。神官のアシェリと、神官書記のジェド。いずれも被害者と付き合いの長い人物とうかがっています」

そこで、ムトエフはちらりと目線を上げてセティを見た。

「三人が作業をしていると、突然、玄室の床が揺れはじめました。続いて、岩が軋《きし》むような音もしはじめたそうです。作業を中断して周囲を見回していると、音はどんどん大きくなり、揺れも激しくなっていったと」

セティにはそのときの記憶がなかった。自分もその場にいたのだろうが、ほかの二人の証言を元に当時のことを推測するしかない。ただ、問題は、そこにセティを殺した犯人がいるかもしれないことだ。

「ジェドは玄室の入り口に近かったため、大回廊へと逃げだしました。アシェリは被害者――つまり、あなたの腕を引き、逃げようと叫んだが、振り払われたと証言しています」

「振り払われた？」

「ええ。覚えていないのですか」

ムトエフの問いに、セティはかぶりを振った。

「先ほども言ったとおり、死ぬ直前の記憶は失われているのです」

「ああ、そうでしたな……」ムトエフは残念そうに唸って、先を続けた。「とにかく、拒絶されたアシェリは仕方なくひとりで逃げだしました。大回廊に出たところで、反対に玄室に入ってくるジェドとすれ違ったそうです」

「一度逃げたはずのジェドが、戻ってきた？」

ジェド――セティとは同期で、なにかとセティを目の敵《かたき》にしてくる男だった。計算高く自己中心的で、目的のためには規則を無視し、手段を選ばないという印象が強い。たしかに優秀ではあるが、過程より結果、信仰より実利を重んじ、セティとは価値観が対極で、何度も衝突してきた。一年前、最年少の上級神官書記の地位を争った際に、メリラアの推薦でその座に就いたのはセティだったので、向こうはその恨《うら》みも抱えているに違いない。

「ジェド自身も認めているので、戻ってきたのはたしかでしょうな」

「一度は逃げたのに、なぜわざわざ戻ったのでしょうか」

「ジェドによれば、あなたが逃げ遅れているようだったので、確かめに戻った、と」

「……あの男が、そんな殊勝なことをするはずがない」

「一個人の印象としては、同意見ですな。なお、ジェドは、玄室に戻ったときにはすでにあなたは石に潰されていたとも証言しています」

ムトエフはパピルスから目を離し、先を続けた。

「彼らの証言は以上です。結局、あなた以外の二人は無事に王墓の外まで逃げだして、怪我はありませんでした。崩落後、中にあなたが取り残されているとアシェリが訴えたため、労働者たちを集めて玄室を掘り返したところ、胸を刺され、下半身を石に潰されて亡くなっているあなたが見つかりました」

ムトエフはそこで一度奥に引っこむと、抜き身のナイフを持って戻ってくる。手のひらくらいの大きさの短刀だ。

「これに見覚えは？」

「私のナイフです」セティは言った。「父が……書記の試験に合格した祝いに、贈ってくれたものです」

「やはり、そうですか。名が刻印されていましたからな。お返ししておきましょう」

セティは手渡されたナイフを見つめながら問いかけた。

「これが、私の胸に……」

「ええ。仰向けに倒れた左胸に、刺された状態で見つかりました。ただ、刃渡りが短いのと、刺す力が不十分だったのか、斜めに抉《えぐ》るような角度だったため、心臓には達していなかったようです」

「斜めに、抉るように……」

「胸の傷は浅く、命に関わるものではありませんでした。直接の死因は、下半身が石に潰されたことでしょう。ただ、刺されたせいで逃げ遅れたとも考えられるため、我々はこれを殺人事件として調査しています」

ムトエフはそこで言葉を切ると、少しの逡巡《しゅんじゅん》のあと、結局先を続けた。

「上半身が石の隙間で潰されずに残ったのは……不幸中の幸いでした。もし上半身も潰れていたら、その証拠も失われてしまっていたでしょうから」

セティはナイフをじっと見つめる。ムトエフは補足するように言った。

「残念ながら、鞘の行方《ゆくえ》はわかっていません。重要な証拠品ですから、徹底的な捜索が行われましたが、事故現場では発見されませんでした。崩落で石の隙間に入りこんでしまったか、あるいは犯人が持ち去ったものと考えられます」

「……え?」

セティはその言葉に首を傾《かし》げる。

「このナイフの鞘なら、現世で再び目覚めたとき、私の棺の中にありました」

それを聞いて、ムトエフが目を瞠《みは》る。

「なんと。それは本当ですかな」

「ええ」セティは頷いて、包帯を解こうとしてナイフを探したときのことを思い出す。「てっきり、副葬されていたものだと思いましたが」

「妙な話ですな。セティ殿の副葬品であれば、イセシ殿が知らぬはずはない。何度も確認したのですが……いずれにせよ、再調査が必要そうですな」

ムトエフは煤《すす》と膠《にかわ》を混ぜた墨《インク》で、鞘についての情報をパピルスに書き加えると、小さく咳払いをして続けた。

「さて、ここまでの話をまとめましょう。玄室にいたのは被害者を含め三人。あなた以外の二人は逃げだし、途中、ジェドが一度引き返したようですが、最終的には外へ逃げています。現場では倒れたあなたの胸にナイフが刺さっており、鞘は未発見でしたが、本日あなたの棺で見つかりました。なお、王墓にはほかに誰も入っていないと複数が証言していますから、我々は、あなたを刺したのは二人のうちのどちらかと考えて調査を進めています」

セティはパピルスの資料をまとめて返しながら、ムトエフに問いかけた。

「ムトエフ殿。私のほうでもアシェリとジェドと話したいのですが、問題ないですか」

「ええ、もちろんですとも。あなたでなければ聞きだせない情報もあるでしょう。ただ、新たな証言が得られたら、我々にも教えていただけますかな」

「もちろんです。今、二人がどこにいるかわかりますか」

「ふむ……明日は葬送の儀ですからな。建設村入り口付近の建物が控え室になっています。上級神官のアシェリはそこにいるでしょう。ジェドに関しては、どこにいるか私もわかりません――」ムトエフは言葉を切ると、低い声で言い添えた。「特に、夜は。お役に立てず申し訳ない」

「十分です。今夜はアシェリを訪ねてみます。……ところで、ミイラ職人のタレクは、今でも建設村にいますか」

「ああ、タレクですか。村の奥の工房におりますよ」ムトエフは頷いた。「そういえば、お二人は親しい間柄でいらっしゃるとか」

「いわゆる幼馴染《おさななじみ》というやつです」セティはムトエフに頭を下げた。「お話、ありがとうございました。またなにかあれば、足を運びます」

「お待ちしています。セティ殿に、トゥトアンクアテン王のご加護があらんことを」

「あなたにも、ご加護があらんことを」

ムトエフに見送られ、セティは詰め所をあとにした。

いつの間にか日は沈み、夜が訪れていた。だが、建設村はどこか騒がしい。あたりでは無数の松明が焚かれ、祭のような興奮がそこかしこに伝播《でんぱ》している。神官や従僕が慌ただしく歩きまわっていた。明日の葬送の儀に備え、最終確認を進めているのだろう。

ワセトで行われていたコイアク祭を思い出す。オシリス神の復活を祝う盛大な祭は、先王アクエンアテンにより廃されてしまった。セティがこの先、生きてあの祭を目にすることは、もうない。そう思うと、寂寞とした感情が胸に去来する。

アシェリは明日、葬送の儀という国でもっとも重要な儀式を控えていた。本来、終わったあとに訪ねるのが礼儀だろうが、セティには時間がない。今日のうちに会いにいこう。

そう思って、建設村の入り口へと歩きだしながら、考える。

——いったい、私を殺したのは誰なのだろうか。

そもそも、仲のいいアシェリがセティを殺すとは考えられなかった。怪しいのは、やはりジェドだ。動機の面でもそうだし、証言によれば、最後に玄室を出たのはあの男なのだから。そしてセティと敵対してきたジェドであれば、出世を邪魔された腹いせか、あるいはなにかの口論の末にセティを刺したとしても、不思議ではない。

だが、だからといってジェドが心臓を盗んだとも言い切れない。セティを殺した者がわかったとて、心臓が見つからなければ困ったことになる。手掛かりになるかもしれないと思って事件の話を聞いたが、その先が心臓に繋がっている保証はない。

とはいえ、ほかに心当たりがあるわけでもなかった。とにかく今は、この線を追っていくしかないだろう。

建設村の入り口に、ひときわ多くの松明が焚かれている建物があった。その入り口には衛兵が二人立ち、箱を抱えた従者が慌ただしく出入りしている。あそこが控え室で間違いない。

セティはそちらに向かって、ゆっくりと歩いていった。

7

葬送の儀の控え室にセティが入ると、男たちが一斉に視線を向けてきた。

部屋の中にいたのは八人。二人は白布を頭からかぶっていたが、顔が見えるあとの六人は皆よく知る者だ。それが一様に驚愕の表情を浮かべて、セティを見つめている。

「……セティ!!」

叫んで、がばと立ち上がったのはアシェリだった。こちらに向かって駆け寄ってくると、迷わず抱きついてくる。

「セティ……本当に、セティなんだね」

「ああ、私だ、アシェリ」

セティも抱擁を返し、アシェリの頭を軽く撫でた。過酷な試験がある神官書記と異なり、上位の神官は生まれによるところが大きい。十歳下のアシェリは身長が低く、仕事上は相棒関係ながら、セティは弟のように可愛《かわい》がっていた。女性的な顔立ちのせいで性別を間違えられることもあるが、男神であるアテンの祭祀は女人禁制であるため、神官である以上男に違いない。

アシェリはセティにすがりつくと、涙目で見上げてきた。

「でも、セティ、どうしてここに……」

「ああ。私は、一度冥界に行って——」

事情を話そうとしたセティに、メリラアの忠告が蘇る。マアトの名は、この国では禁句だ。気心の知れたアシェリならともかく、神官団の前で出していい名前ではない。

「アシェリ。外に出て二人で話せないか」

「えっと……うん。儀式の準備があるけど、少しなら大丈夫」

セティは頷くと、アシェリと連れだって控え室の建物を出た。あまり遠くへは行けないので、建設村を出てすぐのところで、人目がないことを確認すると、セティはあらためてアシェリに向き直った。

「……アシェリ。私は冥界でマアト様にお会いしたのだ。だが、心臓が欠けている、と言われて」

「ええ、マアト様にお会いしたの？　すごいよ、セティ」アシェリは目を輝かせた。「でも、心臓が欠けてるって、それ……大丈夫なの？」

「いや。そのせいで、死者の審判を受けられなかったのだ。このままでは、アメミットに心臓を食わせるほかない、と」

「アメミット!!」アシェリは叫んだ。「じゃあ、このままじゃセティは……」

「だから、心臓の欠片を探している。アシェリ、なにか知らないか」

「セティの心臓について？」アシェリは首をひねり、うーん、と唸った。が、すぐに申し訳なさそうに肩を落とす。「……ごめん、なにも思い当たらないや。セティをミイラにしたのはタレクだから、タレクに話を聞くといいんじゃないかな」

「そうだな。このあと行くつもりだ」

「セティ」アシェリはセティを見上げると、目に涙を浮かべた。「ごめんね。あの日、セティのこと、助けられなくて……」

「アシェリのせいじゃない。それに、一度は助けてくれようとしたんだろう？」セティは慰めるように言った。「ムトエフに聞いたよ。よければそのときのこと、話してくれないか。心臓が欠けているせいか、私には記憶がないんだ」

「うん、もちろん」アシェリは頷いた。「あのとき、玄室が突然すごい揺れて、セティの腕を摑んで一緒に逃げようって言ったんだけど、セティに振り払われちゃったんだ」

「私はなぜ、そんなことを？」

「わかんない……でも、すごい真剣な顔をしてた。僕、セティの顔を見て、怖くなっちゃったんだ。今でも後悔してるよ。無理やりにでも、引っ張って逃げればよかった。ジェドも戻ってきたし、二人がかりならセティを助けられたはずなんだ」

「アシェリは悪くない。……それより、ジェドの様子はどうだった？　あいつは、なぜ戻ってきたんだ」

「さあ、なんでだろうね？　僕も必死で逃げてたから、よく覚えてないんだけど……そういえばジェド、すれ違ったとき、その……笑ってた気がするんだ」

「笑っていた？」

「僕の勘違いかもしれないよ。事故で興奮してただけかもしれないし……。危ないよって声をかけたんだけど、聞こえなかったみたいで、玄室のほうに走っていっちゃった」

「アシェリはそのまま外に逃げたんだろう？　ジェドとすれ違ってから、やつが王墓から出てくるまで、どれくらいの時間があったんだ」

「セティもジェドも出てこなくて、僕にはすごく長く思えたんだけど。あとから話を聞いた感じ、そんなには経ってないと思う」

「なるほどな。ジェドはそのわずかな間、私と玄室にいたというわけか」

「ねえ、セティ」アシェリは真剣な面持ちで、セティの目を見つめてきた。月夜に長い睫毛《まつげ》が揺れる。「僕、見たんだ。掘り出されたセティの胸には、ナイフが刺さってた。あれ、ジェドがやったのかな」

「そうとしか、考えられないな」

「そっか……」

「なあ、アシェリ。ジェドの居場所を知らないか」

「僕は今日の午前中会って、それきりだよ。たぶん、神官寮にいるんじゃないかな」

「そうか。行ってみる」

「とにかくまた会えて嬉しいよ、セティ」

「私もだ、アシェリ。これから葬送の儀があるんだろう？　また明日、ゆっくり話そう」

「うん。儀式が終わったら、心臓探すの手伝うよ。……じゃ、僕、行くね」

手を振って駆けていくアシェリを見送る。

その姿が見えなくなると、セティも建設村の入り口をくぐり、タレクの工房へと足を向けた。

何度も通った道は、薄暗がりの中でも容易にたどることができた。ミイラの体といえど、心臓《イブ》の鼓動が速くなるのを感じる。建設村の端にある工房が見えてきた。

明かりが灯っている。タレクは中にいるようだ。

扉の前に着いた。セティは深く息を吐く。そして、いつもの調子で、小さくノックをした。

反応はない。セティは、再びノックする。

中で人が動く気配。扉へと近づいてくる。ゆっくりと、扉が開く。

「……セティ」

「いい夜だな、タレク」

セティの言葉に、タレクは哀しそうに微笑んだ。その顔には、安堵と、どこか後ろめたさが混じっているように思えた。

8

「相変わらず、立派な工房だな」

セティは入るなり工房の中を見回しながら、勧められた椅子に座る。

「メリラア様が随分と気を利かせてくれたんだ、ありがたいことに」

「妥当な待遇だろう。タレクはいい加減な男だが、腕だけはたしかだからな」

「言ったな、こいつ」

タレクが笑った。上半身は裸で、身につけているのは腰布と質素な腕輪だけという飾らない装いなのに、それがよく似合っていた。体つきはどちらかといえば細身だが、その体に無駄な贅肉はなく、しなやかな筋肉の曲線は見ていて惚れ惚れするほどだ。職人の多くは禿頭か短髪に刈りこむものだが、タレクは誰憚《はばか》らず、豊かな黒髪を肩の少し上まで伸ばし、無造作にくくっていた。その型にはまらない自由奔放さが、セティには昔から眩しかった。

そして、そのような振る舞いが許されるのも、タレクが無二の存在だからである。天才の名をほしいままにする若きミイラ職人、その腕は神官長だけでなく王にも認められるほどだ。

本来ミイラ作りの各工程は分業化されているものであるが、タレクは全行程をひとりだけで仕上げられる腕前を持っていた。その出来栄えは、まるで生きているようとも評され、メリラアによる推薦により、先王アクエンアテンのミイラもタレクの手に任されることになったと聞く。セティの見た目が生前とほとんど変わりないのも、タレクの技量によるものだろう。

「ビールでいいか？」

「……ああ、いただこう」

セティは頷き、タレクの差し出した陶製の杯を受け取り、掲げる。

「トゥトアンクアテン王の治世に」

「乾杯」

タレクが杯を傾ける。セティは口をつけることなく、そのまま机に杯を置いた。

「セティ。お前は……」

「この体、タレクがミイラにしてくれたんだろう？」

セティはタレクの言葉をさえぎるように、腹の繕《つくろ》い痕を撫でながら、タレクに問いかけた。

「ああ、そうだ」タレクは頷く。「全部、俺がやった」

「見たのか？」

セティの口から放たれた問いかけは、鏃《やじり》のように鋭かった。突きつけられたタレクは一瞬、びくりと体を震わせた。答えを促すように視線を向けると、タレクは目を逸らした。いつもは陽気な淡褐色の瞳が、逡巡に揺れる。そして、とうとう、絞りだすように言った。

「なにも、見ていない」

その言葉とは裏腹に、彼の素振《そぶ》りが真実を物語っていた。タレクは昔から、嘘が苦手なのだ。だが、嘘をつくときは、決まって誰かのためだった。

「そうか、見ていない、か」

セティは呟いて、瞑目した。タレクにだけは見られたくなかったという気持ちと、見られたのがタレクでよかったという気持ちが綯《な》い交ぜになって、自分でもどう受け止めていいかよくわからなかった。

「……なあ、セティ。これだけは言わせてくれ」

目を開くと、先ほどまでと打って変わって、タレクがセティの双眸《そうぼう》をじっと見つめていた。

「なにがあっても、俺はお前の親友だ。それだけは変わらない」

「ありがとう、タレク」セティは思わず微笑んだ。「思えばお前は昔から、いつだって私を助けてくれたな」

幼少期、初めて出会ったときからして、タレクは死をも覚悟したセティの窮地を救ってくれたのだ。その後も体が小さいセティは、つい利口ぶることがあり、生意気だと同級生によく殴られた。そしてそのたびに、タレクは割って入って助けてくれた。セティにとってタレクは憧れだったし、友人でいられることを誇りに思っていた。

過去の思い出に浸り、人心地がつくと、セティは妙な気分になってきた。目の前の男に、文字どおり体の中まで覗かれたという事実が徐々に現実味を帯びてくる。親しい仲とはいえ、今まで互いに裸など見たことはなかったのだ。急に気恥かしさがこみ上げてきた。

そんなセティの様子を見て、緊張の糸が切れたのか、急にタレクが噴き出した。屈託のないその笑顔に、セティも思わず笑みをこぼす。二人して見つめ合い、ひとしきり笑った。

「タレク。また会えて嬉しいよ」

「俺もだ。セティ……」

セティの言葉に、タレクも答える。その瞳に、突然、驚愕の色が浮かんだ。

「おい、セティ……見てみろ。なんだ、あれ」

タレクはそう言って立ち上がると、セティの背後を指さした。振り向くと、背後に位置した窓越しに王墓が見える。眺めるうち、輝く王墓の稜線《りょうせん》、その少し上の夜空に、なにかがきらりと光ったような気がした。

セティは目を凝らす。きらめく光が、さらに二、三度瞬《またた》いた。

その後はどれだけ見つめても、黒々とした闇に変化はなかったが、見間違いだとは思えなかった。

それは、神秘的な光だった。

まるで、夜が涙を流したような――。

呆然《ぼうぜん》と夜空を眺めるセティを、床を叩く足音が現実に引き戻した。

弾《はじ》かれたように振り向くと、その視線の先には、一匹の子犬がいた。

「おい、タレク――犬がいるじゃないか。飼いはじめたのか」

「まあな。ひとりだと寂しくて……いや、なんでもない。おい、笑うな」

セティがくつくつと笑うと、タレクはムキになって顔を赤くした。悪い、とセティは謝る。気詰まりな雰囲気はすでになく、昔の気安さが戻った気がした。

「この犬、アヌビス神のお姿にそっくりだな」

セティはそう言って、足元に身を寄せてきた犬を撫でた。タレクは昔から、ミイラを司るアヌビス神と、アヌビス神に縁の深いオシリス神を崇拝していた。たしかにタレクが飼うなら、この犬はぴったりだ。

タレクは自慢気に鼻を鳴らした。立ち上がり、棚から浅い皿を持ってくると地面に置いた。その上にパンを放る。犬は飛びつき、夢中でパンを貪《むさぼ》りはじめた。タレクはそれを尻目に再び台所に向かうと、今度はビールの入った水差しを取って戻ってきた。

「ところで、セティは一度冥界に行ったんだろう。神々にはお会いできたか。どうやって現世に戻ってきたんだ」

「ああ、真実の神、マアト様にお会いしたんだ。だが、そこでこう言われた。私の心臓には欠けがある。欠片を見つけなければ、死者の審判が受けられぬ、と」

「心臓に……欠けだって?」

タレクは心底驚いているように見えた。セティのミイラにいちばん長く触れていたのは、ほかならぬタレクだ。てっきりなにか知っているかと思ったのだが、どうやらそうではないらしい。

犯人がタレクではないという安堵と、やはり手掛かりが得られなかったという落胆を同時に感じながら、セティは問いかけた。

「タレク、なにか知らないか。棺の中で、心臓の部分の包帯が切り裂かれていたんだ」

「いや、俺の知る限り、なにも異常はなかった。メリラア様が口開けの儀を行ったときも、特に変なところはなかったと思う」

「では、私の心臓が欠けたのは」

「埋葬されてから、ってことになるだろうな」

「タレク。私の葬儀……口開けの儀が行われたのは、いつだったんだ？」

「つい五日前だよ。なにかがあったなら、この五日間ってことになるな」

「しかし、墓守は、ここ最近で盗掘者はいなかったと言っていたが」

「……うーん」

タレクは考えこむような素振りを見せた。セティはため息をついて、先を促す。

「タレク。いいから言ってくれ」

「ん？　なにがだ」

「お前、内容じゃなくて伝え方を悩んでるだろう。見ればわかる。今さら、気を遣《つか》わないでくれ」

セティの言葉に、タレクは苦笑すると「……セティには敵《かな》わねえな」とつぶやいた。

「じゃあ、言うけどさ。心臓はたしかに盗まれた。でも、盗掘者はいなかった。ってことは、盗んだのはセティの墓参りに来たやつだろう」

「それは……そうなるが、しかし」セティはうつむく。「もしかしたら、盗掘者が捕まっていないだけかもしれない」

「かもな。だが、もし盗掘者なら心臓なんかじゃなくて、もっと高価な副葬品を盗むと思うぜ。ほかに盗まれたものは？」

「……墓に荒らされた形跡はなかった。取られたのは、心臓の欠片だけだろう」

「じゃあ、そのこと自体が、犯人はセティと縁の深いやつだっていう証拠みたいなもんじゃねえの？」

セティは返事に窮した。タレクの指摘は正しい。

「私は、そこまで……近しい誰かに恨まれていたのだろうか」

「さあな。だが、墓守は来訪者を記録しているはずだ。悩むのは、誰が来たのか確認してみてからでいいんじゃないか。いずれにせよ、容疑者は絞りこめる」

「ああ、確認してみよう。ありがとう、タレク」

セティが肩を落とすと、タレクは「おいおい、そんな暗い顔すんなよ」と背中を叩いてきた。

「今日は泊まっていくだろ？　飲もうぜ」

「いや、すまない」セティは首を横に振った。「せっかくだが、今日は失礼するよ。私には、時間がないんだ」

タレクは不思議そうに首を傾げる。

「時間がない？　なにか用事でもあるのか」

「私が現世に留まれるのは、三日が限度と聞いている。明後日の夜までに、心臓を見つけなければ」

「三日――」タレクは愕然とした表情を浮かべてつぶやいた。「そんなに短いのか」

「ああ。だが、まだ手掛かりはほとんどなくてな。それに、死んだときの記憶もないのだ。それでとりあえず、私が死んだ経緯について調べていたところだ」

「そうか……。その三日で心臓が見つからないと、どうなるんだ?」

「マアト神の審判が受けられず、アメミットに心臓を食われることになる。……とはいえそれすらも、冥界に戻れないよりはまだいい。三日以内に棺に戻らなければ、私は現世にも冥界にも行けず、魂《バー》のまま永遠にさまよい続けるらしい」

「おいおい、冗談じゃないぜ」タレクはセティの両手を摑んだ。「俺も協力する。絶対、心臓を見つけよう」

「ありがとう、タレク。私は来訪者を調べるのと、私が死んだ経緯——崩落事故や、殺人事件の調査を続けようと思う。タレクもなにか気づいたことがあったら、教えてくれ」

「ああ、もちろんだ。俺にできることは、なんでもする」

「会えて嬉しかったよ、タレク」

「俺もだ、セティ」

セティはタレクの手を離すと、工房をあとにする。外に出たセティの背を、タレクのつぶやきが追いかけてきた。

「セティ。俺が絶対に、助けてやるからな……」

セティは建設村を離れ、ひとり、夜の砂漠を歩いた。

行くべき場所が残っていた。歓迎されるかはわからない。怒鳴られて追い返されるかもしれない。それでも、行かなければ。

セティの家――正確に言えばイセシの家は、アケトアテンの中心、王宮近くの住宅街にあった。夜も更けたせいか、昼間の喧騒が嘘のように、街は暗く閑散としていた。酒場のいくつかには蠟燭の明かりが灯り、中から控えめな話し声が聞こえてきていたが、それも通り過ぎるとすぐに聞こえなくなる。

やがて、セティはある家の前で足を止めた。日干し煉瓦づくりの小さな二階建て。宰相府で宰相に次いで地位の高い、書記長が住む家だというのに、壁には装飾一つなく、どこかみすぼらしさを感じさせる見た目をしていた。

形式上は実家ということになるが、セティはこの家にはあまり馴染みがない。先王による遷都に伴い、テーベにあったこの家がアケトアテンに移ってから、セティは学校で寝泊まりして勉強をすることが多く、ほとんど寄りつこうとしなかった。しかし、建材も間取りもそのまま移したのであろう、外観は生家とそっくりそのままで、セティはかすかに郷愁を覚えた。

中に明かりは灯っていなかった。下働きの者も、もう帰ったのだろう。セティは玄関に入ると、がらんとした客間を通り抜け、二階へ向かう。間取りも家具も昔のまま、寸分の違いもない。おかげで迷う心配はなさそうだった。

階段を上りきると、二つの部屋があった。奥の部屋の前に立ち、幼いころからそうしていたように壁を右手でコン、コン、と叩く。

「……セティ？」

暗闇から、驚愕と疑念に揺れる、しわがれた声が上がった。

セティが沈黙していると、身を起こす衣擦れの音に続いて、石を打ちつける硬い音がし、火花が散った。パピルスのランプに火が灯り、暗闇に顔が浮かび上がる。

父、イセシは寝台の上で上体を起こしたまま、じっとセティを見つめていた。短く刈った髪には白いものが交じっていて、老いを強く感じる。だが、無理もない。式典で遠目に眺める機会を除けば、こうして顔を合わせるのも八年ぶりになる。

「……ただいま戻りました、お父様」

「セティ。私のことは父上と呼べ」

イセシは渋面《じゅうめん》で言った。その声音から、すでに驚愕の色は消え去り、昔と同様の叱責《しっせき》が飛んできた。

「今、何時だと思っている。お前には常識を教え損ねたようだな」

「深夜の帰宅になったことは、申し訳ありません。ですが、生命力《カー》に限りがあり、明後日には冥界に戻らなければならないのです。それで、やることが多くて……」

「口答えをするな」

「……申し訳ありません」

「今日はもう寝ろ。話は明日聞く」

「その……隣の部屋の寝台を使ってもよいでしょうか」

「いちいち、くだらないことを聞くな」イセシは再び寝台に身を横たえると、ごろりと転がってセティに背を向けた。「ここはお前の家だ。好きにしろ」

セティは寝台にそっと近づくと、ランプを手にとった。陶製の皿に注がれた椰子油をこぼさないよう、慎重に持って部屋を出る。

「おやすみなさいませ、父上」

セティの言葉に、返事はない。

セティはイセシの部屋を出て、隣の寝室に入った。窓ひとつない、狭苦しい部屋だ。唯一置いてあるのは子供のころから使っている木の寝台だけで、セティの体がぎりぎり収まるくらいの大きさしかない。

ここは、幼いセティの部屋だった。職を得てからは神官寮に部屋を借りていたせいで、八年以上も足を踏み入れていなかった。しかし、床にも寝台にも埃《ほこり》は溜まっておらず、敷かれた亜麻布のシーツは清潔で、清掃は行き届いているようだった。

セティは床に座り、ランプを置くと、木でできた寝台の下を覗きこむ。底板の裏には幼いセティの日記が刻まれていた。先端の尖った石を使い、習ったばかりの聖刻文字《ヒロエグラフ》を刻んだ記憶が蘇る。

（おとうさまにぶたれた。つえでぶたれるのはいたくてきらい。）

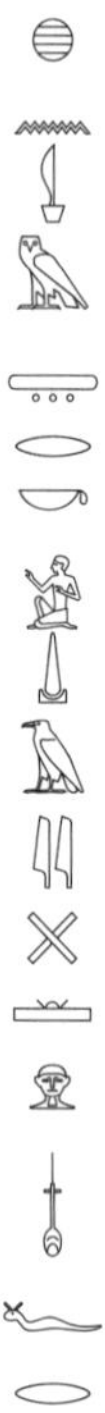

（タレクとあそんだ。たのしくてしあわせ。）

文字や文法もところどころ間違っていたが、一生懸命に書いたことがわかり、くすりと笑ってしまう。ほかにも、

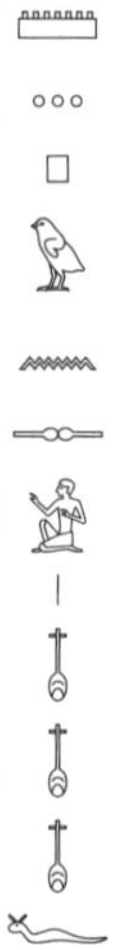

（美点が人にとっては記念碑である。）

これは習った諺《ことわざ》を忘れないように書き写しておいたものだろう。

セティはランプの火をそっと吹き消すと、寝台に寝転がった。狭いせいで、腕を伸ばすと寝台の外に出てしまうので、自らを掻《か》き抱くように体の前で腕を組む。それはまさしく埋葬され

るときの体勢にほかならず、暗闇の中でひとり苦笑した。

その姿勢のまま、今日あったことを思い起こす。冥界から戻り、メリラアやアシェリ、それとタレクと再び会えた。生前の自分だったら、タレクの誘いに応じて彼と夜を明かしていただろう。そうできたら、どんなに楽しいだろうか。

だが、セティに残された時間はあと二日しかない。それに、タレクといると、余計なことまで話してしまいそうだった。それより今は、心臓探しに集中しなければならない。

一階や廊下から、懐かしい香の匂いがした。嗅《か》ぎなれた、我が家の匂いだ。

セティはわずかに頬を緩《ゆる》めたあと、口を引き結ぶ。寝台を降りて立ち上がった。疲労を感じていたが、それ以上の焦燥が、セティに休むことを許さなかった。

セティは足音を殺し、静かに部屋を出ると、墓守を訪ねるべく墓所へと向かった。

第二章　石を運ぶ奴隷の少女

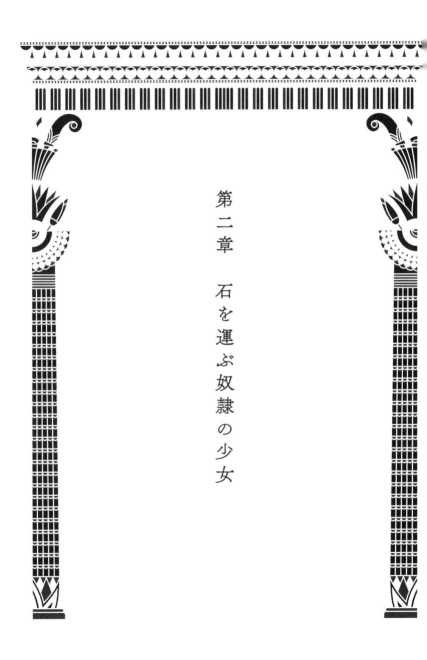

葬送の儀　二日前

1

待ち望んでいる雨は、今日も降らない。

洪水の季節、第二の月の六日。カリは肩にかけた麻縄をしっかりと握り直すと、体重をかけて一歩を踏みだした。

肩にめりこむ花崗岩の重さに、歯を食いしばって耐える。麻縄は木の橇《そり》に結ばれており、その上には一辺二十シェセプ以上の岩が鎮座していた。重さは四千デベン（約五トン）にも達する。四十人以上の奴隷が、一団となってうめき声を上げながら、巨石を前へ前へと引きずっていく。

砂漠を遍《あまね》く照らす太陽が、カリの肌を焦がす。全身が岩の重さに軋んだ。汗は拭う間もなく落ちてきて、目に入っては滲み、傷痕に入っては痛みを掻き鳴らす。

カリは数歩進んだところで、麻縄を右から左の肩に移した。だが、左肩もすぐに痛みはじめる。連日の苦役に、カリの肩に皮が剝《む》けていない場所はなくなっていた。それでも足を前に出さなければ、罵倒と鞭《むち》が飛んでくる。

「遅いぞ!!　このままだと、また遅れる!!」

怒号とともに鞭が空《くう》を切る音が聞こえ、後方で悲鳴が上がった。鞭を振るったのは班長のパヌトムだ。パヌトム自身は奴隷ではなく、王墓の建設を担当する官吏だった。

カリは、パヌトムの班になってしまった不幸を胸中で嘆いた。この班は、いつも石を運ぶのが遅く、しかもそれは改善するどころか遅くなり続けていた。なかなか目的地にはたどり着かず、長く苦しむうえ、休憩の時間も減らされた。だが、当のパヌトム自身は鞭を振れば振るほど橇は速くなると思いこんでおり、数人のお気に入りを除いて、奴隷の背を打ち据えることに勤《いそ》しむばかりだ。

「さっさと足を動かせ、このでくの坊どもが」

聞き慣れたパヌトムの怒声が聞こえる。奴隷の間では、このままではパヌトムは班長の地位から転落するだろう、というのがもっぱらの噂だった。カリは一日でも早く、その日が来ることを願っていた。

「班長のいうとおりですよお。力を合わせて、頑張りましょう」

カリの目の前を歩く男が、奴隷たちの苦悶《くもん》の声が聞こえていないかのように間延びした声援を上げた。副班長のペルヌウだ。ペルヌウは麻縄を引いておらず、代わりに体の前後に水の入った大きな樽《たる》をくくりつけていた。すらりと縦に細い体型をしていて、そこから伸びた長い手足を使い、橇の行く先に水を撒《ま》いている。この水撒きはいわば石運びの花形で、木橇が砂漠の乾いた砂に沈まないようにするのが役目である。石運びの壁画でも、水撒き役は重要だからひときわ大きく描かれるんだ、とペルヌウが誇らしげに言っているのを聞いたことがあった。

カリは肩の重みに意識を集中し、ペルヌウが撒いた水に誘われるように、一歩ずつ足を踏みだしていく。橇からは四本の縄が伸びているが、その先頭の四人が方向を間違ってしまうと、橇に伝わる力は分散し、あらぬ方向に進んでしまう。万が一乾いた砂に突っ込んでしまうと、橇が砂を噛んで動かなくなることもあった。それ故に責任重大な立場であるが、カリがここにいるのは重用されているのではなく、むしろ逆の理由であった。

カリが前方の地面を見て水が撒かれた場所を確認し、一歩を踏みだそうとした瞬間、鞭が空を切る、ヒュンッという音が耳のすぐ後ろで響いた。

「ぐぅっ――」

背中に焼けつくような衝撃を受け、カリは体を仰け反らせ、悲鳴を上げる。

「さぼってんじゃねえ、くそガキ」

いつの間にか、パヌトムが背後にいた。カリは倒れこみそうになりながら、縄にしがみつき、痛みに全身を震わせる。腕が萎えて力が抜けそうになった。パヌトムはそれを見ると、わざわざカリの目の前に回りこみ、嗜虐《しぎやく》的な笑みを浮かべ、鞭を見せつけるように弄《もてあそ》ぶ。

「さっさと歩け。それとももう一発欲しいのか、ん？」

カリは必死で首を横に振った。パヌトムは満足そうに鼻を鳴らし、再び後ろに回りこむと、カリにぴったりとくっついて歩きはじめた。いつ鞭が来るかわからない恐怖に、カリの背筋は震えだす。

全身から汗が噴き出し、じっとりと体を濡らしたが、それもすぐに乾いていった。昨日編んだばかりのサンダルはすでにほとんど壊れており、鉄のように熱された砂が足を焼く。

——ああ、来る。

鞭を振り上げた気配がして、カリが身を固くした瞬間、「班長」と後方からパヌトムを呼ぶ声がした。

「……なんだ？」

不服そうにパヌトムが応じて、カリの後ろを離れていく。その気配を感じとり、カリは安堵のため息をついた。

「今日も、休憩はなさそうですねえ……」

水を撒くペルヌウがパヌトムに聞こえないよう、小声で独りごちるのが聞こえてきた。カリは肩と背中の焼けつくような痛みに歯を食いしばり、空を見上げる。

砂漠の太陽は、今日も容赦なく灼熱《しゃくねつ》の光線を振りまいていた。

木橇が目的地に着くと、カリは縄から手を離し、疲労からその場にへたりこんだ。毎日、この瞬間だけは達成感で胸がいっぱいになる。

カリは座ったまま、建設中の王墓《ピラミッド》を仰ぎ見た。昨年即位した、トゥトアンクアテンという王様のための墓らしい。その横には、先王アクエンアテンの王墓もそびえ立っている。

遠く離れたハットゥシャでも王墓の噂は聞いたことがあったが、こうして目の当たりにすると、それは冗談のような大きさと神々しさを兼ね備えていた。建設中の王墓でもすでにカリの身長の数倍の高さはあろうが、カリたちが運んできた石はこのあと、別の奴隷の手で橇から降ろされ、王墓の一辺に作られた斜面を押し上げられ、墓の上のほうに積まれるらしい。そうして石を積んだのち、これからこの表面すべてに真っ白に光り輝く花崗岩を貼りつけていくというのだから、そのスケールの大きさには笑うしかない。

ようやく息が整ってきたカリが立ち上がろうとしたそのとき、後ろから誰かに背中を押され、前につんのめった。慌てて手をつくと、その手をまた別の誰かに思い切り踏まれる。

「ぐっ……」

うめき声とともに顔を上げ、手を踏んだ男の背を睨《にら》みつける。その姿に見覚えはない。男はこちらを一瞥《いちべつ》することもなく、人夫が行き交う雑踏へと姿を消した。誰かはわからないが、きっとカリと同じ縄を引いていた奴隷なのだろう。

小さくため息をついたとき、横から差し伸べられる大きな手があった。

「カリ、大丈夫かい」

聞き慣れた低い女性の声。アイシャだった。カリはその手を取って立ち上がると、「ありがと、アイシャ」と短く礼を言った。

「見てたよ。男ってやつはろくでもないね、まったく」

アイシャは太った体を震わせ、鼻息を吹くと眉根を寄せた。カリは無表情で応える。

「仕方ない。私が女で子供だから、同じ縄に着くと損なんだ」

その上、異人だから——とは思っても口には出さなかった。体格の差はあれど、女の奴隷なのはアイシャも一緒だ。それでもカリだけが露骨にいじめられるのは、カリが白い肌と碧《あお》い目を持つハットゥシャ人だからであろう。

仕方ないとは言ったものの、怒りがないわけではない。好きで女に生まれたわけでも、好きで幼いわけでもないのだし、なにより好きで奴隷としてエジプトに連れられてきたわけでもなかった。だがカリだって、一緒に縄に着くなら屈強な大男のほうがいい。だから、彼らの気持ちはわからないでもない。

「それより、アイシャ。さっきは助けてくれてありがとう」

カリは頭を下げた。さきほどパヌトムに鞭で打たれそうになったとき、後ろから呼んでくれたのはアイシャだった。

「いいんだよ、友達でしょ」

アイシャは豪快に笑って、大きな体を揺らす。年齢が多少上なのを差し引いても、アイシャはまるまると太って力も強い。アイシャには心身両面で、助けられるばかりだった。

――カリ。対等な立場、公平な取引が信用に繋がるんだ。親切にされたら、相手のことも助けてあげなきゃいけないよ。

商人であった父の教えを思い出しながら、果たして自分がアイシャを助けられることなんてあるのかな、と思う。そこへ、アイシャが「さ、木札を寄越しな」と右手を差し出してきた。

「代わりにもらってきてあげるから。全部パンでいいね」

カリは頷いて、首から下げていた木札をアイシャに手渡した。行きに船着き場で受け取った札を、到着した建設現場で担当官に渡せばパンとビールが受け取れる。アイシャは笑って、カリに背を向けた。人混みを器用にすり抜けて担当官の前まで行くと、談笑を始める。カリはそれを遠目に眺めていた。

エジプトに来て一年、今でこそカリも言葉には不自由しなくなってきたが、初めは誰に話しかけたらいいかもわからず、大人の男の人は皆怖かった。初日は途方に暮れて労賃を受け取らずに帰ったカリを、主人のアミは罵り、鞭で激しく叩いた。

明くる日、困り果てていたカリを助けてくれたのがアイシャだった。アイシャは生来の姐《あね》さん気質のせいか、カリを見過ごせなかったらしい。不安に押しつぶされそうな顔をしたカリの手を引いて担当官の前まで行き、身振りで木札を渡すように教えてくれたのだった。

やり方がわかったあとも、大人のエジプト人と話すのは苦手意識があった。アイシャにそれを打ち明けると、快く代行を申し出てくれ、以来こうして労賃の受け取りはアイシャに頼むことにしていた。

やっぱり、助けられてばかりだ——。カリが内心落ちこんでいると、遠目に見る二人は談笑が終わったようで、担当官がアイシャにパンを一つずつ手渡しはじめた。一つ、二つ……と続き、いつもなら八つなのに六つ渡したところで担当官の手が止まってしまった。アイシャが冗談めかすような調子でなにかを言うのが見えた。

——また、減ったのか。

「おまたせ、カリ」

戻ってきたアイシャが申し訳なさそうに言うと、パンを三つ、カリに手渡した。

「ごめんねえ。今日からはひとり三つなんだって」

「アイシャのせいじゃない」

「こう雨が降らないと、蓄えも尽きそうだ」アイシャは空を振り仰いだ。「明日は降るかねえ」

カリもつられて天を見上げる。太陽は憎らしいほど輝いて、空には雲ひとつない。雨が降るとはとても思えなかった。

「本当に、洪水なんて起こるの？」

カリの問いかけがよほど胡乱げに聞こえたのだろう、アイシャは苦笑する。エジプトでは今月を洪水の月と呼ぶらしいが、この国に来てからは太陽に苛まれるばかりで、雨など見かけたことがない。洪水はその予兆すら見えなかった。

雨が降らなければ水はなく、土地も枯れていくばかりだ。皆飢えていて、税は苦しく、行き交う人々の目に生気はない。人も土地も渇いていき、石運びの苦役はいつまでも続く。本当にひどい国に来てしまった、とカリは思った。

うつむいたカリを励ますように、アイシャが明るい声で言った。

「あたしが小さいころから、毎年大雨が降ってたよ。洪水は何ヶ月も続いて、その間は家の中で縄を編んだり、亜麻布を織ったりして過ごすんだ。水が引いたら、水路を直して畑を耕す。それで秋になったら、一面に小麦が輝いて、金色の畑で追いかけっこするのさ……」

懐かしそうに語るアイシャの話は、カリには夢物語にしか聞こえなかった。

雨が降りさえすれば、この苦役の代わりに屋内の作業が割り当てられるだろう。だが逆に、このまま干魃《かんばつ》が続けば、ナイル川が干上がるかもしれないと聞いている。川がなければ石切場から船で石を運び出すこともできないから、やはり石運びの仕事も中断されるのだろうか。いや、船の代わりに人力で石を運ぶなどと言いだすかもしれない。そうなれば、人足の負荷は今の比ではないだろう。

「明日こそ、雨が降るといいね」

もはや意味がすり減り、たんなる挨拶と化した言葉を、カリは無感動につぶやいた。

2

帰り道、街に向かって砂漠を歩く。パピルスで編んだサンダルはとうに崩れ去り、熱しきった砂を直《じか》に足裏で踏んで歩いた。拭っても拭っても体中から汗が出た。飢えのあまり体が引き攣《つ》れるように痛み、暑さも相まって意識は朦朧としている。ほとんどの奴隷は受け取ったパンをその場で食べていたが、カリにそれは許されていなかった。喉もからからに渇いている。

本来、石運びは未明に始め、酷暑を避けて昼前に終わるようになっている。だが、カリがいるパヌトムの班はいつも到着が午後を回り、灼熱の太陽が照りつける砂漠を石を引きずって歩くはめになった。

パヌトムは遅れを取り戻すために、開始時間をどんどん早めていたが、それでも石を運び終えるのはいつも最後だ。労賃を減らされているのも、きっとそのせいだろう。ほかの班の奴隷よりも朝早く起き、つらい日差しを浴びているのに、手に入るパンは少ない。まったく、ひどい話だった。

しかも、なお悪いことに、パヌトムも班のほかの奴隷も、遅れの原因がカリにあると思いこんでいるようだ。カリからすれば言いがかりとしか思えない。たしかに力は弱いかもしれないが、四十人からなる班にひとりの少女が紛れこんだからといって、目に見える遅れが生まれるはずはない。とはいえ、そうでなくても異人というだけで嫌われているのだから、カリも誤解を正すことは諦《あきら》めていた。

砂漠に慣れていないカリにとっては、ただ歩くことさえも命懸けだ。方向を間違えているのではないかという不安と闘いながら、起伏の多い砂漠を苦労して進むと、ぽつぽつと人家が見えてきて、ほっと息をついた。そのまま歩を進めると、エジプトの首都、アケトアテンの街の外縁にたどり着く。

カリの主人の家は、建設現場からこの街を挟んで反対側のはずれにあった。そのため帰るには、王宮前の大通りを端から端まで突っ切る必要がある。とはいえ街の中は、砂漠に比べれば随分と歩きやすい。

見慣れた酒場や革製品店の前を通り過ぎる。その先のパン屋から麦が焼ける匂いが漂ってきて、唾液が湧き、喉が鳴る。店頭に積まれたパンは目に毒だとわかっているのに、どうしても逸らすことができず、見つめながら店前を通り過ぎる。

さらに歩くと、香料屋から漂う甘い香りが、乾いた風に乗って鼻腔をくすぐった。毎日の通り道だが、カリ自身が店に入ったことはない。近寄っただけで、ハエのようにシッシッと追い払われるのが常だ。カリは道の反対側に寄って、背を丸めるようにして歩きながら、横目で店の様子をうかがった。どこかの商家の娘だろうか、長い白布を体に巻きつけた女性が、優雅な所作で香り袋を嗅いでいる。身にまとったタニスドレスのきめ細やかさと同じように、露出した肩は陶器のように滑らかで、傷痕とかさぶただらけのカリの肌とは比べるべくもなかった。彼女が着けている腰のベルトや、袖口にあしらった小さい瑪瑙《めのう》一つで、積まれたパンが山ほど買えるだろう。

カリはため息をついて視線を落とし、なおも歩き続けた。

そのうち、王宮前の広場が近づき、喧騒が耳に入ってきた。どうやら、明後日に王墓で大きな儀式があるらしく、それにあわせて昼にはこのアケトアテンでも祭をするらしい。なんでも先王のミイラを舟に乗せ、担いで街を練り歩くとか。その準備のためか、大きな舟がすでに広場には鎮座していた。周囲にはいつもより多くの露天商が集まり、地面に敷いた亜麻布の上で木彫りのアクセサリーや化粧品を売っている。

広場の中心には十数人が集まり、大声で話していた。だが、カリはその喧騒に小さな違和感を覚えた。それはどこか怒気や緊張感を孕んでおり、今にも喧嘩《けんか》が始まりそうだ。

さらに近づくと、広場の中心で二つに割れた人々は、口論をしているようだった。どちらも十人くらいの集団だ。それを、ほかの人々が遠巻きに眺めている。

片方の一団の先頭に立った口ひげの男が、もう一方に向かって声を張り上げた。

「貴様らはなぜ偽りの神を崇《あが》め、真の神々をないがしろにするのか!!」

男の声が朗々と響いた。相手に向けてというより、広場に集った人々に聞かせるのが目的のようにも見えた。男は続けて天を振り仰ぎ、芝居がかった様子で両手を高く掲げた。

「見よ、天は信仰を認めていない。それゆえ、トゥトアンクアテン王が即位されてから、一度も雨が降らないではないか」

「このままでは、エジプトの民は飢えて死んでしまう。洪水《アヘト》なくしては成長《ペレト》も収穫《シエムウ》もない」追従するように、男の背後から別の声が上がる。「すぐにでもラー、セベク、ハアピィに祈り、恵みの雨を降らせてもらわねば」

「黙れ、反逆者どもめ」もう一方の集団から、青年が進み出て答える。「アテンを奉じると決めたのは王《ファラオ》だ。貴様らは王に逆らうのか」

「アテンは民を飢えさせる詐欺師だ」それをかき消すように、先頭の男が王宮を指さし、声量を増して叫んだ。「王は騙《だま》されているのだ。我らの太陽神はラーのみ。このままでは偽りの信仰で国が滅んでしまう。王よ、我らの声をお聞き入れください‼」

「白昼堂々、アテン神を侮辱するとは」青年は険悪な目で男を睨《ね》めつける。「先王が仰せになったとおり、アテン以外に神はない。その口を閉じねば、殺されても文句は言えないぞ」

「黙るものか。アテンは神を騙《かた》る詐欺師だ‼」

男の声に続いて、一団が『アテンは詐欺師だ』と唱和した。

「黙れ、背信者どもめ」

青年は顔を真っ赤にして、口角泡を飛ばした。目の前の男を殴り、たちまち、乱闘が始まる。

似たような服、似たような顔のせいでカリには区別がつかないが、男たちはとにかく目についた相手を殴り倒しているようにも見えた。だが、王宮は目と鼻の先だ。すぐに騒ぎを聞きつけ衛兵が飛んでくる。

「お前ら、なんの騒ぎだ」

現れた衛兵たちが次々に男たちを取り押さえ、鎮圧していく。巻きこまれないよう遠巻きに見ていたカリは、歩みを再開した。

エジプト人が信仰する神など、カリには興味のない話だ。奉じる神を変えるだけで雨が降るのなら、ぜひそうしてほしいとも思う。だが、エジプトという忌々《いまいま》しい国が滅びてくれるなら、このまま雨が降らないのも悪くないとカリは思った。

3

カリが主人の家に着いたころには、すでに日が傾きかけていた。

「ただいま戻りました、ご主人さま」

街はずれにぽつんと立つ、日干し煉瓦の簡素な家。元は農家だったらしいが、長らく整地をしていないせいで、畑は荒れ果てていた。家の出入り口には扉の代わりに布がかかっており、カリはいつも外から声をかける。中からかすかにうめき声が上がったのを聞いて、建物に足を踏み入れた。

家の中は暗かった。窓はあるが、こちらも布を垂らして締め切っている。手狭のはずの室内は、物がないせいでがらんとしていた。すべて食べ物か薬のために売ってしまったのだろう。唯一残った椅子の横を通り抜け、奥の寝室を覗きこむ。

粗末な木の寝台に、ひとりの老婆が横たわっていた。その横でうつむいて床に座っているのは、カリの主人のアミ。老婆は彼の母親のペネスネブだ。

「今日の分です」

カリは抱えて歩いてきた三つのパンをアミに差し出した。アミはちらりと目をやると「遅かったな」とカリを睨みつけた。「それに、少ない。まさか、食べたのか？」

「いいえ。また減ったんです」

アミは鼻を鳴らした。三つのパンを奪うようにもぎ取ると、一つを乱暴に手で割って、カリに小さいほうのかけらを渡した。

「それがお前の分だ」

「あの」カリはおずおずと申し出た。「スゥの分をもらえませんか」

「お前が勝手に拾ってきた犬だろう。どれだけ卑《いや》しいんだ、お前は!!」

アミは眉を吊《つ》り上げ、拳を振り上げた。が、すぐにため息をついて拳を下ろす。

「だめだ。犬の分はない」

「わかりました」

カリはおとなしく引き下がった。これ以上アミの機嫌を損ねる前にと、足早に家を出て、家のすぐ横にある、屋根だけの粗末な厩舎《きゅうしゃ》に向かった。

ここがカリの寝床だ。

カリが初めてこの家に来た日。ペネスネブが一言「異人は嫌いだよ」と言ったのだ。それからずっと、カリは必要最低限しか家に入ることは許されず、ここで毎夜を過ごしている。

厩舎の屋根の下もまた薄暗かったが、風が吹き抜けて涼しかった。カリは硬い藁《わら》の上に腰掛けると、半かけらのパンを押しいただくように眼前に掲げた。

溢《あふ》れ出る唾液で喉が鳴る。そのままかぶりつこうとしたところで、スゥの姿が見えた。壁画に描かれるアヌビス神そっくりの大きな耳をしたスゥは、前脚で地面を引っ掻いて、土を食べようとしていた。

「……スゥ。スゥ、おいで」

カリは小声でスゥを呼んだ。スゥはこちらに気づいていないのか、食べられるはずもない土に齧《かじ》りついている。カリは少しだけ迷ったが、腰を上げてスゥに近づいていった。

すぐにカリに気づいたスゥが、吠えながら走り寄ってきた。立ったままのカリに体をすりつけ、するりと一周すると、その場に寝転んでお腹を出す。

全身が空腹を訴えかけてくる。だが、カリは小さなパンのかけらをさらに半分に割ると、片方をスゥの口元に運んだ。スゥは咀嚼《そしゃく》もせずに飲みこみ、口の周りをぺろりと舐《な》めた。

「……ごめんね、少なくて」

カリは泣きそうになりながら、残りのパンを自分の口に入れた。手のひらよりも小さいパンで、腹は少しも膨れない。

――今日も、食べられる草を探さなくちゃ。

それに、空いた時間で、明日のためのサンダルも編まなければならない。カリはため息を一つつくと、食べられる草を探しに野原を歩きはじめた。


その夜。カリは刺すような腹痛で飛び起きた。

身悶《みもだ》えし、芋虫のように藁の上で転がり、一刻も早く痛みが去るよう祈り続けることしかできない。

――神さま、どの神さまでもいいので、助けてください。痛くてたまらないんです。

回らない頭には、とりとめのない考えが湧いては消えていった。いったい、今日食べたどの草がいけなかったのだろうか。最近は見分けもついてきて、毒草は避けたはずなのだが、それでもよく似た草がある。腹痛のたび、こんな思いは二度としたくないと思うが、しかし、食べなければ飢えて死んでしまう。

厩舎の臭いもカリには耐え難く、咳きこむたびに吐きそうになる。すでに牛も馬も鶏も売られたあとだが、藁には悪臭が染みついていつまでも取れない。横で寝るスゥの腹に顔を突っ込む。スゥも少し臭ったが、獣の糞尿《ふんにょう》と比べれば心安らぐ臭いだった。

痛みはいつまでも続くように思えたが、だんだんと弱くなり、安心したカリはいつの間にか眠ってしまったらしい。

そして、夢を見た。

カリを攫《さら》ったエジプト兵の夢だ。

夢の中で、商隊のテントを覗きこむエジプト兵が嗤《わら》う。

復讐《ふくしゅう》を誓ったはずのその顔から、カリは恐怖で目を逸らした。

4

翌朝の目覚めは最悪だった。昨夜の腹痛は治まっていたが、今度は空腹で胃がしくしくと痛む。眠気は、これならばいっそ寝ないほうがよかったのではないかと思うほどに強く、一瞬でも気を抜けば倒れて眠りこんでしまいそうだ。

それでも、行かなければ。出発に遅れればパヌトムから鞭を受けることになる。特に、虫の居所が悪い日のパヌトムは最悪だった。カリは去年、出発に遅れた奴隷が、背が裂けるまで鞭打たれる光景を見たことがあった。そのまま動かなくなり、次の日から姿を見なくなった彼は、のちに病に伏して亡くなったと聞いた。

カリはそんなふうになるわけにはいかない。こんな国で奴隷のまま、死んでいいはずがない。どんなにつらかろうが、苦しかろうが、ハットゥシャの家に帰って、ママとパパにまた会うんだ――。

その思いだけが、カリを前に進ませた。

立ち上がり、体中にちくちくと刺さる藁を払いながらあたりを見回すが、スゥの姿がない。全身が汚れていたが、水は貴重で顔を洗うことすらできなかった。カリは手の甲で目をごしごしと擦《こす》り、ふらつく足取りで厩舎を出る。

アミの家に入った。椅子の上にはカリの朝食が置かれているはずだ。カリはパンひとかけらで、石運びを終え、午後にここに帰ってくるまでを過ごさなければならない。

果たして今日もパンは置かれていた。ところが、カリの目に飛びこんできたのは、まさにそれに齧りつこうとする犬――スゥの後ろ姿だった。

「スゥ!!」

カリは慌てて飛び出したが、間に合うはずもなかった。

スゥは一口でパンを平らげると、悪びれることもなくカリのほうを振り返った。

「……どうしよう」

カリは目眩《めまい》がした。

空腹はもはや限界だ。

このままでは、石運びの途中で力尽きてもおかしくない。だが、砂漠で倒れた奴隷の末路はおぞましいものだ。ただでさえ運び手が減るというのに、巨石のほかに荷を増やそうとする者などいるはずもなかった。まず間違いなく、砂漠に置き去りにされるのだ。そうなれば、上からは陽光、下からは灼熱の砂が身を焦がしていくのを感じながら、飢えと渇きの極致で、孤独に死にゆくことになる。

それだけではない。さらに悪いのは死んだあとだとアイシャは語った。祀られず、供え物もない死者は、冥界で永遠の飢えと渇きに苦しむことになる。その永久の苦しみは、現世の比ではないらしい。

カリは、無言のままスゥをじっと見つめた。スゥもまっすぐに見つめ返してくる。

スゥを責めても仕方ない。とはいえ、このままここを出るわけにもいかなかった。それは自ら死にに行くようなものだ。

カリは覚悟を決めると、足音を殺しながら寝室へと向かった。

寝台の上では、いつもどおりペネスネブが仰向けに横たわっていた。伸び切った白髪が乱雑に散らばるなか、腹の上で枯れ木のような手を組んでおり、微動だにしない姿は本当に生きているか不安になるほどだ。

アミは寝台の横の床に寝ていた。こちらは柔らかい草を編んだ敷物の上に寝転び、小さく鼾《いびき》をかいている。少なくとも、すぐに起きる気配はない。

カリは、アミが蓄えたパンを寝台の下に隠しているのを知っていた。

盗みは重罪だが、命には替えられない。

忍び足で寝台に近づいたカリは、アミをゆっくりとまたぐと、身をかがめて寝台の下を覗きこんだ。

ただでさえ暗いせいで、寝台の下はなにも見えない。手を伸ばすためにさらに身をかがめると、アミが大きく鼻息を吹き、生ぬるい空気がカリの頬を撫でた。嫌悪感に身をよじる。同時に、今もしアミが目を覚ましたらどんなにひどいことになるかと思うと、焦りで汗が噴き出してくる。

震える右手を寝台の下に突っ込んでまさぐると、なにかザラザラとしたものに触れた。麻袋だ。音を立てないよう慎重に、寝台の下から袋を引き抜く。中を覗くと、果たしてパンが十も二十も入っていた。カリは興奮とともに一つを手に取る。それを口にくわえ、麻袋を元に戻そうとしたとき、後ろで物音が聞こえ、カリは振り返った。

スゥだった。尻尾《しっぽ》を振りながらこちらを見ている。

スゥはカリがパンを持っているのを見ると、いつも吠えながら突進してくるのだ。

まずい、と思ったときには、すでにスゥは吠えるために息を吸いこんでいた。

アミが目を覚ましてしまう——。

考えるよりも先に体が動いた。カリはくわえていたパンを摑むと、スゥの頭越しに思い切り放り投げた。

スゥは機敏に反応した。カリにはそれ以上目をくれず、頭越しに飛んでいったパンを追い、一目散に駆けていく。転がるパンに追いつくと、歯でくわえて激しく振り回した。その後、地面に放したそれを前脚で押さえつけ、牙《きば》を突き立てて貪り食う。その姿はまるで野生の獣のようだった。

カリは小さく息を吐いて、パンをもう一つ取り出した。一つ盗んだのなら、もはや二つも変わらない。その一つをあらためて口にくわえ、麻袋を寝台の下に戻し、顔を上げる。

そのとき、体の下でアミが空咳をした。カリは体をぴたりと静止し、息を止める。

どうか、目を覚ましませんように——。

カリの祈りが通じたのか、アミの咳は一度で止まった。ほどなくして、再び寝息を立てはじめる。

安堵のため息をついたカリは、次の瞬間、悲鳴を上げそうになった。

暗闇の中で、ペネスネブの目が開いていた。

カリとペネスネブの目が、たしかに合う。

互いに瞬きもせず、しばし、見つめ合った。

……やがて、ペネスネブはゆっくりと目を閉じた。だが、カリは動けない。

——まずい。パンを盗んでいるところを、見られた。

だが……今さら、どうしようもない。

カリは早鐘のように激しく鼓動する心臓に手を当て、息を整える。そして、アミをまたいでいた足を戻すと、足早に寝室をあとにした。

5

その日の石運びも、いつもどおり遅れていた。だが、カリはいつもより空腹ではなかった。そのことが、カリに罪悪感を感じさせた。

石運びが終わり、アケトアテンの街に戻ると、道には人々が溢れ、賑わいを見せていた。明日の儀式に向けてだろう、道行く人はみな笑顔で、カリと同い歳くらいの子どもたちも、菓子を手に歩く者、親に手を引かれ物珍しげに露天商を覗きこむ者、大声を上げながら走って追いかけっこをしている者、皆幸せそうに見えた。その光景はまるで、今この街で不幸なのはカリだけだと言っているように思えた。

ペネスネブはアミに今朝見たものを伝えているだろう。これから自分を待ち受ける運命を思うと、カリの足取りは重くなった。帰りたくはなかったが、かといってほかに行くところはない。頭を落とし、とぼとぼと家路を歩く。

街を通り抜け、遠目に家の前に立ちはだかるアミの姿を見たとき、カリは涙をこぼしそうになった。

アミは腕を組んで、カリを睨みつけていた。その手には、鞭が握られている。カリが目の前にたどり着くまで、アミは黙りこんでいた。

「ただいま、帰りました、ご主人さま――」

「俺がなぜ怒っているか、わかるな」アミの低い声が、地に目を落とすカリの頭上から降ってくる。顔は赤黒く、有無を言わせぬ圧があった。「後ろを向いて、ひざまずけ」

カリは震えながら、言うとおりにした。後ろを向き膝をつく。逃げだしたかったが、逃げ場などないし、助けてくれる人もいない。

視線だけを動かして、すがるような気持ちでスゥを探したが、見える範囲にその姿はなかった。すぐに背後で、鞭が空を切る音がする。次の瞬間、焼けつくような痛みが背中に走った。

「――っぎぃ」

のけぞり、歯を食いしばって耐えるが、言葉にならない声が漏れる。アミは怒りにまかせて鞭を振るい、そのたびにカリの視界に火花が散った。

「俺を、コケに、しやがって、この、ハットゥシャのガキが!!」

アミは息を荒らげながら、鞭を遮二無二振り下ろす。カリはのたうち、体を揺らし、痛みに耐えるしかなかった。

打擲《ちょうちゃく》が十を超え、二十を超えたころ、アミは肩で息をしながら、ようやく鞭を振る手を止めた。

「……まだだ。こんなもので、俺の怒りは収まらん」

「――本当に、すみませんでした、ご主人さま」カリは背を向けたまま、息も絶え絶えに、アミに許しを請う。「でも、食べなければ、飢えて死んでしまいそうだったのです」

「飢えて死ぬだと？」アミの声が怒気を増す。「お前がそんなに大食いなはずがないだろう」

「スゥと一緒に食べたのです」カリはすがるように続ける。「パン二つです。頑張って働いて、すぐにお返しします」

「パン、二つ？」

アミは呆気《あっけ》にとられたような声を上げる。一瞬の間を置いて、声を震わせはじめた。

「よくも、ぬけぬけと――」

再び、鞭の音。体を突き抜ける衝撃。背中の傷はとうに痛みの限界を超え、骨が露出しているのではないかと思うほどだ。熱を帯びはじめているそこに向かって、アミの怒声が降り注ぐ。

「なにが、パン二つだ。馬鹿にするのも大概にしろ!!」

カリは、朦朧としながらも混乱していた。

自分はなにかまずいことを言っただろうか。アミがいったい、なにに怒っているのかわからない。

アミはカリに向かって鞭を振りながら、激高したように叫ぶ。

「お前は、数え切れないほどのパンを盗んだ!!」

「えっ——?」カリは絶句する。まったく身に覚えがなかった。と、すぐにある可能性に気づいて、問いかける。

「ペネスネブさまが、そう言ったのですか」

「違う……お前は母をも侮辱するのか!!」

もはや、なにを言っても逆効果だった。

カリはただ、丸まって嵐が過ぎ去るのを待った。


「……今日の昼、呪《まじな》い師のタウイのところに行った」いい加減手が疲れてきたのか、ようやくアミの鞭が止まる。「祈禱《きとう》と、薬をもらうために」

カリの知る限り、ペネスネブはずっと病床にある。薬はそのためのものだろう。口を開く気力もなく、カリは黙ったまま聞いていた。

「タウイがまた薬の値を上げるというから、俺は言ったんだ。『ただでさえ奴隷のパンが減らされてる。これ以上、値上げは勘弁してくれ』と。そうしたら、タウイは怪訝《けげん》な顔で答えた。『私の奴隷は、パンを減らされたことなどない』……そう言ったんだ」

そのときの驚きと怒りを思い出したのか、アミの声が震えはじめた。先ほどからカリはアミに背を向けたままだが、今だけは絶対に振り向きたくないと思った。

「俺は街中のやつに聞いて回った。お前の家の奴隷はパンを減らされているか、と。パンを減らされたものなど、誰もいなかった。どの奴隷も、毎日きっかり、パンを十持って帰っていた」

「わ、私の班は――」カリが慌てて声を上げる。「毎日、石を運ぶのが遅いんです。それで、減らされているんだと思います」

「それも聞いた。パヌトムというやつの班だろう」アミが低い声で答える。「酒場にいたマレが言っていた。あいつの奴隷もパヌトムの班だが、毎日パンは十受け取っている」

「――え？」カリの声が、動揺で裏返る。「まさか、そんなはずが」

いったい、どういうことなのか。

わけがわからず、呆然と目を見開いたカリの背後で、アミが涙混じりの声を上げる。

「お前が、お前がパンを盗まずに持ってきていたら――もっと呪《まじな》い師を家に呼べて、母はよくなっていたはずだ」

カリは黙るしかなかった。アミはカリが毎日、パンを六つも七つも誤魔化していたと思いこんでいるようだ。

だが、事実はそうではない。カリには心当たりがなかった。それを、どうやったらわかってもらえるだろう。

「いいか――」アミは声をいっそう低くし、脅すように告げる。「明日からは、絶対に十持って帰ってこい。もし次におかしな真似をしたら、警察隊に突き出して縛り首にしてやる。……

それと、盗んだ分を返し切るまで、お前のパンはない」

カリは地面に伏したまま振り返る。アミはカリを、涙目で睨み据えていた。

「……今日は、これくらいで勘弁してやる」

アミはそう言って踵を返すと、家に入ろうとした。その際、足元に転がった壺——見慣れない、異国風の意匠の細い壺だ——につまずき、毒づく。

「あ、あの」カリは震える声でアミの背に声をかける。「さっきから、スゥの姿が見えないのですが。スゥはどこですか」

「ああ、あいつなら——」

アミは答えかけ、一度言葉を止めると、嗜虐心を隠そうともせず、笑みを浮かべた。

「あいつは、殺して埋めた。お前への罰だ」

「——え？」

「食い扶持《ぶち》が減れば、薬もたくさん買えるようになる」

アミはそう言い捨てると、今度こそ家に入っていった。

カリはもはや体を支えられず、その場に崩れ落ちた。

背中は痛みを訴えたが、今はそれどころではなかった。

スゥは、もういない。二度と会えないのだ。

カリは地に伏せ、スゥと過ごした時間を思い出し、ひとり静かに涙をこぼし続けた。

6

夜。硬い藁の上でうつ伏せになったカリは、痛みと高熱にうめき声を上げていた。

背中が痛み、とても仰向けには寝られない。藁の先端がチクチクと腹や胸を刺すが、かまってはいられなかった。背中の傷は熱を発し、思考もまとまらない。体を冷やさなければと思うが、ここに水などない。暑いのに、汗があとからどんどん湧いてきて、寒気も感じはじめる。水を飲みたいが、今から何十分も歩いて川に行く気力などあるはずもない。

このまま死んでしまうのではないか、とカリは思った。絶対に死にたくはないが、この苦しみから逃れられるのなら、それも悪くないとさえ思う。それほどに痛みと苦しみは強烈だった。

時々うめいて体を動かすが、転がることはできない。地面の上で腹ばいのまま、体を揺すってもがくだけだ。悪臭にえずき、ひどく咳きこんで、それでまた背中が痛む。スゥの臭いが恋しい。スゥの体温が恋しい。

可哀想《かわいそう》なスゥ。カリがこの家に買われてすぐ、食べものを探しにか迷いこんできたのが出会いだった。パンのかけらをあげたら懐いて、いつの間にか同じ厩舎で眠るようになった。つらいときも悲しいときも、スゥだけは味方だった。でも、カリのところに来たせいで、スゥは殺されてしまった。

スゥはもう、この世にいない。二度と会えないのだ。そのことを思い出して、カリの目からまた涙がこぼれた。

痛みと哀しみでだんだんと意識が薄れ、思考はどこか中空を漂う。

いつの間にか、一つの疑問が思考の中心を占めていた。

——いったい、パンはどこにいったのか。

アミは、カリがパンを盗んだと思いこんでいる。だがカリは今朝の一件を除いて、盗みなどしてない。これまでカリはもらったパンを、すべてアミに渡していたのだ。

いったい、なにが起こっているのだろう。

……いや、簡単なことだ。アミが尋ねた相手が嘘をついているのだ。マレとやらは、自分の奴隷が本当は三つしかパンをもらっていないのに、あたかもアミには十個もらったように話したのだろう。

しかし、そんなことをしてなんの得があるのだろうか。

カリに恨みがあるならともかく、カリはマレという人も、その奴隷も知らない。奴隷同士、一方的に嫌われていてもおかしくはないが、そのために主人に嘘をつかせるというのはありえない。それに、カリを痛めつけたいとしても、誤解したアミに鞭打たせるというのは回りくどすぎる。ほかにいくらでも手段はありそうなものだ。

ならば、いったいなにが起こっているのか。

いくら考えても、答えは一つしかないように思えた。ずっと、目を逸らしていた答えだ。マレもその奴隷も嘘をついておらず、パヌトムの班の奴隷も、本当にパンを十個もらっている。つまり、騙されているのはアミではなく、カリだ。

その場合、カリを騙しているのは――。

……いや、でも、そんなはずはない。

明日、直接話してみよう。それですべての誤解は解けるはずだ。

カリは疑念と不信、不安と焦燥に心を焼かれながら、ゆっくりと意識を失っていった。


翌朝目を覚ましたカリは、まず、自分が生きていたことに驚き、神に感謝した。助けてくれたのがどの神様かはわからなかったが、思い当たる限りの名前を口に出して頭を下げた。

背の傷は相変わらず痛んだが、痛みそのものには慣れてきて、鈍い不快感のようなものに変わってきていた。

昨日のアミの宣言どおり、カリに朝食は与えられなかった。カリはナイルまで体を引きずって歩くと、空腹を誤魔化すために川の水を飲む。手で水を掬おうとしたとき、カリの姿が濁った水面に映りこんだ。連日の日焼けで、白かったカリの肌は茶色を通り越し、黒くなりはじめている。

ハットゥシャに、こんなに黒い者はいなかった。それはまるで、カリ自身がエジプトという国に染められていっている証のように思えた。嫌悪感から吐き気がこみ上げてきたが、目を瞑《つむ》って水を飲みくだす。

川辺を歩いて船着き場へと向かった。そこで、アイシャの姿を見つけた。

「ねえ、アイシャ」

「おはよう、カリ。……大丈夫かい？　顔色が悪いね」

アイシャは心配そうな表情を浮かべた。どう見ても、カリを心から案じているようにしか見えない。

しかし、カリとは対照的に、アイシャの顔色はよく、肉付きのよい頰はぱんぱんに膨らんでいる。

無意識のうちに、疑問には思っていたのだ。

パン四つで、しかもほとんどが主人の口に入るだろうに、奴隷がこれだけ太れるものだろうか？

「ねえ、アイシャ」

カリは覚悟を決め、拳をぎゅっと握り、切りだした。

「聞きたいことがあるの」

「なんだい、怖い顔して。どうしたのさ」

「パンって、本当はいくつもらえるの？」

カリの問いかけを耳にした瞬間、アイシャの表情がふっと消えた。人懐っこい笑みも、友人を案じる憂《うれ》いも、そこには見て取れない。いつも愛嬌《あいきょう》を振りまいていた瞳は、虚《うつ》ろな窪《くぼ》のようになって、今は深淵《しんえん》からカリを見つめ返している。

「アイシャ、答えて」カリは怯まず、先を続けた。「私の主人が聞いたの。パヌトムの班でも、ほかの人はパンを十個もらえるんだって。でも、私はずっと四つしかもらってなかった。おといはさらに減って、三つになった。アイシャも三つなんだよね？」

カリ、馬鹿なことを言うんじゃない。あたしも三つだよ。

そう言って、笑ってほしい――。

カリは願った。果たしてアイシャは笑った。だが、その笑みは、想像していたよりもずっとふてぶてしいものだった。

「あーあ……。気づいちゃったんだ」

「……アイシャ？」

「バカだねえ。そんなこと、知らなきゃよかったのに」

アイシャはそう言って、愉快そうに笑う。出会ってからずっと、こんなアイシャは見たことがなかった。

「知りたいんなら教えてあげる。あたしたちがもらえるパンはずっと十個。パヌトムの班でも、それは変わらない。あんたもその木札を直接持っていけば、十個もらえるよ」

「でも、私は三つか四つしかもらってなかった。その残りは……」

「ごちそうさま」アイシャはお腹に手を当て、大きな体を震わせると、愉快そうに笑った。

「美味《おい》しかったわ。ビールもたっぷり飲めたし。毎日ありがとうね」

「アイシャ……嘘、でしょ……」

「被害者面《づら》しないでちょうだい」アイシャがぴしゃりと言った。「騙されるほうが悪いのよ。あんたみたいな愚図、親に捨てられたのも納得だわ」

「私、捨てられてなんていない」

「あんたは捨てられたのよ」アイシャは悪意を込めて、歯を剝きだしにした。「行商がエジプト兵に襲われた、って言ってたわね。お使いで外に出して、奴隷商に襲わせるのは、口減らしの常套《じょうとう》手段さ。あんたの親は、よっぽどあんたが邪魔だったのね」

「ママとパパは、そんなことしない!!」

カリは反射的に叫んだ。

だが、自分が動揺していることがはっきりとわかる。

ずっと、運悪く、エジプト兵に襲われたんだと思っていた。

でも、本当は、私、捨てられたの――？

「だいたいね、あたしという友達がいなきゃ、あんたはここでやっていけなかったわ」

打ちのめされたカリを嘲笑《あざわら》うように、アイシャは続けた。

「班長からも庇ってあげたでしょ？　パンなんて、もらって当然。むしろ、感謝してほしいくらいよ」

カリは目の前の現実を信じられなかった。これが――これが、アイシャだというのか。心優しく、お節介で、いつも明るく笑っていたアイシャ。

しかし、カリが慕っていた心優しい女性は、もうどこにもいなかった。

「お前ら、さっさと持ち場に着け！」

パヌトムの怒鳴り声が聞こえてきた。視界の端で、大きな樽を背負ったペルヌウも歩き出す。早く縄に着かなければ、鞭と罵声が飛んでくるだろう。

「今日から、楽しみね」

そう言って、アイシャが太い唇を醜く歪《ゆが》める。

「あんたが自分からパンを差し出して、『助けてください』って言うのを心待ちにしてるわ」

今日も石運びが始まる。パヌトムは今日も機嫌が悪く、常に誰かに罵声を浴びせ、鞭を振るっていた。

カリの番もすぐに来た。

いつもと同じ罵声、いつもと同じ鞭。一年近く同じ目に遭《あ》っているのだ、慣れているはずだった。いつもと違うのは、カリの背がすでにひどく鞭打たれていたということだ。

たった一振りで、痛みはカリの許容できる限界を超えた。カリは悲鳴もなくその場に崩れ落ち、浅い呼吸を繰り返すばかりで、動くこともできない。

そんなカリを、後ろに付いていていた男が「邪魔だ！」と横に蹴った。体が地面を転がり、目と口に砂が入る。まだ日が出て間もないから、砂はそれほど熱くなかった。昼間だったら、口の中まで火傷していたことだろう。

「あのガキ、いてもいなくても変わらねえな」

誰かが冗談を飛ばし、奴隷たちの間で笑いが起きた。パヌトムも笑った。アイシャは人一倍大きい声で笑っていた。ペルヌウは自らの役目に必死なのか、笑っていなかった。カリはそれを、うつ伏せに倒れたままぼうっと眺めていた。

橇はカリの横を通り過ぎ、だんだんと遠ざかっていく。痛みは少しずつ引いてきて、どうにか耐えられるくらいにはなった。このまま取り残されても街までは戻れるだろうが、今日の労賃は受け取れない。そして、アミは決してそれを許さないだろう。

カリは萎える体に力を入れ、立ち上がると、木橇を追って歩きはじめた。

風に吹かれてすぐに消えていく橇の跡を、一歩一歩踏みしめるように、追いかけた。幸い、橇には思ったよりも早く追いついた。持ち場に戻り、縄を肩にかけ、全力で前に引く。

「おいおい、遅れたのに謝罪の言葉もなしか？」

パヌトムが回りこんできて、にやにや笑いを浮かべた。カリは顔を上げ、睨み返す。

こちらは、生きるか死ぬかの瀬戸際なのだ。

もしその忌々しい鞭で邪魔をするつもりなら、お前の喉首に嚙みついてやる――。

カリの表情が、よほど鬼気《きき》迫っていたのか。パヌトムは鞭を下ろすと、薄気味の悪いものを見たような表情を浮かべ、列の後ろのほうに去っていった。

それから、どのように建設現場にたどり着いたのか、カリは覚えていない。気づいたら橇は到着していた。

いつもならアイシャと談笑するところだったが、アイシャはカリを一顧だにせず姿を消していた。わかってはいたが、寂しかった。

カリは木札を、いつもアイシャがしているように、担当官のところに持っていった。

「パンか、ビールか」

「全部、パン」

短いやり取りのあと、パンを十個手渡される。カリはそれを、頭に巻いていた日除け布で包み、その場を離れた。

たったこれだけのことだ。これだけのことができなかったがために、カリは飢え続けた。急な欠員でアイシャと別の橇になった日ですら、律儀に待っていた自分はどれほど愚かだったか。

そして、ようやくパンが手に入ったというのに、これがカリの口に入ることはない。

カリはパンを手に提《さ》げ、人混みをとぼとぼと歩いた。

背は相変わらず痛む。傷は熱を持ち続けていた。この痛みと熱は少なくとも数日、悪ければ数ヶ月続くだろう。なにか食べれば癒《い》えるのも早いだろうが、カリに食べるものはない。アミの気が済むまで、あたりの草を食《は》んで飢えをしのぐことしかできない。

肩を落とし、俯きながら歩いていると、突然壁にぶつかったような衝撃とともに、カリの視界は反転していた。

「邪魔だ。よそ見してんじゃねえよ」

舌打ちと罵声とともに、男が遠ざかっていく。どうやら、正面から来た男を避《よ》けそこね、転んだらしい。それでもパンだけは体に抱いて、守る。

顔を上げると、行き交う人々の視線がカリに突き刺さる。皆、あからさまな敵意をもって睨んでくるか、そうでなくても道路に寝転ぶカリを迷惑そうにしていた。

カリはうつ伏せになると、地面に這《は》いつくばったまま、右手を伸ばし、砂を掴む。

立ち上がろうとしても、力が入らない。

友達だと思っていたアイシャは、カリをずっと裏切っていた。唯一の友であるスゥは、もうこの世にいない。

そして、もしかしたら、カリの両親も、カリの帰りを待っていないかもしれない――。

この世のどこにも、カリの味方はいなかった。

第三章　迫る狂信者の影

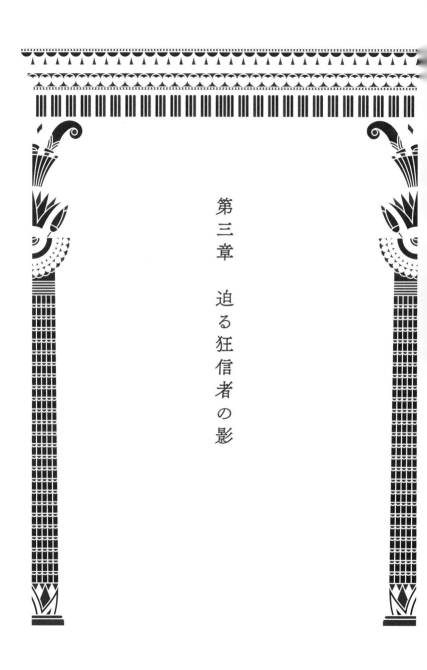

葬送の儀　当日

1

砂漠に目を向けると、地平線の彼方《かなた》で空が白みはじめていた。

夜明けは近い。アケトアテン郊外にある墓所で、セティは手に持ったパピルスに目を落とし、つぶやいた。

「私の墓に来たのは、二人、か」

深夜の訪問を、昼にも会った墓守は意外にも歓迎してくれた。曰《いわ》く、「どうせ起きてなきゃいけないんだから、話し相手がいるのは嬉しい」とのことだ。

一度イセシの墓に入り、セティの棺から鞘を取り出したあと、墓守に来訪者を調べてほしいと頼んだところ、このパピルスが渡されたのだった。

「ええと……書記長イセシの墓だろ」墓守は、積まれたパピルスを漁《あさ》りながら言った。「うん。もっかい確認したけど、やっぱりこの五日であんたの墓に来たのは、その二人だけだね」

「イセシ、それとジェドか」

墓参りに来るくらいなのだから当然ではあるが、二人ともよく知る人物だ。

「一つ聞きたい。この名前は、誤魔化すことは可能なのか」

「嘘の名前を書くってことか？　そりゃ、やろうと思えばできるだろうけどよ……」墓守は肩をすくめた。「俺ぁ文字なんて知らないからよ。来た本人に書いてもらうしかないし、本当のこと書いてるかもわかんないわな。だけども、名前なんて大事なもの、嘘書くやつがいるかね」

「本来であれば、いないだろうな」

名前とは、神であれば知られただけで生殺与奪《せいさつよだつ》の権を奪われるほど重要なものだ。他人の名を許可なく書けば当然罪になるし、そこを蔑《ないがし》ろにする者などいるはずがない。とはいえ、犯人はその後、セティの心臓を盗むという罪を犯す覚悟があったのだから、絶対に名を偽らないとまでは言い切れなかった。

「それに、俺だって書記長の顔くらい知ってるし。そうそう、書記長はここ数日、ほとんど毎日のように来てたよ」

「父上が……？」

セティの生前、イセシは従者に墓参りを任せていたように思う。足繁く通っているのは意外だった。

「とにかく、ありがとう、参考になった」

「どうってことねえよ。またなんかあったら、いつでも来てくれよ」

墓守に見送られながら、セティは高台を下りてアケトアテンへと戻った。

途中、セティは足を止めて、日の出を眺めた。その光は、エジプトを遍《あまね》く照らす、神の恩寵だ。

——私が現世で日を浴びるのも、明日が最後か。

セティは静かに瞑目すると、わずかな感傷を振り払い、再び歩きだした。ジェドを探しに神官寮へ行かねばならない。目的地は街の中心、アテンの大神殿だ。

神殿の入り口は、相変わらず衛兵が警護していた。近づいて声をかける。

「メレク、不寝番だったのか。お前も大変だな」

「セティ、メリラア様には会えたのか」

「おかげさまでな。短い時間だが、お会いできた。ところで、ジェドはいるか」

「ああ。ついさっき、寮に戻っていったよ」

「あいつは、相も変わらず朝帰りか……」

セティは怒りのあまり、舌打ちしそうになった。酒か、あるいは女か。セティの生前から、ジェドは神官書記の地位にあるまじき非行を毎晩のように繰り返していた。それでもジェドが馘首《くび》にならないのは、上司や同僚に遊興の便宜を図っているからだ。セティと折り合いが悪いのは、そうした賂《まいない》をセティは忌み嫌うためもあろう。

この世でもっとも高潔であるべき神官団も、人間である以上、当然癒着や腐敗がある。頭ではわかっているのだが、セティにはそれが許せなかった。組織の中でジェドが評価されればされるほど、自分が否定されているような気分になっていった。

「メレク、私はやつと話さなければならない。ここを通してくれないか」

セティの頼みに、メレクの顔に逡巡が浮かぶ。

「お前の力にはなってやりたい。だが……」下唇を噛み、小さく首を振る。「すまない、俺にも立場というものがある。正式な神官でない者を通すわけにはいかない」

「いや、仕方ないさ。それがお前の仕事だ」

セティは力なく微笑んだ。メレクには、まだ幼い子が二人いたはずだ。友のためとはいえ、万が一にも職を失うわけにはいかないだろうし、そうなってはセティも後味が悪い。

「しかし、どうしたものか……」

思案しながら門の中へと目を向けたとき、ちょうど正面にある本殿から、知った顔が出てきた。

「アシェリ」

呼びかけに、アシェリがこちらを向く。セティに気づくと、神官服の裾を引きずりながら、ぱたぱたと走り寄ってきた。

「早いな。朝の祈禱か？」

「うん、そうだよ。おはよう、セティ」

アシェリは答えて、ふわあ、と大きく欠伸《あくび》をする。セティは苦笑しながら問いを重ねた。

「今日は葬送の儀だろう。こんなところにいていいのか?」

「支度して、行くところだよ。眠くて、一度帰ってきちゃった」そう言って、アシェリはいたずらっぽく笑った。「でも、すごいよね。メリラア様は徹夜で王墓を見張るんだって」

「なあ、アシェリ。ジェドに用があるんだ。神殿に入れてくれないか」

「うん、もちろんだよ」

アシェリは事もなげに言って、メレクに向かって「いいよね?」と小首を傾げる。メレクは渋面を浮かべたが、「僕が責任を取るから」というアシェリの言葉で、不承不承ながら道を開けてくれた。

「ありがとう、アシェリ。それに、メレクも」

感謝の言葉に、メレクは目を逸らしたまま頷いた。

セティはその横を通り、白く巨大な門をくぐると、神殿の敷地に入った。先導するアシェリのあとを追い、神官寮へ向かう。

寮は本殿をぐるりと回りこんだ裏にあった。生前は毎日のように通った道だ。セティにとってはつい一昨日も通っていた。しかし、咲いている花や置いてある祭具などの位置が変わっていて、たしかに時が経っていることを実感させられる。

「私の部屋は……」私物を回収しようかと口を開いたセティは、途中で俯いた。「もう、とっくに引き払われているだろうな」

「うん。ごめんね……」

「アシェリはなにも悪くない」

そう言って、頭を撫でた。アシェリはくすぐったそうに笑う。肩で切りそろえたアシェリの髪は、柔らかくて、触っているだけで気持ちいい。

二階建ての寮舎は五棟あり、多くの神官や神官書記が寝起きしていた。

寮舎の前に着き、無言でジェドの部屋に向かおうとしたセティを、「待って」とアシェリが制する。

「部屋を移ったんだ……その、ジェドは上級神官書記になったから」

そう言って、アシェリが案内したのは、一号棟の一階、いちばん奥の部屋。すなわち、以前までセティが暮らしていた部屋だった。

要するに、セティが死んで空席になった上級神官書記の座を、ジェドが埋めたということだろう。半年も経っているのだ、なにも不思議なことではない。だが、自分の感覚ではつい一昨日まで暮らしていた部屋が突然引き払われ、自分を殺したかもしれない相手がそこで暮らしている。頭では仕方ないとわかっていても、セティは心中穏やかではいられなかった。

「ごめん。僕……ちょっと、支度してくるね」

アシェリはそう言って、そそくさと階段を上って姿を消した。本当に忙しかったのか、あるいはセティが浮かべた表情にいたたまれなくなったのかはわからない。

ひとりになったセティは、木でできた扉をしばし見つめたあと、小さく二回、ノックをした。

「おう」

早朝にもかかわらず、中から返事があった。ジェドの声だ。横柄で、この部屋は自分のものだと言わんばかりのその声音に、セティは苛立《いらだ》ちを抑えきれない。

「私だ」セティは低い声で言った。「話がある」

「……入ってきな」

ジェドは言った。嘲るような表情が見えるかのようだった。セティはゆっくりと、扉を開いた。

見慣れた部屋、見慣れた机、見慣れた寝台。ただ、その上に置かれた物だけが見慣れない。山をなす衣装や散らばったパピルスが床を埋め尽くし、整頓《せいとん》されていたセティの部屋の面影はない。

ジェドはこちらを向いて座っていた。セティが扉を後ろ手に閉めると、口を開く。

「噂を聞いて驚いたぜ。てっきり死んだと思ってた」

「一度は死んだが、戻ってきたんだ」

「そうかい。死人が蘇るなんて、この目で見ても信じられねえが……いちだんと男前になったな。その差し歯、似合ってるぜ」

「……よくも、抜け抜けと」

「そう喧嘩腰になるなよ。口論をしに来たわけじゃないんだろ？」

「お前に聞きたいことがある。私の墓に来たときの話と、王墓が崩れたときの話だ」

「んん？　なんだよ。色気のねえ話だなあ」

ジェドはそう言って、薄笑いを浮かべた。細身で身長も高いジェドは、神官の身でありながら女の話も尽きない。セティからすれば、神事に関わる人間が女性と交わるなど、言語道断だ。贈り物にするのか、今も鏡台の上には女ものの化粧品や装飾具が並べられていて、部屋は一階なのだから窓の外から室内は丸見えだろうに、隠そうともしない態度にもセティは腹が立った。

セティが睨みつけると、ジェドはゆっくりと口を開く。

「それで……ええと、お前の墓参りか？　たしかに行ったぜ。つい一昨日だ」

意外にもジェドは正直に答えた。名前があったとおり、墓に来たのはジェド本人だったらしい。

「そのとき、お前は私からなにかを盗んだか？　正直に言え」

「なんだよ、いきなり盗人《ぬすっと》扱いか。俺じゃなきゃ、怒ってるぜ」

そう言いながら、ジェドは愉快そうに笑った。

「なにも盗んじゃいねえよ。あえて言うなら、上級神官書記の肩書きと、この部屋かな。お前から譲り受けたのは」

「貴様……」セティは危うく殴りかかりそうになった。だが、すんでのところで抑える。「本当に、妙な真似はしていないんだな」

「さてな。なにも盗んではいないが、妙な真似はしたかもな」

「……これに、見覚えはあるか」

セティはキルトの衣嚢《ポケット》からナイフを出すと、ジェドの眼前に突きつけた。鞘には、『アクエンアテン王の治世十一年目、上級書記イセシより』とあり、刃の柄《つか》には『神官書記セティに贈る』と刻印されている。

「ああ、もちろん。最後に見たのは、お前の胸に刺さってたところだ」

「私が聞いているのは、刃ではない。鞘のほうだ」

「そっちは知らねえな」

「いや、お前は絶対に知っているはずだ」

「……へえ、どうして？」

「私の棺に鞘を入れたのは、お前しかありえないからだ」

セティの追及に、ジェドは興味なさげに自分の爪を眺めながら言った。

「ふうん。根拠は？」

「ムトエフによれば、父のイセシはこの鞘の行方を知らなかった。父が認識していないものが棺に入っていた以上、それは副葬品ではない。私の埋葬後に入れられたものだ。そして、墓守の記録から、私の埋葬後に墓に入ったのは二人――父とお前だけだ。一方で、事故のあとに紛失していたこの鞘を拾えたのは、お前とアシェリしかいない。そう考えれば、お前が拾い、墓に入れたと考えなければ筋が通らない」

「……はあ。本当に理屈っぽい野郎だな」ジェドは疎ましげに言って、肩をすくめた。「そうさ、そいつを墓に入れたのは俺だよ」

「なぜ、そんなことをした？」

「さてね。当ててみな」

セティは奥歯を噛んだ。いちいち癪《しゃく》に障る男だ。ジェドの悪行を指摘し、主導権はこちらにあるはずなのに、のらりくらりとかわしてくる。だが、ここで逃がすわけにはいかなかった。

「問答の必要はない。重要なのは、お前が私を刺したナイフの鞘を持っていたこと、そして私の棺を開けたという事実だ。それがあれば、お前を殺人と盗みの疑いで警察隊に突き出すには十分だろう」

「おいおい、面倒はよせよ。俺はお前を殺してねえし、なにも盗んでねえよ」

「言い訳はムトエフの前でするんだな」

「そもそもだ。殺しのほうはともかく、俺がなぜ死体の心臓なんて盗まなきゃいけない。どうせ盗むなら、ほかにもっといいものがあるだろうが」

「語るに落ちたな」セティは冷たい視線を向けて言った。「私は盗まれたのが心臓なんて、一言も言っていない」

ジェドはがしがしと頭を掻き、はあ、とため息をついた。

「ああ、面倒くせえ。なんで頭が回ってない朝に来るんだよ」ジェドは吐き捨てる。「だからお前は嫌いなんだ」

「私もお前が嫌いだよ、ジェド」セティは薄く笑った。「だから、お前を警察隊に突き出せて、とても嬉しい」

セティはジェドに歩み寄ると、その腕を摑んで引っ張り上げた。

「自分の足で歩くのと、衛兵に引きずられていくのなら、どちらがいい？」

ジェドは無言で腕を振り払うと、自ら歩いて部屋を出た。

廊下に出たところで、アシェリにばったりと会う。

「あ、セティ。それに、ジェドも」

アシェリは上級神官《ヘム・ネチエル》にふさわしい正装で身を飾っていた。純白のキルトの上から豹《ひょう》の毛皮のマントを羽織り、麻布の前垂れをかけ、宝玉をあしらった胸飾りをかけている。顔には橙色《だいだいいろ》の顔料を塗っているせいか、元から血色のいいアシェリの顔がさらに明るく見えた。

セティは不貞腐《ふてくさ》れるようにそっぽを向くジェドを放っておいて、アシェリに声をかける。

「アシェリ。似合ってるな」

「へへ、ありがとう。葬送の儀なんて、一生でいちばん大きい儀式だと思うからね。いつも以上に豪華にしたんだ」

「今から王墓に向かうのか？」

「うん。馬車があるけど、セティも乗っていく？」

「ああ、建設村まで相乗りさせてくれ。こいつも一緒にな」

セティはそう言って、ジェドの腕を掴んだ。

2

「おお、これはセティ殿。どうされましたかな」

警察隊の詰め所に入ると、ムトエフが出迎えた。

「犯人を見つけました」セティは憮然《ぶぜん》とした顔のジェドを突き出し、前に立たせる。

「私を殺し、心臓を盗んだのは、ジェドです」

「……なんと」

「俺はやってねえよ」

ジェドはそっぽを向いて、唇を尖らせる。

「詳しいお話を聞かせていただいても？」

ムトエフの言葉に、セティは説明を始める。鞘を棺に入れたのはジェドしか考えられないということの根拠と、本人もその事実を認めたということを話した。

「それにジェドは、私が心臓を盗まれたということを知っていました。鞘を持っていたのは私を殺したため、心臓を盗んだのは恨みからの犯行でしょう。鞭があれば素直になるはずです。心臓の在り処を吐かせたい」

「だから、俺じゃねえってのに……」

「ふむ」ムトエフは一声唸って、ジェドを頭から爪先まで眺めた。「そうですな。まずは、事実を整理しましょうか。……ジェド殿」ムトエフはそう言って、新しいパピルスを用意すると、書きつけながら質問を始めた。

「あなたが事件後、鞘を持っていたのは事実ですかな」

「ああ」

「それは、事件現場で手に入れたものでしょうか」

「そうだ」

「そして、それを副葬品としてではなく、セティ殿の埋葬後、棺に入れた」

「……そのとおりだ」

ふむふむと、ムトエフはジェドの返答を記録していく。セティは早く心臓の所在を知りたいというのに、取り調べは回りくどく、もどかしさを覚えてくる。

「では……なぜ鞘を拾ったのか。それと、なぜ棺に入れたのかを説明していただきましょうか」

「ムトエフ殿。そんなこと、どうでもいいではありませんか」セティは割りこんだ。「早く、盗んだ心臓について聞きましょう」

「セティ殿、これは必要な手続きです。もう少しだけ、ご辛抱を」

ムトエフはたしなめるように言うと、ジェドに向き直る。

「ジェド殿。いかがですかな」

「……しょうがねえ。話すよ」ジェドはため息をついた。「つっても、大したことじゃねえ。崩落があったとき、俺が玄室に戻ったら、セティはすでに死にかけてた。そんで、高そうな鞘が足元に転がってたから、反射的に拾っちまったんだ」

「では、あくまでセティ殿を刺してはいない。鞘から刃を抜いたわけでもなく、落ちていた鞘を拾っただけ。そういうことですかな?」

「ああ、そうだ」

「よくも、ぬけぬけと……」

怒りに震えるセティの前で、ジェドは供述を続ける。

「だが、拾って帰ったあとで気づいたんだ。鞘には、書記長イセシの名が刻印されてた。当時は上級書記だったみたいだけどな。とにかく、こんなもん売ったらすぐに足がつく。それどころか、持ってるだけで罪に問われかねない。そこら辺に捨てることも考えたんだが、誰かに拾われたら警察隊が動くだろう。それはたんなる盗品じゃなくて、すでに殺人の証拠品になってたわけだからな。巡り巡って疑われるのは、俺とアシェリだ。そんなら、誰も探さない場所に入れとこうと、そう思って棺に入れただけだよ」

「まあ、筋は通っていますな」

「ジェド。お前は私の棺を開けたときに、心臓も盗んだんだろう？」

「知らねえよ、心臓なんか。盗むわけねえだろ」

「では、なぜ知っていたんだ。私が心臓を盗まれたことを」

「それは、お前の包帯が切り裂かれてて……心臓を切り取った痕があったからだよ。誰かが盗んだのは知ってた。だけど、俺が盗んだわけじゃねえ」

「あくまで、しらを切るのか」

「ジェド殿」ムトエフが割りこむように言った。「あなたは、取り調べでは鞘のことを知らないと言っていたが、実際には拾っていた。間違いありませんな」

「ああ、そうだ」

「つまり、我々の取り調べに対して嘘の証言をしたわけですな」

「まあ、そうなるな」

ジェドの顔がわずかに引きつる。ムトエフは穏やかな口調だが、追及の手を緩めなかった。

「では、今ここでもう一度、事故当時の正確な証言をしてください。もし、もう一度嘘が見つかれば……」

ムトエフはその先を言わなかった。さすがのジェドも、呑まれたように唾を飲みこむ。

「あ……ああ、わかったよ」

頷いて、少しの間をおいて、再び口を開いた。

「いいさ、俺が犯人扱いされるくらいなら全部ぶちまけてやる。……だが、何度だって言うが、俺はセティを殺してねえ」

「信じられるものか」

セティを殺す機会があったのは、アシェリかジェドだけだ。下半身が潰れたのは事故だったとしても、ナイフがひとりでに刺さるはずはない。そこには刺した誰かが必ずいるはずだ。

「まあ、結果的に殺してはいねえが、とはいえまったく殺す気がなかったわけでもねえんだ」

「つまり、どういうことですかな」

「もともと俺は、セティを殺すように依頼されて、隙をうかがってたんだよ」

「――なんだと?」

セティの声が揺れる。ジェドはそれで、愉快そうに口の端を吊り上げた。

「いいねえ、その不安そうな顔。それが見たかったのよ」

「ジェド殿」

「……わかったわかった、ちゃんと話しますよ」

射抜くようなムトエフの視線を受け流し、ジェドは記憶を掘り起こすように瞑目する。

「あの日――急に王墓が揺れはじめたとき、俺は一目散に逃げだした。そりゃもう、死にたくなかったからな。で、出口の前まで来たとき、ふと気づいたんだ。この先どこかでセティを殺したとしても、犯人として捕まっちゃあ意味がねえ。そんなら、事故に見せかけるのがいちばんいい。そうだろ？　王墓が崩れ、セティは死に、事故死として処理される。依頼主には、実は俺が殺したと言うだけでいい。そんな夢みたいな状況が作れる、最高のチャンスだ」

「お前は本当に、度し難いな……」

「いやいや、待ってくれよ。そもそも俺だって、殺したくなんてなかったんだよ。お前は目障りではあったけど、殺すほどかって言われると、な。実際――」ジェドは急に笑みを消すと、無表情でつぶやいた。「お前が死んでからは、毎日つまんなかったよ」

「無駄話はよせ。さっさと続きを聞かせろ。戻ったお前は、なにをした」

「ちぇっ。……ま、なにをしたか、って聞かれると、なにもしてねえってのが正確な答えになるな」

「なにもしてない、だと？」

「ああ。俺が引き返したとき、大回廊の途中でアシェリとすれ違ってな。そんでちょいと走って玄室を覗きこんだら、お前はもう石に潰されてて、死ぬ寸前だった。ああ、なんでまだ死んでねえってわかったかっていうと、お前が胸に刺さったナイフを摑んで悶えてたからだ。そうそう、鞘を拾ったのは、そのときだな」

セティはそれを聞いて、考える。ジェドの話が正しいとすると、それが意味するところは。

「セティ、なにを考えてるか当ててやろうか？　俺じゃないとすれば、お前にナイフを刺せた人間はアシェリしかいねえ。だろ？　信じられねえか？　上級神官様がそんなことするわけない、って言いたげな顔だな。……ああ、そういや、俺の依頼主をまだ言ってなかったな」

ジェドはセティに歩み寄ると、耳元に口を近づけ、生ぬるい息とともにその名を囁いた。

「俺にお前の暗殺を依頼したのは、我らが神官長、メ、リ、ラ、ア様だ」

「――え？」

想像だにしていなかった名前に、セティは言葉を失った。

「ははっ、どうした？　神官長に殺したいほど恨まれていたなんて思わなかったか？　品行方正なセティさんよ」

「……ありえない。メリラア様が私を殺そうなどと、考えるはずがない」

「現実から目を逸らすなよ。俺ははっきりと、セティを殺したら上級神官書記にしてやるって、この耳で聞いたんだぜ」

「そんな、まさか」

「でもよ、さっきも言ったが、俺は殺す気満々ってわけじゃなかったんだぜ。お前が崩落事故で死んでくれるんなら、それを俺がやったことにすりゃあいい、くらいの考えで戻ったんだ。

だがそこで見たのは、ナイフで刺されたお前の姿だった」

ジェドはそこで言葉を切り、たっぷりと間をおくと、セティの反応を楽しむように言った。

「俺はこう思った。――なんだよ、アシェリも暗殺の依頼を受けてたのか。先を越されちまったぜ……ってな」

「そんなこと、絶対に」

ありえない、と言い切れるだろうか。アシェリとは、彼が神官になって以来の相棒関係だ。歳若く、幼いところもあるが、純真で、いつも一生懸命に前を向いている。そんな彼が、セティを殺そうなどと、考えるはずがない。

しかし、それをいうなら、メリラアだってそうだ。誰かに暗殺を依頼するなど考えられない、高潔な人間だ。そもそも倫理的な面だけでなく、利害という面で見ても、立場を危うくしてまでセティを殺す理由は考えられなかった。

もっとも受け入れやすい結論は、すべて嘘だということだ。ジェドの言には証拠がない。暗殺の依頼など事実無根で、もちろんアシェリも無実であり、恨みが募ったジェドは事故に乗じてセティを殺した。これほど簡単な解決があるだろうか。

「なあ、どうだよ、セティ。俺が嘘をついてると思うか？」

「それは、しかし……」

セティは逡巡する。『セティを殺したのも、心臓を盗んだのも、ジェドが犯人だ』。そう言ってしまえれば、どんなに楽だろうか。だが一方で、ジェドの証言を嘘だと切り捨てられるような証拠があるわけでもなかった。

「どうやら、調査が必要なようですな。アシェリ殿についても、メリラア様についても」

二人の間に割りこむように、ムトエフが言った。ペンを置いて、ため息をつく。

「じゃ、これで俺の容疑は晴れたかな」ジェドはにやにやと笑いながら言った。「帰って、寝かせてもらうぜ。眠くてしょうがねえんだ」

「お待ちを」ムトエフがさっと手を上げると、奥から二人の警察隊員が出てきてジェドを両脇から抱えこんだ。

「おい、なんだ、離せよ」

「ジェド殿。殺人と盗掘については、まだ容疑者という立場ですが――」ムトエフは調書のパピルスをめくりながら言った。「事故現場での財の盗難。そして、死者の棺をみだりに暴く行為が、罪にならないはずがないでしょう。牢で頭を冷やしてください」

「待てよ、俺は、調査に協力してやったのに――」

「ご協力に感謝しますよ、上級神官書記殿」

そう言って、ムトエフはにかっと笑う。ジェドは鞭を持った男たちに、牢へと引きずられていった。

3

「セティ殿」

引きずられていくジェドを見送ると、ムトエフが声をかけてきた。

「あなたのおかげで新たな供述が得られました。ありがとうございます」

「ええ……」

セティとしても、自分を殺した犯人が明らかになるのは喜ばしいことだ。警察隊はこのあと、アシェリとメリラアのことも調査をしてくれるのだろう。

しかし、今セティにとって重要なのは、心臓の在り処だった。

鞘を棺に収めたジェドは、犯行を否認していた。もしジェドが犯人でないとすると、残る来訪者は……。

「ムトエフ隊長」

そのとき、詰め所にひとりの警察隊員が駆けこんできた。

「どうした、そんなに慌てて」

「大変です。儀式が――」警察隊員は蒼白《そうはく》になり、絶叫した。

「葬送の儀が、失敗したそうです!!」

「なっ――」

ムトエフよりも、セティのほうが先に反応した。警察隊員の肩を掴み、問いかける。

「失敗とはどういうことだ。メリラア様は――」

「神官長は、衛兵に取り押さえられて移送中です。すぐにここへ来ると」

その言葉も終わらぬうちに、十人以上の衛兵に囲まれたメリラアが、詰め所に入ってきた。

メリラアは神官服と人毛のかつらを剝《は》ぎ取られ、身に着けているのは薄いキルト一枚、薄汚れた端切れで目隠しされ、手枷《てかせ》と足枷を嵌《は》められていた。視界と自由を奪われているせいか、土気色をした顔には表情がなく、昨日会ったときと比べ、人が変わったように生気を感じない。数年来の付き合いのセティですら、別人ではないかと我が目を疑ったほどだ。

「メリラア様」

「セティ……」

交わせたのは、互いの名を呼ぶたった一言だけだった。すぐに奥の牢へと移送されていく。

「メリラア様……」

セティはあとを追おうとしたが、ムトエフに阻まれた。

「ムトエフ殿、お願いです。メリラア様と話をさせてください」

「なりません。葬送の儀の失敗がなにを意味するか、わからないわけではありますまい」

ムトエフの言うとおりだった。先王を冥界に送り出す葬送の儀は、国でもっとも重要な儀式の一つだ。その失敗は王の心身に害をなすことに相当し、神官長といえど到底許されることではない。間違いなく極刑に処され、参加していた神官にも累が及ぶだろうことは容易に想像できた。

「ですが、メリラア様が儀式に失敗するなど、ありえません」

「それは、我々がこれから調べることです」

「お願いです。私にも立ち会わせてください」

「セティ殿……お気持ちはわかりますが、私にも立場というものがあります」

ムトエフはそう言って、ちらりと詰め所の奥を見た。

「ご理解ください。今日は暑いですから、せめて、メリラア様は風通しのよい牢へご案内しましょう」

ムトエフはそう言うと、セティをおいて詰め所の奥へ向かった。セティはムトエフが言った意味がわからず、困惑する。が、すぐにその意図に気づくと、詰め所を飛び出した。

その瞬間、詰め所の入り口で立ったまま泣いているアシェリと衝突しそうになる。

「アシェリ」

「セティ!!」

アシェリがこちらに気づき、涙を拭った。

「セティ、どうしよう、メリラア様が」

「教えてくれ、アシェリ。いったいなにがあったんだ」

「それが……儀式の途中で、先王様のミイラが、消えちゃったんだ」

「ミイラが、消えた――？」

「うん。信じられないけど、この目で見たんだ。口開けの儀式の瞬間、開いた棺は空だった。しかもついさっき、先王様のミイラはアテンの大神殿で見つかったって……。まるで、メリラア様が執り行う、葬送の儀を拒むかのように」

「そんな、まさか……」

「メリラア様は衛兵に連れていかれちゃうし……神官団にも謹慎の命令が出てて、僕、どうしたらいいかわからなくて」

「とにかく、裏に回ろう」

　詰め所を回りこむように歩いていく途中、アシェリが不思議そうな顔で問いかけてくる。

「裏に、なにかあるの？」

「牢には明かり取りの窓がある。裏に回れば、メリラア様の尋問が聞こえるはずだ」

「えっ……盗み聞きなんてしてして、大丈夫なの？」

「ムトエフ殿は、遠回しに窓がある牢に通すと教えてくれた。表立ってはともかく、裏で聞く分には見逃してくれるはず。さあ、急ごう」

　詰め所の裏には、木でできた格子窓が一つだけあった。だが、頭よりも高い位置にあり、背伸びをしても届きそうにない。

　セティはあたりを見回し、路地に転がっていた空の木箱を見つけると、ひっくり返して足場にした。その上に立って窓を覗くと、牢の床に座りこんだメリラアの姿を見つけた。その目の前にはムトエフが立っている。ちょうど、尋問が始まるところのようだった。

「さて、メリラア様。いったいなにがあったのですか。儀式は本当に失敗したのですか」

「私にも、わからぬ……なにがあったのか、私が知りたいくらいだ」

「先王様のお体は王墓から消え、アテンの神殿に現れたと聞いています」

「ありえぬことよ……昨日、棺を運びこんでから、私は王墓から一歩も離れず、ずっと見守っていたのだ」

「我々警察隊は、真実を知る必要があります。初めから詳しく話していただけますか」

「ああ。私と神官団が先王様のお体を引き受けたのは、昨日の朝のことだ。夜明け前に建設村を訪れた我々は、石工から特注の石棺を受け取り、タレク殿の工房へ向かった。そこで先王様のお体を確認し、タレク殿が包帯を巻き、黄金のマスクをかぶせるところを見守ったのち、石棺に収めた。その後、棺は砂漠を横断してアケトアテンへと運ばれ、祭の行われる街中を練り歩いた。そして、副葬品を持った従者を含め二百人以上の葬列を作り、王墓に向かって行進したのだ。王墓に到着したのは正午を過ぎたころで、石棺を玄室に収めてから葬送の儀まで、私は常に王墓から離れず見守っていた。先王様がお姿を消すことなど、ありえないはずなのだ」

「いくつか質問させてください。まず、特注の石棺と言いましたね。その棺は、なにか特殊な構造をしていたのですか」

「いや。真っ白な花崗岩から削り出した箱と蓋のみの、至って単純なつくりだ。特注なのは、表面の彫刻や嵌めこまれた宝石だ」

「では、棺が運びこまれて以降、王墓に入ったのは誰ですかな」

「そうだな。実は棺の到着後、副葬品が崩れ、最終確認をすることになったのだ。そのときは神官総出で点検を行った。もちろんそのとき、石棺の中も異常がないことを確認している。それ以降に王墓に入ったのは、私とアハブだけだ。数時間おきに交代で、王墓の中を見回るよう私が指示した」

「それ以外は、誰も中に入っていないと」

「ああ、そのとおりだ」

「あなたかアハブ殿に、先王のご遺体を運び出せるタイミングはありましたかな」

「ないと断言できる。一方が見回りをしている間、もう一方は王墓の入り口に立っていた。そうでなくても、妙な者が近づかないよう、王墓を取り巻くように百人以上の衛兵が監視していたのだ。ミイラを運び出すなど、とても不可能だ」

「くどいようですが、お二人とも、一度も王墓を離れてはいないのですね」

「ああ。私は石棺が運びこまれてから、儀式が失敗し、衛兵に連れ出されるまで王墓を片時も離れなかった。アハブも、葬送の儀が始まるまでは同様だ。始まってからは、食事をしに建設村へ行くと言っていた」

「いま、アハブ殿はどこに？」

「私は知らぬ。追手がかかっているとは聞いたが」

「ふむ……」ムトエフは口ひげを撫でた。「私もセティ殿の件で、王墓の構造はよく知っています。出入り口は一箇所しかなく、ほかに外に繋がるのは、幅三シェセプほどの狭い空気穴一つのみ。この穴は頭を通すのがやっとで、とても人が通ることはできません。あるいは、鳥のようなお姿になれば可能でしょうが……」

「そうだな」メリラアは頷いた。「先王様の魂《バー》は、葬送の儀を拒絶し、その肉体ごと鳥の姿となって、アテンの神殿へ飛び去ったのだ。そうとしか考えられない」

「ええ。そうとしか考えられませんな」

セティも同意見だった。問題は、なぜ先王はそのようなことをしたか、だ。

そのとき、詰め所の入り口から、ひとりの男が駆けこんできて、ムトエフに耳打ちした。ムトエフは渋面を濃くしていき、最後にひとつ頷くと、男は出ていった。

「メリラア様」ムトエフが気の毒そうに言った。「アテンの大神殿に現れたお体は、間違いなく先王様ご本人だとトゥトアンクアテン王が確認されたそうです」

「やはり、そうか……」

「お体に巻かれた包帯は乱れていたうえ、右肩には動物に食いちぎられたような深い傷を負っていた、と。また、副葬品は見当たらず、唯一黄金でできたサンダルだけが発見されたそうです。お体の傷も、サンダルがそばにあったことも、冥界の険しい道を旅してきた証ですから、やはり先王様が自らの意志で神殿に姿を現したのは間違いないでしょう」

「ああ、異論はない」メリラアは深く俯いた。「先王様は、すでにそこまで……」

「メリラア様。間もなく王宮から遣いが来ます。あなたの身柄は王宮の牢へ移されるそうです」

それは、事実上の有罪判決だった。メリラアは覚悟を決めた様子で頷く。

「ムトエフ殿……」メリラアが口を開く。「私は処刑され、一族ともども名を削がれるだろう。覚悟はできている。ただその前に、あなたを心ある者と見込んで伝えておくべきことがある。……このままでは、エジプトはアテンによって滅んでしまう」

「お待ちください、メリラア様」ムトエフは慌てて言った。「その続きを聞けば、私も罰せられてしまいます」

「ならば、こうしよう」メリラアは頷いて言った。「私はただ、独り言をつぶやくだけだ。あなたの耳に、偶然入るかもしれないが」

「……ええ、わかりました。私も歳です。耳も遠くなってきたので、独り言は聞き逃してしまうでしょう。ですが、メリラア様。独り言を話すなら、後ろを向くのがよろしいかと」

目隠しされたままのメリラアは、一瞬怪訝そうな表情を浮かべたが、やがて心得たように頷いて、振り向いた。それはまさしく、窓の方向、セティが立っている方向だった。

「詳しい話をする時間はないが——」メリラアは静かに語りはじめる。「そこに誰かがいるなら、聞いてほしい。太陽神として崇められたアテンは太陽と同化しており、集めた信仰の力で、冥界を滅ぼそうとしている」

突然の話にセティは困惑したが、すぐに冥界で見た異形《いぎょう》の太陽を思い出した。蠢く無数の白い腕は、忘れようとして忘れられるものではない。あれが、アテン。王が崇める神の姿だというのか。

「私はこの危機に気づき、ずっと手を打っていた。今日がまさに、勝負の日だったのだ。だが、どうやら私は、負けてしまったらしい。私が本来執り行うつもりだったのは、葬送の儀ではない。アクエンアテン王の魂を現世に呼び戻す、復活の儀だったのだ」

隣に立っているアシェリが、驚愕に息を呑む。メリラアは先を続けた。

「復活の儀が成功すれば、先王様の魂《バー》は一度冥界を訪れたのち、現世に戻られるはずだった。冥界で直接アテンと対峙《たいじ》したアクエンアテン王は、きっとその脅威に気づいてくださるだろう。先王様自らの口から警告を発していただければ、トゥトアンクアテン王も考えを改め、アテン信仰は止まるはず。……だが、そうはならなかった。儀式の最中に先王様は姿を消し、アテンの神殿に現れた。アテンに魅入られた先王様は、復活の儀を拒んだのだ。私は、反逆者として処刑されるだろう」

メリラアは苦渋に滲んだ声で続けた。

「信仰の力でアテンは肥大化し、その無数の腕を地上へ伸ばす。生きとし生けるものを摑み、灼熱の太陽へと吞みこんで、燃やし、溶かしていく。太陽の熱で地は枯れ、腕から逃れた者も煮えた大気にその身を焼かれ、命を落とすだろう。そうでなくても、地表はやがて太陽へと吞みこまれる。アテンの標的は冥界だが、冥界で沈んだ太陽は現世へ昇るものだ。その余波は現世にも及ぶ。このままでは、エジプトの滅亡は避けられない」

メリラアが固く握った拳は、震え、喰いこんだ爪から血が滲み出ていた。

「……頼む。誰かがそこにいるなら、この声が聞こえているなら、私の代わりに、アテンと戦ってくれ……」

セティは息を吞んだ。メリラアは全身全霊で、我が身を省みず、エジプトの危機を訴えていた。

「お願いだ……我らの父祖を、子孫を、救ってくれ……」力を使い果たしたように、メリラアが倒れこみ、つぶやきを漏らす。「セティ……どうか、そこにいてくれ。マアトの使徒よ……」

いきなり名を呼ばれ、セティは息を吞んだ。

倒れこみ、荒い息を繰り返すメリラアの背に、ムトエフがぽつりとつぶやく。

「メリラア様。王宮の遣いが来たようです。これで、お別れですな……」

ムトエフの言葉に続いて、牢の扉が開く音が聞こえた。

牢に入ってきたのは武装した二人の衛兵だった。メリラアは無理やり立たされると、引きずるように連れられていく。牢には、ムトエフだけが残った。

ムトエフはちらりとセティたちのいる窓を見ると、不自然に思えるくらい、大きな声で言った。

「ジェド殿、聞こえますか」

「あ？　ああ……聞こえるけど、なんで隣の牢から」

ジェドの声が漏れ聞こえてくる。ムトエフはそのまま続けた。

「先ほどホルエムヘブ将軍を介して、トゥトアンクアテン王から勅令が下りました。メリラア神官長以下、神官団の全員を捕縛せよ。牢が足りぬゆえ、見つけ次第殺してかまわない、とも」

「嘘だろ？」ジェドが声を上げる。セティも目を瞠った。「なんでだよ。俺ぁ、なんもしてねえぞ」

「メリラア様には、この世でもっとも重い罪である、王《ファラオ》への反逆の疑いがかかっています」ムトエフが淡々と続ける。「その部下が、その陰謀をまったく知らなかったなどとは考えられない。それに、もはや誰に神官長の息がかかっているかわかりません。今後、同様のことが起こらないよう、王は徹底的に背信者の芽を摘むご決断をなさったそうです」

「待ってくれ。冗談じゃねえ」

「葬送の儀の失敗を、王は重く見ておられます。『神官団はエジプトの敵である』と明言されました。……すでにアケトアテンでは、アテンの信奉者による神官狩りが始まっているそうです。追って沙汰を待つように」

ムトエフはそう言い放つと、牢を出ていった。

セティは木箱を降りる。体から力が抜けたアシェリに手を貸すと、アシェリは呆然とした表情で、体を震わせていた。

「アテンが、エジプトを滅ぼそうとしてるって……。僕たち、どうなっちゃうんだろ」

セティはアシェリを立たせると、肩を摑んで揺さぶった。

「しっかりしろ、アシェリ。呆《ほう》けてる場合じゃない。早く服を脱げ」

「え？　え？」

「早くしろ。神官狩りが始まってるらしい。神官服なんか着ていたら、真っ先に狙われるぞ」

アシェリは混乱しながらも、装飾品を取り、神官服を脱いで腰布一枚になった。セティは脱いだ服を奪うようにもぎ取ると、足場にしていた木箱に放りこむ。セティ自身もキルト一枚の姿になり、装飾品は布にまとめて手に提げた。まだぼうっとしているアシェリに向き直ると、その目を見つめて問いかける。

「アシェリ。私は逃げなければ。アシェリはどうする？」

「どうしよう……でも、警察隊に見つかったら、捕まって、たぶん……」

神官団の罪が王への反逆の幇助《ほうじょ》であれば、行き着く先は良くて流刑、悪ければ処刑といったところだろう。そもそも、今の時点で殺してかまわないとまで言われているのだ。

だが、セティには捕まるわけにはいかない事情があった。刑がどうこうという話ではない。明日の夜までに棺に戻らなければ、セティは現世にも冥界にも留まれず、永遠にさまようことになる。

厳密に言えば、セティは今神官団の一員ではないが、上級神官書記であったセティの顔を知る者は衛兵にも多い。街にいれば、すぐに見咎められるだろう。

「でもさ、逃げたところで……エジプトは、滅びちゃうんだよね」

「メリラア様の言葉が正しければ、そうなるな」

「しかも、そのことを知ってるのは僕たちだけ……。でも、神様と戦うなんて大それたこと、僕には無理だよ……」

セティは黙った。内心ではアシェリに同感だった。まだ、自分の心臓の欠片すら見つけられていないのだ。エジプトを救うなどということが、果たしてできるのだろうか。

ただ、とにかく今は逃げなければならない。捕まったらエジプトを救うどころか、冥界にも帰れないのだ。

アシェリは逡巡していたが、やがて小さく頷いた。

「……うん。とにかく今は、セティの手助けをするよ。僕も一緒に逃げる」

「しかし、どこへ行けばいい。衛兵と警察隊が敵になるとしたら、実質的にエジプト内で逃げ続けるのは不可能に近い」

衛兵はホルエムヘブ将軍麾下《きか》の軍属で、警察隊は宰相府の指揮に従うものであり、普段は政治的な対立もあるが、勅令とあらば連携して追い詰めてくるだろう。

「それなら、街はずれにある神殿跡がいいと思う。隠れるところも多いし、人も滅多に寄りつかない。少なくとも今は安全だと思う。ついてきて」

「わかった。ありがとう、アシェリ」

セティは礼の言葉をつぶやく。だが、さきほどのジェドの言葉が、心臓《イブ》にこびりついて離れない。

――なんだよ、アシェリも暗殺の依頼を受けてたのか。

アシェリは果たして、本当にセティの味方なのだろうか。彼の厚意を信じられず、先を行く背に疑いの目を向けてしまう、そんな自分が悲しかった。

4

タレクは、頭の中で鳴り響く騒音に顔をしかめた。

どうやら、知らぬうちに寝ていたらしい。体を起こそうとした瞬間、ふらついて、再び身を横たえる。寝ているだけでも頭痛がして、世界が回っているような感覚があった。

目だけを動かして、あたりを見回す。ここは自分の工房だ。頭のすぐ横、床には空になったワインの土器の壺《アンフォラ》が二つ転がっている——これが頭痛の原因だろう。また、やってしまった。四つん這いになり、ゆっくりと身を起こす。吐き気を抑えながら、テーブルの上を見た。杯に入ったビールが一つ、手をつけられないまま置いてある。このビールだけが、昨夜、セティがここにいた証であった。

タレクはテーブルまで這うように歩き、その杯を手に取ると、一息で飲み下す。少しだけ気分がよくなった。そのまま部屋の隅にある桶まで歩いて、汲みおいた水を手に掬い、顔を洗う。清潔なはずの水だが、少し臭った。買ってきた犬が粗相をしたのかもしれない。それがかえって気つけになり、なんとか歩けるくらいには回復した。

窓から外を見る。すでに昼を回っているようだ。セティが去ったあと、ひとりで深酒をしてしまった。最悪だ。セティを助けると誓っておきながら、この体《てい》たらく。自己嫌悪になりそうだった。

それにしても、今日はやけに暑い。窓から見える太陽が、普段よりも大きく見えた。だが、そんな訳ないか、と胸中でつぶやく。どうやらまだ、酔いが覚めていないらしい。

工房の外からは、数人の男が喚き散らす声が聞こえてきていた。てっきり頭の中だけの騒音だと思っていたのだが、本当に声がしていたようだ。タレクは窓から外に首を出すと、陽光に目を細めながら怒鳴った。

「うるせえな、よそでやってくれ！」

「おお、タレク」大声で喚いていた男のひとりは顔見知りだった。「お前、大丈夫だったのか。顔を見せねえから心配してたんだ」

二日酔いの頭で、男の名前は思い出せない。タレクは不機嫌を隠そうともせず唸った。

「大丈夫じゃねえよ。ひでえ二日酔いだ」

「なんだ。俺はてっきり、お前が警察隊に捕まっちまったのかと思ったぜ」

「……警察隊に？　なんで俺が」

「ほら、葬送の儀の失敗で、神官団が罪人として追われてるだろ。ミイラ作りを請け負ったお前も、同じように罪に問われるんじゃないかと――」

「待て」タレクは男の発言を途中で制した。「神官団が捕まってる？　それに、葬送の儀が失敗したのか？」

「なんだ、知らんのか」答えたのは、別の男だ。「このあたりじゃ、その話題でもちきりだよ」

「なんだと？」タレクは身を乗り出し、怒鳴る。「詳しく教えろ。早く‼」

「お前なあ……まあ、いいけどよ」

そう言って男たちが語ったのは、にわかには信じがたい内容だった。

詳細は不明だが、数時間前に、葬送の儀は失敗した。どうやら、儀式の途中で先王のミイラが姿を消し、アケトアテンの神殿に現れたらしい。新王トゥトアンクアテンは、先王が葬送の儀を拒絶したものと判断した。祭祀を執り行っていたメリラアを捕らえ、同時に、神官団にも追手をかけた、とのことだった。

「だから俺たちも、神官を見かけたらぶん殴っていいらしいぜ」

「はあ？　なんで、そんなことに……」

「王が、神官団はエジプトの敵だ、って仰せになったからなあ」

ひとりの言葉に、別の男が言を重ねる。

「そもそも、連中にはムカついてたんだよな。ちょっと生まれがいいだけで、なめくさった態度で、毎日贅沢《ぜいたく》しやがってよ」

タレクは絶句した。メリラアやセティをはじめ、タレクの知る神官団の人々は皆善良で、気位の高い人たちであった。男の言葉は、たんなる逆恨みでしかない。

「冗談きついぜ……」

「冗談なもんか。疑うなら、大通りを歩いてみればいい。さっき石工《いしく》の寮の角に、神官様の死体が転がってたぜ」

「バカ。あれは神官じゃなくて、神官書記だったろ」

「――――セティ」

タレクはその先を聞かず、家を飛び出した。大通りに出て、人混みをかき分け、男たちが言っていた場所まで走る。

その辻《つじ》は、職人の寮が集まっている区画の一角であった。石工たちが寝泊まりする寮の前に、警察隊の腕章をした若い男がひとり立っていて、その下には布で覆われたなにかが転がっている。

近寄ると、かぶせられた白い亜麻布に、裏から大量の赤黒い血が滲みだしていた。

タレクの視線に気づき、警察隊の若者が声をかけてくる。

「ん？　なにか用か」

「それ……その人、神官書記か？」

「ああ、どうやらそうらしい。知り合いか？」

「わからねえ」タレクは唾を飲む。「顔、見てもいいか」

「ああ、いいぜ」若者は屈みこみ、無造作に亜麻布をめくる。「見て意味があるかはわからんが」

「うっ……」

死体を見慣れているタレクですら、その相貌《そうぼう》の凄惨《せいさん》さには、思わず仰け反ってしまった。

いったい、どれだけの恨みがあったのだろう。尖った硬い石で、ぐちゃぐちゃになるまで何度も叩いた——そうとしか思えないほど、男の顔は潰れていた。心臓を確認しなくとも、ひと目で死んでいるとわかる。飛び出した目は、あらぬ方向を向き、虚ろな眼窩《がんか》にかろうじて収まっているといった具合で、顔を逆さにしたらこぼれ落ちてしまいそうだ。鼻梁《びりょう》は平坦になるまで潰され、鼻の穴がどこにあったか、もはやわからない。だらしなく開いた口に、歯は半分しか残されていなかった。

「こいつの身元、わかるか?」

若者の言葉に、タレクは反射的に首を横に振る。「……足のほうを見せてくれ」

頷いて、若者が亜麻布をめくっていく。顕《あらわ》になった太ももを見て、タレクはほっとした。生身の下半身がある。ということは、この死体はセティではない。

「もういいか?」

若者の言葉にタレクは頷き、問いかける。

「犯人は捕まったのか?」

「いや、捕まえなかった」

「……殺すところを見ていたのか? こんなにひどいことをして、お咎めなしなのか?」

「神官は殺してもいい。王命のとおりだ」

若い男は淡々と答える。タレクは布の膨らみを見下ろし、やるせない気持ちになった。いったいこの神官書記が、なにをしたというのだろう。

「なあ。一つ、頼まれてくれないか」タレクは腕に着けていた銅の腕輪をはずし、若者に手渡して言った。「この死体、あとでタレクってミイラ職人の工房に運んでくれよ」

「ああ——あの」若者は腕輪を検分するように眺めると、自分の腕に嵌めた。「いいぜ。仕事も減って助かる」

「じゃあ、頼んだぞ」

そう言って、タレクは工房に帰る。幸い、死体はセティではなかった。とはいえ、神官書記は見つかり次第捕らえられ、殺されるという最悪の状況だ。

「すぐに見つけて、助けないと。でも、どこを探せば……」

つぶやきながら工房に入る。と、腹をすかせたのか、犬が飛びついてきた。足にじゃれつかせながら、戸棚からパンを取り出し、放る。食いつく姿を見て、思いついたことがあった。

「……そうだ」

タレクはパンをくわえたままの犬を抱っこして、目線を合わせる。

「なあ、犬っころ。――お前、人探しってできるか？」

5

「本当に、探せてるのかよ……」

タレクは犬に縄をつけ、建設村を歩きまわっていた。以前にセティが忘れていった服の臭いを嗅がせた犬は、鼻で地面を磨くのが仕事だと言わんばかりに、ずっと土の臭いを嗅ぎながら歩いている。そのくせ行きたい方向には一家言あるようで、縄を持ったタレクの手を四方八方に引っ張り続けた。しかしながら、目的を持っているようにはとても見えず、気分で行きたい道を選んでいるようにも感じ、果たしてこれはただの散歩なのではないか、と疑う気持ちが鎌首をもたげてくる。

「やっぱり、訓練もなしには無理だよな」

タレクは諦めとともに呟く。と、王墓の建設現場が近づいてきたところで、突然犬の引っ張る力がいちだんと強くなった。

「おい、落ち着けよ」

たしなめながらも、期待が高まる。

――もしかしたら、この先にセティが？

タレクは人混みを見渡すが、その姿は見えない。それよりも、ひとりの少女が地面に倒れているのが目を惹《ひ》いた。

人通りは多いのに、誰も助けようとしない。皆その姿を見下ろし、侮蔑か、あるいは迷惑そうな顔をして通り過ぎていく。タレクが近づいて見てみると、歳のころは十二、三といったところだろうか。日に焼けてはいるが、白い肌をした少女だ。おそらく、近隣の国から来た異人だろう。腰布には、墨で主人が入れたのであろう模様が描かれていて、奴隷の身分だと思われた。少女は布に包んだパンを守るように抱き、この世のすべてを恨んでいるかのような眼差しで通行人を睨み返している。

「おい、大丈夫か」

タレクは近寄ると、声をかけ、そばにひざまずく。

倒れたままの少女は、タレクに敵意のこもった目を向ける。だが、その目が突然見開かれた。少女は突然、がばと四つん這いになると、犬に向かって叫んだ。

「――スゥ」

少女は犬に向かって這っていく。犬もまた、嬉しそうに駆け寄ると、少女の口の周りをぺろぺろと舐めた。少女は犬の首元に手を回し、思い切り抱きしめると、その鼻先に頬ずりをする。

「……おい、掴まりな。立てるか?」

タレクはそう言って、少女に手を伸ばした。少女はそれを見て一瞬ためらう様子を見せたが、タレクの手を借りずにひとりで立ち上がった。

……まあ、いいけどさ。

タレクは手を引っこめる。再び犬に屈みこんだ少女の背中を見て、息を呑んだ。少女の背は、先ほど見た死体と負けず劣らず、深く傷つき、抉れていた。いったい誰が、幼い少女にこれだけの悪意を持って鞭を振るえるのだろうか。

「……ひどいな」

タレクが声を漏らすと、少女はタレクを睨みつけた。そして、小さく何ごとかをつぶやく。

――エジプト人が、気まぐれで助けようとしたくらいで、いい気になるな。

異国の言葉だが、そう言っているような気がした。

「なあ、君、ここの言葉はわかるか？」

気を取り直してタレクが聞くと、少女はこくりと頷き、問いを投げかけてきた。

「その犬、どうしたんですか」

「こいつか？　昨日買ったんだ。ワイン一本と交換で」

少女は驚愕の表情とともに動きを止めた。今度はタレクが尋ねる。

「これ、君の犬なのか？」

「……昨日までは。でも、あなたが買ったのなら、今はあなたの犬です」

「そうか。事情はわからんが、どうやら悪いことをしたらしい」

――あの男、アミといったか。奴隷が飼ってた犬を勝手に売ったんだろうな。くそっ、これじゃあ俺が悪者じゃねえか。

タレクは顎《あご》を擦《さす》りながら言った。

「俺はタレクっていう。君は？」

「……カリといいます」

「エジプトの生まれじゃないみたいだな」

「ハットゥシャから来ました」

頷いて、タレクは背中に目を向けた。

「ひどい傷だ。主人に打たれたのか」

カリは答えなかった。犬のことを聞いて、用は済んだ。もう、放っておいてほしい。全身から醸《かも》しだす雰囲気が、そう物語っていた。

だが、タレクはカリの手を無理やり摑むと、手を引いて歩きだした。

「呪《まじな》い師のところに行こう。手当てしてもらおうぜ」

カリは手を振りほどこうとしてきたが、タレクはあえて強く摑んで離さない。やがて抵抗を諦めたのか、カリは顔を伏せたまま静かについてきた。

――なんで俺、この子がこんなに気になるんだろう。

自分にしては世話を焼きすぎだという自覚があった。たしかに犬の件は悪いことをしたが、ここまでする必要はないはずだ。タレクは内心で首を捻りながら、建設村の奥まった場所にある診療所まで歩いた。

入り口前のベンチは無人だった。診療所を覗きこんでも、ほかの患者や呪い師であるステンの姿も見えない。タレクは奥に向かって声を張りあげた。

「おい、怪我人だ。診《み》てやってくれ」

ほどなくして、奥から頭に羽根を何本も挿したステン翁《おう》が現れ、カリを一瞥する。

「……このガキを？　冗談じゃない」ステンは不快そうに鼻を鳴らした。「私の術はエジプト人のためにある。異人は異人のところに行けばいい」

「出自がどうであれ、王《ファラオ》の民には違いないだろ」タレクは引き下がらなかった。「俺はそれなりに有名だぜ。友達も多い。あんまり態度が悪いと、ここの呪《まじな》い師は王の民をないがしろにするって言いふらしちゃうかもな」

「……ふん」ステンは唇を歪めた。「生意気な若造め。いいだろう。見せてみろ」

カリが浅く椅子に座り、老人に背を向けた。老人は棚の一つから壺を取ってくると、指にどろどろとした白い塊《かたまり》を掬い取って、呪文を唱えながらカリの背に塗りこむ。カリは初めは痛そうな顔をしたが、時が経つに連れ、表情も和らいでいくように見えた。

「これでいい」ステンは棚に壺を戻しながら言った。「まだ痛むようなら、明日も来るがいい」

「……ありがとうございました。あの、お代は」

「お前は奴隷か？　王墓の建設に関わっているのか？」

ステンの言い方はいちいち高圧的に聞こえた。カリは怯えた表情で小さく頷き、「石運びを」とか細い声で答えた。ステンは鼻を鳴らす。

「ならば、対価は不要だ。トゥトアンクアテン王の慈悲に感謝することだな」

「……ありがとうございました」

カリが立ち上がって、頭を下げた。ステンが手で追い払う仕草をしたのを見て、カリは診療所を出ていく。

「――タレクよ」

そのあとを追おうとしたタレクの背に、ステンが声をかけた。

「なんだよ、ご老人。説教か？」

「治療というものはな、怪我を治すものではない。魂《バー》を癒やす行為なのだ」

「ふうん。それで？」

「あの子の傷はそのうち治るだろう。だが、魂《バー》はエジプトでは癒せない。それで壊れていくやつを何人も見てきた。そうなってほしくないなら、気にかけてやるといい」

「……覚えておくよ、じいさん。ありがとな」

じゃあな、と言い残してタレクは診療所を出る。カリは診療所の目の前で、不安そうに立っていた。それを見て、タレクはどうしてカリのことがここまで気になるのかに気づいた。

——そうだ。この目、出会ったころのセティにそっくりなんだ。

未来に希望はなく、周囲は誰も信用できない。世界を呪い続けるしかない、そんな昏《くら》い目。

幼いころ、初めてセティを見たとき、なぜかタレクは自分が恥ずかしくなった。それで、セティのことがもっと知りたくて、一緒にいるうちに仲良くなった。いつの間にか、セティがその目をしなくなっていることに気づいて、タレクはほっとしたものだ。

セティを助けなければならない。だが同時に、この子のために、できることはないだろうか。

タレクは考えを巡らせた。

6

「なあ、カリ」

治療のあと、診療所から出てきたタレクにどう礼を言ったものかと考えていると、タレクのほうから声をかけてきた。

「君は、王墓の石運びをしてるのか」

カリは頷く。タレクは質問を重ねてきた。

「どれくらい前から？　アクエンアテン王の王墓には携わっていたか？」

「……一年ほど前から。先王の王墓にも、関わっていました」

カリが答えると、タレクの目に好奇の光が宿ったような気がした。

「話を聞かせてもらえないか。俺の友達が困ってるんだ」

カリはためらった。正直に言えば、これ以上、エジプト人とは関わりたくない。

だが、そんなカリの中で、父の言葉が蘇ってきた。

——カリ。親切にされたら、お前も相手を助けてあげるんだぞ。

カリがアイシャの件で失敗したのは、もらってばかりだったせいだ。対等に付き合えば、問題はないはず。それに、スゥのこともある。スゥとは少しでも長く、一緒にいたかった。

結局、カリは首を縦に振った。

「……いいでしょう。受けたご恩はお返しします」

「ありがとう。俺の工房が近くにあるから、そこで話そう」

タレクがほっとしたように言った。

五分ほど歩くと、大きな干し煉瓦づくりの建物が見えてきた。一階建てではあるが、外壁は赤と緑の鮮やかな模様で彩られていて、貴人の家か公共施設のように見える。アミの家と比べると、三倍ほどの大きさがあった。

足を踏み入れると、ツンとする臭いが鼻をついた。普段嗅いだことのない複雑な臭いに、反射的に顔をしかめ、咳きこむ。

「悪い悪い。片付けてはいるんだが、ミイラ作りの工房だからな。許してくれ」

タレクはまったく悪びれずにそう言った。カリはあたりを見回す。四つ並んだ台、色とりどりの壺、黒ずんだ液体がなみなみと入った瓶。部屋の隅には高価そうな白い亜麻布が無造作に積まれている。今は姿が見えないが、この部屋に普段は死体が寝ていると思うと、途端に背筋が寒くなった。

足元のスゥが駆けだして、定位置らしき布の敷かれた籠《かご》に飛びこんでいく。まだ一日しか経っていないのに、すっかりこの家に馴染んでいるようだ。とはいえ、壁のない厩舎よりよほどいい環境だと思うと、カリは情けなさと同時に安堵が湧いてくる。

勧められた椅子に座ると、カリの腹が鳴った。考えてみれば、昨日の朝からなにも食べていないのだ。そのことに気づくと、いっそう腹が空いてきたような気がする。

「なにか食べるか？」

「いりません」タレクの申し出に、カリは断固として首を横に振った。「これ以上、施しを受けるわけには」

「でも、腹減ってんだろ？　持ってるパンは食わないみたいだし」

カリは無言でうつむく。タレクは立ち上がると、奥の棚からパンを持って戻ってきて、カリの目の前に置いた。

「卑怯《ひきよう》ですよ……」

カリが上目遣いに睨みつけると、タレクは苦笑した。

「なにがだよ。いいから食え」

痩せ我慢も限界だった。カリはパンを手に取り、齧りつく。歯をジャリジャリと鳴らす砂粒も気にせず飲みこんだ。たちまち腹のうちに収まる。知らぬうちに、涙が溢れて、抑えきれなかった。タレクはそれを見ると、すぐに二つ目、三つ目を持ってきた。

「腹ぺこじゃねえか。遠慮すんなよ」

タレクはそう言って笑った。口調は乱暴なのに、嫌味を感じさせない笑顔だった。

ビールの水差しを持って、カリの前の杯に注いでくれる。それを飲み干し、ようやく人心地ついたとき、正面に座ったタレクが口を開いた。

「じゃ、あらためて自己紹介だ。俺はタレク。ミイラ職人をやってる」

「……カリです。その、あなたがスゥを買った、アミという男の家で奴隷をしています」

「ハットゥシャの生まれだって言ってたな。どうしてエジプトに？」

「行商が襲われて、攫われたんです。と、いうより……」カリはその先をためらったが、続けた。「たぶん、両親に捨てられたんです。口減らしだと思います」

「……そうか」

タレクは気の毒そうに目を伏せた。アイシャの件がなければ、カリはタレクをいい人だと思っただろう。だが、今はその態度のどこまでが本心なのかを疑わずにはいられなかった。

そんなカリの内心をよそに、タレクは慰めるように言う。

「……気にすんな、って言っても難しいだろうけどさ。実は俺も、生まれてすぐに親に捨てられてるんだ」

「え？　タレクも、ですか」

「ああ。でも、幸運にも迎え入れてくれた人がいて、しばらくはうまくやってたんだけどな。そこの家に本当の子どもができたら、やっぱ居づらくなっちまってさ。結局、俺は家を出ちまった」

「じゃあ、タレクは……二回も親を失ったんですね」

「まあ、そういうことになるな」

「寂しくは、なかったんですか」

聞いてすぐ、カリは失言だと悟った。だがタレクは気を悪くしたふうもなく、真剣な面持ちで答える。

「そりゃあ、寂しかったさ。でも、すぐそばに俺よりもっとつらそうなやつがいたから、親のいるいないなんて、大したことじゃないって思っちゃったんだよな」

タレクはそう言って、静かに微笑んだ。

「さっき倒れてるカリを見て、昔のそいつがしてた目つきに似てるなって思ったんだ。それで、ついカリのことも助けちまった。俺が石運びについて聞きたいのは、そいつを助けたいからなんだよ。その親友は、半年前の王墓の崩落事故で死んで冥界に行ったんだが、昨日、現世に帰ってきて、自分が死んだその事故を調査してるらしい。今は、別の事情で追われてる身らしいが……少しでも、あいつの力になりたいんだ」

「現世に、帰ってきた？」

カリはタレクを見つめた。冗談か本気か測りかねたのだが、タレクの顔は真剣そのものだ。

「あの、タレク。半年前に死んだ人が、生き返ったのですか」

「ああ、そうだ」

「この国では、よくあることなのですか」

「いや、滅多に聞かないけどな。でも、手紙なんかは普通に送れるし、現世と冥界はそこまで遠い場所じゃないぜ」

恐ろしい国だ、とカリは思った。ハットゥシャでは、当然だが、人は死んだらそれまでだ。死者を祀り、別れを惜しむことはあっても、生者と同じように接することなど考えられない。ましてや、生き返ることなど絶対にありえなかった。

とはいえ、よく考えたらエジプト人は、死体をそのままの形で保存し続けることに異常にも見える執念を燃やしていた。ミイラ職人というのだから、目の前のタレクはその筆頭であろう。それもすべて、エジプトでは死者が第二の生を得るためといえば、納得できないこともない。

しかし、現実的に考えて、やはり死者が戻ってくるなどありえない。友人が帰ってきたというのも、タレクの妄想か、なにかの比喩表現かもしれない。ただ、ひとまずそれは脇においておくことにした。

「それで、早速だが、カリは半年前の王墓の崩落事故を知っているか」

「……はい、大きな事故でしたから。といっても、事故の瞬間を目にしたわけではないです。夜に石が崩れる大きな音は聞こえてきたけど、崩れたのが王墓だと知ったのは翌日でした」

「その原因は、砂岩が紛れこんでいたことって聞いたけど」

「ええ。私も警察隊に尋問されたとき知りました」カリは答えながら、そのときのことを思い出して、怒りがぶり返してくる。「私、なにも悪いことしていないのに、ほとんど犯人みたいに扱われて。言葉も半分くらいしかわからなかったし、ずっと怒鳴られて怖かった」

「そうか……それは、可哀想にな」タレクは同情するように目を細める。「でも、なんでカリが犯人扱いされたんだ？」

「ハットゥシャ人だから。あいつら、いつも差別するんだ……」反射的に言って、違う理由もあったことを思い出す。「あ、でも、こんなことも言ってました。砂岩を運んだのは、ほとんどが私の班だったって」

「君の班が？」タレクが身を乗り出して聞いた。「それ、どういうことだ」

「どういうこと、と言われても……。そう聞かされただけで、私はなにも知りません」

「じゃあさ、君の班は、なにか特別なことをしていなかったか？　例えば、石を特定の場所に積んだりとか、石をこっそりすり替えたりとか、そういったことだ」

「いいえ、それは覚えがないです。というより、そもそも私たちは石を積むことに関わっていないから。毎日船着き場で受け取った石を、橇に載せて建設現場に運ぶだけです」

「ふーん……そうなのか」

「あ、でも」カリは思い当たって、声を上げた。「私たちの班、班長がパヌトムという官吏なのですが、一つだけ妙なことがあります」

「妙なこと？　なんだ、それ」

「それが……私たちパヌトム班は、毎日いちばん早くに出発するのに、到着はいちばん遅いんです」

　カリは真剣に言ったのだが、タレクは困惑したような表情で問い返す。

「それはたんに、石を運ぶのが遅いんじゃないか？」

「普通に考えれば、そうでしょう。でも、運んでいる身からすると、そんなに遅い気はしないんです。急な病欠とかで別の班に行くこともありますけど、ほとんど速さは変わりません。それなのに、班のみんなは、私のせいでいつも遅れるって言うんです。私が小さくて、力がないから」

「そうは言ってもな。ほかに考えられるのは、遠回りしてるとか」

「それもありえません。私はもう、一年近く石を運んでいるんですよ。道が違っていたら、私だけじゃなくて班長もほかのみんなも、いくらなんでも気づくと思います」

　カリの言葉に、タレクはじっと考えこむ素振りを見せた。

　ややあって、問いかけてくる。

「……なあ、カリ。その遅いのは、ずっとそうなのか？　君が来た一年近く前から」

「え？　えっと……」

　問われて、カリは記憶を掘り下げる。初めのころは仕事に慣れるのに必死で、そこまで頭が回っていなかった。だが、気づいたときにはすでに、パヌトムの班はいちばん遅かったような記憶がある。

「たぶん、私が来たときにはすでに遅かったと思います。少なくとも、前の王墓が完成間近のときには、そうなっていました」

「毎日、朝いちばんに出て、いちばん遅くに着くと」

「ほぼ毎日、そうでしたね」

「ほぼ？　例外はあったのか」

「何十日かに一度ですよ。班は四十とか五十とかありますが、その中で十五位だったり、三十位だったりする日がたまにありました。そういう日はパヌトム班長も機嫌がいいので、私たちもほっとして家に帰れるんです。でも、たいてい次の日にはまた最下位で、それで激怒した班長に鞭で打たれるんです」

タレクはそれを聞いて、再びなにかをじっくりと考えこんでいるようだった。カリは残っていたパンの最後の一口を咀嚼し、惜しみながら嚥下《えんげ》する。後味の余韻を楽しんでいると、ゆっくりとタレクは顔を上げた。

「カリ。君の班の遅れは、やはり妙だ。毎日最下位とは限らない、っていうのが余計に怪しい」

「でも、それも昔の話です。ここ数ヶ月は、ずっと最下位続きで……」

「もしかして、最下位じゃない日があったのは、先王の王墓の建設中だったんじゃないか？　それが、新しい王墓を建設するようになってからは、常に最下位になった」

「ああ……言われてみれば、たしかに」カリは頷いた。「そんな気はします」

「ならさ、砂岩を狙った場所に積みこんでいたのは、やっぱり君の班だと思う」

「さっきも言いましたけど、私たちは石の積み上げには参加してませんよ」

「なにも自分たちで積まなくてもいいんだ。だって石は、現場に着いた順番に積まれてたんだろう？　だとしたら、その日の着順を操作することで、運んできた石を狙った場所に積めるじゃないか」

「あっ——」タレクの言うとおりだ。カリは頷いた。「それは、たしかに」

「だろ。ってことは、王墓の崩落を引き起こした犯人は、君の班にいると思う。いちばん怪しいのは、班長のパヌトムか」

「タレクは班長を知ってるんですか？」

「会ったことはないけど、噂くらいは。まあ、評判はよくないな」

「でも……私、班長から、遅くしろとか早くしろとか、そういう指示を受けたことはないんです。着く順番を操作する、ってそんなに簡単にできるんでしょうか」

「一つの石を引くのは、四十人くらいだろ。たぶん、全員じゃなくて半分くらいのやつに話を通してるんだろうな。半分が手を抜けば、最下位にはなれるだろう」

たしかにアイシャのような人間ならば、買収されることもあろう。途端にカリは怒りがわいてきた。

「あの人たち……遅れは私のせいって言いながら、裏ではそんなことをしてたんですね。絶対、許せない」

「まあ、待て。まだ証拠はないからさ」

タレクの言葉に、カリは不承不承頷く。だが、同時にほんの少しの違和感もあった。

「そうですね、落ち着いてみると……さっきも言ったとおり、ほかの班と比べて橇が遅い気はしないんですよね。本当に、手を抜いてるんでしょうか」

「そこは警察隊のところに行って、パヌトムを尋問してもらえばすぐわかるだろう。早速、行ってみようぜ」

タレクは立ち上がった。カリは慌てる。

「あの、警察隊に行くんですか」

「そのつもりだけど」

「私……あそこはちょっと……」崩落事故の件で尋問されて以来、警察隊の詰め所はこの世でもっとも行きたくない場所の一つだった。「警察隊には、タレクがひとりで行ってください。私は留守番してますから」

「そうは言ってもな。カリの証言がないと、話を聞いてくれるかどうかわからないし。なあ、頼むよ。怖い思いはさせないからさ。それにムトエフも、ちゃんと話してみりゃいいやつだ」

そう言って、拝むように頼んでくる。カリは迷った。そして、空になった皿を見て、膨れた腹に手を当てる。

治療のお礼に話をするつもりが、パンまでもらってしまった。それも、四つも五つも。このままでは恩が積み上がっていくばかりで、お礼が間に合わない。

カリはため息をついた。

「わかりました、私も行きます。もらったパンの分は、あなたと友達を助けますよ」

7

詰め所の奥から出てきた禿頭の男――警察隊長のムトエフは、カリが見てもひと目でわかるほどに憔悴《しょうすい》しきっていた。顔は青白く、心ここにあらずといった様子で、タレクが話しかけても反応が鈍い。

「なあ、ムトエフのおっちゃん」タレクが肩を摑んで揺さぶった。「聞いてんのか？　王墓の崩落事故の犯人がわかったかもしれねえんだよ」

「あ？　ああ……」

ムトエフは口を開けたまま、タレクを見た。

「それで、ええと……いや、なんの話でしたかな」

「おいおい、大丈夫かよ……」

タレクが呆れた目でムトエフを見る。

「申し訳ない。さっきから、混乱続きで……街の治安が急速に悪化して、暴力事件や盗みが多発してるんです。それなのに、警察隊の指揮系統は目下混乱中で、私がここに詰めていないと……」

「指揮系統って？」

「タレク。あなたがご存じかはわかりませんが」ムトエフは歳下であるタレクにも、あくまで丁寧な態度を崩さなかった。カリはそれで、少し安心した。「建設村における警察隊というものは、建設事業を統括する宰相府に対して、軍が衛兵を貸し出して構成されているのです」

「はあ、それで？」

「ですから、本来的には宰相府の最高責任者、つまり宰相アイ様の指揮に従う必要があります。しかしながら、将軍ホルエムヘブ様からは矛盾した命令を受け取っており、軍属の意識が強いものはそちらに従おうとしているのです」

「矛盾って、どんなふうに」

「アイ様からは、神官団の者を一切傷つけるな、と厳命されています。しかしホルエムヘブ様からは、反乱分子は見つけ次第殺害し、市民にもそれを奨励せよ、との命令が下っているようです」

「なんだよそれ、ひでえな」

「それを真《ま》に受けた〝アテンの使徒〟と名乗る暴徒化した市民が、武器を持って暴れまわっています。ホルエムヘブ様の命令によって、警察隊や衛兵も見てみぬふりです。誰かを殴り殺して『こいつはアテンの敵だ』と言えば、それがまかり通ってしまうのが現状なのです」

「めちゃくちゃじゃねえか。なんで将軍様は、止めようとしないんだ」

「多分に、憶測を含みますが」ムトエフは苦々しげに言った。「葬送の儀の失敗で、神官長のメリラア様は捕らえられました。腹心の反逆に、王はいたく心を傷められ、神官団をエジプトの敵と仰せになったのです。これを機に先王の遺志を継ぎ、アテン信仰を強め、異教徒を排斥しようと意気込んでおられるのでしょう。私ごときが高貴な方々の心中をお察しするのは不遜《ふそん》ですが、メリラア様が失脚したあとのアイ様とホルエムヘブ様の権力争い……王にどちらが気に入られるか、という小競り合いも無関係ではありますまい」

「信じらんねえな。最悪だ」タレクが毒づく。カリも同じ気持ちだった。

「私も、神官団を害することが正しいこととは思えません。それに、組織上もアイ様の命令に従うのが道理です。しかし、王命とあらば、表立って保護もできません。ですからせめて、私はここにいて、詰め所の牢を避難所にしようと」

ムトエフはちらり、と奥を見やった。カリもつられて覗きこむと、たしかに、格子が嵌まった部屋の奥に、数人の男たちがうずくまっている。皆、疲れきった顔をしていた。

「セティは？　ここにいるのか？」

「いいえ、先ほどいらしたのですが。人目があって手引ができないうちに、どこかへ逃げられたようです。お力になれず、申し訳ない」

「いや、過ぎたことを言ってもしょうがない。それに、あんたはよくやってるよ、ムトエフ。だが、今は崩落事故の話どころじゃねえな」

「とはいえ、王墓の事件もまた重要な事件ですから、捜査はしたいのです。ただ、パヌトムといいましたか。聞いた限り、尋問をするには証拠が足りないと思いますな。呼びつけて話を聞くくらいならできるでしょうが……」

「待ってください」カリは慌てて口を挟む。「もし勘違いで班長を呼んで、それで犯人じゃなかったら、私、大変な目に遭わされます。それだけは、絶対にやめてください」

「と、いうことです」

ムトエフはタレクに目線を向ける。タレクは腕を組んで唸った。

「うーん、パヌトムが犯人だって証拠か。パヌトムの命令で意図的に橇を遅くしてる、ってことが証明できればな……」

「タレク。さっきも言いましたけど、橇が遅くなった気はしないんですよ」

「じゃあ、遠回りしてるんじゃないか？　砂漠なんて似たようなもんだから、慣れてないと迷うこともあるし」

タレクの言葉に、カリは首を横に振った。

「いいえ、道は何度も確かめましたし、ほかの人も違っていたらすぐに気づきます。間違いなく、ほかの班と同じ道を通っていますよ。なのに、なぜかパヌトム班長のときだけ、到着が遅くなってしまうんです」

「でもよ、ほかの班と道も同じ、速さも同じ、けど時間だけ遅くなるって、そんなおかしなこと、あるはずないだろ」

「それは、たしかに……そうなんですけど」

カリは頭を抱えた。距離、速さ、時間。この三つの関係に、どうしても違和感がある。確かめた道順と、速度に対する自分の感覚。普通に考えれば、感覚が間違っていると考えるほかないのだが――。

「あ、危ない!!」

突然、ムトエフがカリの腕を掴んで、ぐいっと引っ張った。カリはたたらを踏み、なんとかバランスを保つ。

ムトエフが地面を指さして叫んだ。

「コブラです。噛まれたら命に関わります」

「ひっ――」

思わず飛び退《の》いたカリのすぐそばを、コブラが横断していく。無人の野を行くかの如《ごと》く、悠々と詰め所の出入り口をくぐると、そのまま外へと出ていった。

蠍《さそり》やコブラは、いつの間にか家の物陰に潜み、不注意にも近くを通りかかった者の命を奪うことで知られていた。初めてこの話を聞いたとき、カリはハットゥシャにはないこの恐怖に心底怯えたものだった。

だが、この国ではコブラは嫌われるどころか、敬意と畏怖をもって遇《ぐう》されるらしいのだ。まったくエジプト人というのは理解しがたい。力の象徴として、王のマスクや杖《つえ》にもモチーフとして使われているというのだから、筋金入りだ。

にょろにょろと体をくねらせながら這っていくその後ろ姿を、ぼうっと見送る。やがてコブラが見えなくなったころ、タレクがぽつりとつぶやいた。

「……俺、わかったかもしれねえ」

「え？　わかったって、なにが」

「橇が遅れてる理由だ。でも、ってことは――」

タレクは真剣な顔で、なにやらぶつぶつとつぶやいている。そして、とうとうなにかに気づいたかのように、顔を上げた。

「……なあ、カリ。俺を信じてくれないか」

「え？　信じるって、どういう……」

カリは問い返したが、タレクの真剣な眼差しに射抜かれ、気づいたら思わず首を縦に振っていた。

「ありがとな。……それじゃ、ムトエフ、頼むぜ」

タレクはムトエフに向き直って言った。

「責任は俺が取る。パヌトムを呼び出してくれ」

8

建設村を脱出したセティとアシェリは、ひたすら砂漠を歩いていた。

逃げる先は、アメン・ラーの神殿跡地だ。アシェリが提案したそこは、人目があるアケトアテンや建設村からは離れており、しかし、明日の夜には十分墓所に戻れるくらいの距離だったので、セティとしても異論はなかった。

馬は目立つし、そもそも借りるあてもない。また、岸辺に近すぎると人に見られる可能性があるため、ナイルにも近寄らず、二人は砂漠の只中《ただなか》をただひたすら歩き続ける。

異変に気づいたのは、セティが先だった。歩いていると、とにかく暑い。たしかに砂漠は暑いものだが、これは異常だ。そう思って空を見上げ、セティは我が目を疑った。

「なあ、アシェリ」セティは思わず足を止め、太陽を見つめる。「今日の太陽、妙に大きくないか……？」

「え？……あ」アシェリもまた、足を止めて空を見上げると、ぽかんと口を開けた。

セティが見る太陽は明らかに大きくなっていた。普段であれば、手をかざせば隠れるほどの大きさしかない日輪が、伸ばした手の平の先から大きくはみ出ている。しかも、よく見るとその縁からは、冥界で見たあの腕――白い腕がうごめき、もがいていた。

「なに、あれ……」

アシェリにも見えたらしい。驚愕はすでに、恐怖に変わっていた。しかしこの世に太陽からの逃げ場などない。アシェリはきょろきょろとあたりを見回したが、すぐに諦めたように肩を落とした。

「あれが、アテンだ。メリラア様の警告どおり、信仰の力を吸って大きくなっている……」

「でも、なんで急に？」

「おそらく、葬送の儀の失敗がきっかけだろう。王の勅令の下、アテンへの信仰が強くなったんだ」

――皮肉なものだ。エジプトを救おうとしたメリラアの計画が、かえってアテンを勢いづかせてしまった。

セティが内心でつぶやくと、アシェリは怯えたように言う。

「もし、このまま太陽が大きくなり続けたら……」

「現世も冥界も、滅びは避けられぬだろうな」

「どうしよう。メリラア様が言ったとおりだったんだ」

セティは肩をすくめた。

「今は考えても仕方ない。歩こう」

　肥大化した太陽はセティたちをじりじりと焦がし続ける。幸いにもセティはミイラの体で、飢えも渇きも感じないが、アシェリは限界が近そうだ。危険を犯してでも川で水を汲もうかと思ったところで、アシェリが口を開いた。

「……ねえ、セティ。実は僕、メリラア様の様子がおかしいこと、気づいてたんだ」

「そうだったのか？」

「昨日のお昼過ぎ、突然呼び出されて、副葬品の再確認をしたんだよ」

「ああ、副葬品が崩れたからか」

「そうそう、よく知ってるね」アシェリは頷いた。「といっても、ほとんどメリラア様が直してくださったみたいで、どこが崩れたのかはわかんなかったけど。とにかくそれで、僕が玄室で作業してたとき、うっかりメリラア様が担当の、副葬品の箱を開けちゃったんだ」

「なにか、足りなかったのか」

「ううん、逆だよ。見慣れない小さい箱が一つ、増えてるように見えた」

「それだけか？　アシェリの記憶違いということもあると思うが」

「でも、その箱には、オシリス神が描かれてたんだ」

「……オシリス神が？」

　妙な話だ。アクエンアテン王の副葬品に描かれるべき神は、アテンしかありえない。先王が信仰を禁止したオシリスが描かれた品物を副葬品に入れるなど、許されぬ暴挙といっていい。

「でもそのときは、見間違いかな、って思って、すぐ箱を閉めちゃった。ううん、自分にそう言い聞かせたんだ。メリラア様がそんなおかしなことするわけない、ってさ。ただ……もしかして、先王様がお怒りになったのはそのせいかも、って。もしあのときちゃんと声をかけて、止めてたら、今、こんなことになってないんじゃないかな、って思って」

「アシェリ……」

「僕は、メリラア様に憧れて神官になったんだ。でも、肝心なときにお役に立てなかった。どうせこんなになっちゃうなら、なにも知らないままじゃなくて、せめてメリラア様の手伝いをして捕まりたかったな」

再び、無言。アシェリの息は浅く、乱れていた。飢え、疲労、それに渇き。そして、自分が祖国に追われる立場になったのだという罪の意識。そのすべてが、アシェリを苛んでいるようだった。

「ねえ、セティ」

「なんだ?」

「メリラア様は言ってたよね。セティをマアトの使徒って呼んで、あとを託す、って」

アシェリの口調は穏やかだが、真剣な目で、セティを見つめてくる。

「セティは、メリラア様の跡を継いで、アテンと戦うの?」

「私は――」セティは一瞬言葉に詰まった。「そうすべきだとは、思う。このまま太陽が大きくなり続ければ、エジプトは現世も冥界も滅んでしまうだろう」

セティは目を伏せ、先を続ける。

「あんなものにエジプトを蹂躙《じゅうりん》させてはならない。そう思うのだが……」

「そうだよね」アシェリは微笑んだ。「僕だって怖いもん。変なこと聞いて、ごめんね」

「……すまない、アシェリ」

――それに、あれはメリラアの見立て違いだ。嘘に塗《まみ》れたセティが、マアトの使徒にふさわしいはずがない。

「あ、あれ。見えてきたよ」

アシェリが行く手を指さした。セティも目を上げると、神殿跡地が見えてくる。

「ひどい有様だ」

セティはつぶやきを漏らす。遠目に見ても、その神殿は目を背けたくなるほど荒れ果てていた。もとの姿を知っているわけではなかったが、おそらく先王アクエンアテンによって廃され、財を召し上げられた神殿のひとつなのだろう。

巨大なオベリスクは、もともと身長の十倍はある一塊の巨柱だったのに、横倒しにされ、分断されて削られて、今ではわずかな残骸を残すばかりだ。途切れ途切れに読める表面に残った碑だけが、かつての姿を思わせる唯一の手掛かりだった。

神殿の建物自体も、花崗岩で作られていたのであろうが、今では崩され瓦礫《がれき》の山になっている。石が直線で切られているので、おそらく、別の建物——新築するアテンの神殿の建材に流用されたのだろう。不規則に切り出され、歯抜けになった建物の外壁は、略奪された人里を思わせるようで物悲しい。だが今やそれすらも、砂漠に埋もれつつあった。

アシェリも物悲しげな表情を浮かべながら、神殿の瓦礫の中に入っていった。セティはオベリスクに近寄り、そこに残された聖刻文字《ヒエログリフ》を読み取ろうとする。が、読めたのはどうやらその碑が太陽神ラーを讃えていることくらいだった。

アシェリの悲鳴が上がったのは、その直後だった。

「うわ……うわあああああ」

「どうした、アシェリ」

セティは声の元へ走った。不規則に積まれた瓦礫の山、その裏側に回りこむと、アシェリが立ち尽くしている。その眼前に、裸にされ、刺し傷だらけで血を流す死体がいくつも転がっていた。

「これは……」

セティはアシェリの横を通り抜け、そばにうずくまって死体を検める。うつ伏せのまま動かないそれは、一見して死んでいるのが明らかだった。血まみれの背には刺し傷、およそ十数箇所。明らかに、殺すにしては過剰な傷だ。痛めつけることが目的としか思えない。

その体を持ち上げ、仰向けにする。思わず声が漏れた。

「この顔は……」

知った顔だった。神官団のひとりだ。

「まさか」

セティは青ざめ、あたりに転がった死体を確かめて回る。まさしく死屍累々《ししるいるい》というべきその光景、二十に近い死体は、すべて神官団のものだった。

「セティ!!」

アシェリが声を上げた。顔を上げると、男が二人、抜き身の剣をぶら下げ、こちらに歩いてくる。それを見て、セティの中に疑念が湧き上がった。

——まさか、アシェリは私をここに誘いこんだのか？

だが、当のアシェリは怯え、セティにすがりついてきた。その態度は演技には見えない。

男たちはこちらの恐怖を煽《あお》るように、ゆっくり、ゆっくりと近づいてくる。顔が見える距離まで来ると、口を開いた。

「また来たぜ、獲物がよ」

「ああ、今日は入れ食いだなぁ」

言い合うと、二人して下品な笑い声を上げた。

「セティ、後ろにも……」

アシェリの声に振り向くと、背後の方向からも二人。こちらも剣で武装していた。

「貴様ら、何者だ」

セティの誰何《すいか》に、男たちは下卑た笑みで答えた。

「俺たちは善良な市民だよ。こんな廃虚に来たんだ、どうせあんたらも神官だろ？　王命に従って、エジプトの敵を殺してまわってるのさ」

「そうそう。ついでにちょいと楽しんで、懐《ふところ》を潤《うるお》してるだけさ」

こんな連中が市民なはずはない。明らかに野党の類だ。普段は行商を狙う彼らも、今日は護衛もなく逃げざるを得なかった神官団を待ち伏せ、嬲《なぶ》り殺し、金品を奪っているのだろう。たちの悪いやつらだった。

「本当に……度し難い連中だ」

セティは歯噛みしたが、不利は明らかだ。相手は武装しているが、こちらは徒手空拳。体格から見てもセティはひとりを相手にするのがやっとで、アシェリは戦力にならない。仮に逃げたとしても、連中が馬を持っていないとは考えづらい。逃げたところで、すぐに追いつかれるだろう。

「セティ……どうしよう……」

アシェリが不安そうに聞いてくる。

「逃げるしかない。砂漠ではすぐに追いつかれるだろう。川のほうがまだ望みがある」

セティはそう囁いて、ナイルの方向を見た。川にさえ飛びこめれば、逃げ切れるかもしれない。

そうしている間にも、男たちは距離を詰めてきた。男たちが油断している、今が最後の機会だった。

「走るぞ、アシェリ」

セティはアシェリの手を引いて、神殿を背に走りだした。四人の男もそれを見て、走りはじめる。だが、四人全員で追う必要はないと判断したのか、二人は足を止め、残りの二人だけが追ってきた。

急に走りだしたおかげで多少の距離は稼げたが、男たちのほうが足は速かった。徐々に距離が縮まっていく。川は視界の先に見えているが、まだ遠い。

このままでは、逃げ切れない。絶体絶命だった。

顔だけ振り向くと、二人の男は目を爛々《らんらん》と輝かせて、セティたちを追いかけている。まるで、獲物を見つけた肉食獣のようだ。

――もはや、ここまでか。

セティが内心で覚悟を決めたとき、突然、アシェリがぎゅっとセティの手を握った。

そして、それをきっかけに、またしてもジェドの言葉が蘇る。

――なんだよ、アシェリも暗殺の依頼を受けてたのか。

背筋が寒くなる。まさか、アシェリは……一度は殺したセティを、今度は囮《おとり》にして、逃げようとでもいうのか。

セティは思わず足を止めた。手を摑んだままのアシェリも、つんのめるようにして立ち止まる。

振り向くと、眼前に二人の男が迫る。足を狙って、剣が横薙《な》ぎに払われる。

その瞬間、果たしてアシェリはセティを突き飛ばした。

そして、叫んだ。

「セティ、逃げて‼」

アシェリは声を上げると、男たちに腕を広げ、正面から体当たりをしていった。が、非力なアシェリでは相手にならない。敵の懐、剣の内側には入りこんだが、腕の一振りで吹っ飛ばされ、這いつくばるようにして倒れこむ。

「なんだよ、このガキ」

男はからかうように言って、アシェリの脇腹に蹴りを入れた。アシェリは苦悶の声を上げ、身をよじる。だがそれでも、腕を伸ばし、二人の足を摑んだ。

「おい、離せ」

男が怒声を上げ、アシェリに覆いかぶさって、拳を振るいはじめる。しかし、埒《らち》が明かないと思ったのか、もうひとりが剣を振りかぶった。

「アシェリ‼」

「僕のことはいい。セティ、お願い、エジプトを――」

その先は聞こえなかった。男はうつ伏せに倒れたままのアシェリの背に剣を当てると、そのまま体重をかけて突き立てた。

血しぶきが舞う。

セティは目を逸らし、振り向き、走りだす。

「う――ああああああああ‼」

アシェリの口から漏れる、声にならない声が、セティの背中を追いかけてきた。

セティは走った。ナイルに向かって、後ろを振り向かずに、全力で足を動かす。

くそっ、くそっ、くそっ――。

アシェリ――‼

私は……最後の最後で、アシェリを信じられなかった。二人で協力すれば、生き残る道があったかもしれないのに。

だが、後悔はあまりにも遅すぎた。アシェリは、セティの遥か後ろで、もはや物言わぬ骸《むくろ》になっていた。

眼前にナイルが迫る。セティは足を緩めず、そのまま水面に飛びこんだ。

地平線に、異形の太陽が沈んでいく。

どうやら、追手は撒いたらしい。

セティは岸辺のパピルスを摑むと、渾身《こんしん》の力で体を引き上げた。服だけでなく、乾燥した体や、木でできた下半身が、水を吸って重くなっていた。

セティは川底を潜行し、ナイルを下って逃げた。川ではワニやカバによる水難事故が絶えないものだから、セティは終始警戒していたが、動物たちはセティに興味を示さなかった。きっと今のセティの体は、流木と大差ないのだろう。アケトアテンの近くまで来ると、そのまま川の中で息を潜めていた。呼吸が必要ない、ミイラの体だから逃げ切れたのかもしれない。生身であれば、息継ぎに出たところを見つかっていたかもしれなかった。

昼にも見た太陽は、さらに大きくなっていた。沈む夕日は、地平線の三分の一を占めるほどにも見える。このまま大きくなり続ければ、そう遠くない未来には地上に手が届く。そうでなくとも、大気が煮えてしまい、あるゆる生物は死滅するだろう。

やがて、日は完全に沈み、砂漠に夜が訪れた。

岸辺を離れ、ぽたぽたと水を滴らせながら、セティは夜の砂漠をひとり歩く。

今日が終われば、明日は三日目――マアトに宣告された、最後の日だ。

メリラアとアシェリは、セティにエジプトの未来を託した。だが、太陽と同化した神となど、どう戦っていいかもわからない。

セティには無理だ。不可能だった。

無力感に苛まされながらも、恐怖に駆られて心臓の欠片を求め、ただひたすら足を動かす。こんなときでも我が身が可愛いかと、自分を嘲りたい気分だった。

セティの心臓の欠片の行方。ジェドでないとすれば、残る容疑者はイセシだけだ。父が子の心臓の欠片を盗んだとは、信じがたい。しかし、そう考えるしかなかった。

イセシに会うため、暗闇に包まれたアケトアテンの街に忍びこむ。人通りはそれほど多くなかった。日除けの布を頭からかぶり、顔を伏せて道を急ぐ。街なかだというのに、道のところどころに血の跡がこびりついているのが気にかかった。

高官向けの住宅街に入る。通りがけに覗きこむと、荒らされ、家財が持ち出されたらしき家もあった。そのいずれもが、神官団の関係者であることに気づき、背筋が寒くなる。

セティはイセシの家に着いた。静かに足を踏み入れ、玄関を抜け、居間に入る。まだ職場にいるかもしれない時間ではあるが、暗闇の中、誰かが居間の椅子に座っているのが見えて、セティは声を上げた。

「父上」

「セティ……」答えた声は、イセシのものではなかった。「どうして、来ちまったんだ」

蠟燭に明かりが灯る。立ち上がったのは衛兵、メレクであった。その後ろに、槍で武装した衛兵が二人、控えている。

もはや、これまでだった。瞑目したセティを、両脇から衛兵ががっしりと抱えこんだ。

9

拘束されたセティは、砂漠を馬車で運ばれた。意外にも、セティが連れていかれたのは、アケトアテンの王宮ではなく、街から離れたところにある兵舎の牢だった。

「メレク。なぜ、私はここに」

「上からの命令だ」

牢を見張るメレクは、そっけなく答える。

セティはあたりを見回した。セティも今まで存在を知らなかった、兵舎の地下牢だ。本来、罪人を入れるためのものではなく、軍規違反の者を収容する営倉なのだろう。上下左右は土壁に囲まれ、窓はない。廊下とは太い木の格子で、隔てられていた。見回すと、牢の数は四つしかなく、今はセティ以外に囚《とら》われている者はいないようだ。

場所でいえば、アケトアテンと建設村の中間地点くらいである。兵士の訓練場がそのあたりにあるのは知っていたが、神官団の一員たるセティをなぜ王宮に連れていかないのかがわからなかった。

「メリラア様やほかの神官は、王宮の牢にいるのか？」

「……悪いが、答えられない」

「メレク、頼む。教えてくれ」

格子の向こうにいるメレクは、セティを見下ろした。その目には、冷徹さというよりも、同情が浮かんでいるように見える。

「聞かないほうがいいと思うぞ」

「それは、どういう」

「神官長メリラアは、今日の夕刻、処刑された。ナイルの岸辺で」

その言葉は、ずん、とセティの腹に重く響いた。

「……嘘だ」

「嘘ではない。事実だ」

「ありえない。嘘だ、嘘だ……」

王への反逆罪で捕らえられた以上、いつかはこうなるとわかっていた。だが、その刑の執行はあまりにも早かった。信じたくない気持ちで、嘘だ、とセティは連呼する。

「ほかの神官も、王宮の牢に囚われている。が、捕まった連中はまだマシだ。ほとんどの神官が、市民に襲われ、命を落とした」

「どうして……」セティの目から、涙が溢れた。「私たち神官団が、なにをしたというのだ」

「謀略を巡らし、葬送の儀を穢《けが》した。――そう、王《ファラオ》とホルエムヘブ将軍はおっしゃっておられる」

「メリラア様は、エジプトを救うために!!」

「セティ、お前のことは信じてやりたい。だが、王のお言葉を疑えるはずもない。わかってくれ」

「メレク……」

以降、何度その名を呼んでも、メレクは答えてくれなかった。


それから、どれだけの時間が経っただろう。

セティは土の床に横たわったまま、天井を見上げた。

いったい、今はいつなのだろう。すでに、最後の夜が近づいているのだろうか。

空腹を感じないせいで、時間の感覚が失われていた。兵舎の地下牢に囚われてから、すでに半日は経ったような感覚もあれば、数時間しか経っていないような気もする。

初めのうちは、脱出できないかと格子を摑んで揺さぶったりもした。だが、太い組木の格子は、セティが力を入れた程度ではびくともしない。上下左右の土壁に深く埋めこまれて固定されているようで、鍵なしでの脱出は不可能に思えた。

刻限が近づくなか、肝心の時間がわからないということに、底知れない恐怖と焦燥を感じる。

いつの間にか、番をしていたメレクは去り、別の衛兵に交代していた。だが、何度話しかけても、その衛兵は一言も応えてくれなかった。

セティは孤独のなか、これからどうなるかを考えた。

あのままアテンが巣くう太陽が大きくなれば、現世も冥界も関係なく、エジプトは滅びるだろう。

そうなれば、仮にセティが脱出して心臓を取り戻し、死者の審判を受けたところで、イアルの野も、アテンによってこの世から消え去ることになる。

それだけではない。現世でも冥界でも、セティの大切な人は皆、炎に焼かれ、苦しみ、命を落とすのだ。

――やはり、アテンを、なんとしてでも止めなければならない。

だが、メリラアは処刑され、神官団の皆は囚われ、あるいは命を落とした。

敵は強大だが、味方はいない。残された時間もごくわずかだ。

ここから、セティになにができるというのだろう。

いくら考えても、希望はどこにもなかった。このままここで、終わりのときを待つしかない。

そして、なお悪いことに、このまま次の夜を迎えれば、マアトの警告どおり、セティの魂《バー》は肉体を離れることになる。滅びた現世にも冥界にも行けず、孤独に、永遠にさまよう――それは、なによりも恐ろしかった。

――ああ、もっとうまくできたかもしれないのに。

胸に去来するのは、後悔ばかりだ。

どうして私は、アシェリを信じられなかったんだろう。セティを刺した犯人はアシェリではないかと、少しでも疑ってしまった。

本来、そんな疑念は一蹴《いっしゅう》すべきだったのだ。アシェリはいつも献身的で、人一倍怯えながらもセティを鼓舞し、一生懸命に前を向いていた。最期の瞬間まで、アシェリはその身を盾にして、セティにエジプトの未来を託そうとした。そんな彼が、セティを騙し、殺すことなどありえない。

しかし……だからといって、未だにジェドの言葉が嘘だと断じることもできない。ジェドが息を吐くように嘘をつく人間であるのはたしかだが、もし嘘をつくならもっとうまい嘘がありそうなものだ。セティはジェドの人間性を軽蔑する一方で、虚言を弄《ろう》して尻尾を摑ませない小《こ》狡《ずる》さには舌を巻いていた。そのジェドが、セティを死に追いやったのはアシェリとメリラアだなどと、突拍子もない嘘をつくだろうか。不自然で信じがたいからこそ、ジェドはやつにとって見たままを語ったのかもしれないと、セティは考えていた。

だが、どういうことなのだろう。アシェリでもジェドでもないとすれば、セティにナイフを刺したのは、いったい誰なのか。

わからない。わからないが、これだけはたしかだった。

アシェリを信じられない弱い心が、彼を殺した。

私は――ただここにいるだけで、罪を重ねていく。せっかくアシェリに救われたが、エジプトを救うなんて、そんな大それたことができるはずはない。

――それでも、愛するものを守りたい。私が生まれ育ったエジプトを。信仰を捧げた神々を。育ててくれた父を。そして、大切な友人、タレクを。

なんとしても、守りたい。そう、守りたかったんだ……。

セティはひとり、暗闇ですすり泣いた。しゃくりあげる声が、牢の中で虚しく反響していた。

10

カリはその夜、あの日の夢を見た。

簡単なお使いのはずだった。父の代わりに、隣村へ商品を届けるだけ。片道四日の行程で、十日もしないで家に帰ってこられる。三十人以上の大きな商隊に付いていくのだし、護衛も雇われていたから、ちょっとした旅行気分で友達とはしゃいでいた。

襲撃は、三日目の夜だった。

カリはその晩、同年代の友達四人と同じテントで寝ていた。いちばん仲がいいメリアも、その中にいた。

寝入っていたカリは、テントの外の喚声で目を覚ました。足音荒く駆けまわる人々の気配。

怒気を孕んだ馬の嘶《いなな》き。真っ暗だった周囲が、急に燃え上がったように明るくなる。テントの外で影絵のように、人と人が交わりあう。一方が悲鳴を上げ、倒れる。

「なに、これ」

目を覚ましたメリアは、カリに抱きついてきた。カリも抱き返す。

「わからない」カリは言った。

「こわいよ、カリ」

そう言ったメリアは震えている。カリも同じくらい震えていた。

その瞬間、カリの目の前、テントの外から中に鈍色《にびいろ》に輝く刃が突き出してきた。

「きゃあああああ!!」

メリアの悲鳴。カリは声を上げなかった。突然のことで、呆然と見つめることしかできなかった。

刃が引き下ろされ、テントの幕がいともたやすく裂かれる。その切れ目から覗きこむ何者かの姿が、外の松明に照らされ揺らめいた。

浅黒い肌、血走った目、真っ黄色の歯。

異国の髭の男が、にやにや笑いを浮かべ、物色するようにテントを覗きこんでいた。

「助けて、ママ、パパ」

メリアは半狂乱で暴れた。ほかの子も起きだし、悲鳴を上げ、男から離れるようにテントの反対側へと逃げる。

その瞬間、今度は背後の布が裂かれ、別の男が姿を現す。右手にナイフを持ったまま、いちばん近くにいたカリの腕を乱暴に掴んだ。続けてなにかを叫んだが、カリには聞き取れなかった。

「やめて、離して‼」

カリは腕を振って暴れたが、大人の手はびくともしなかった。そのままぐいと引っ張られ、カリはテントからまろび出る。身を起こす間もなく、ナイフを持ったままの手で頬を殴られた。衝撃で目の前が真っ白になったが、腕を掴まれていて倒れることも許されない。

男がなにかを言い、肩が抜けそうなほどの勢いで腕を引っ張られる。カリは必死に抵抗したが、引きずられていった。途中、見回すまでもなく、あたりに大勢の人が倒れているのが見えた。隣に住んでいるお兄さんもいた。よくお菓子をくれたお爺《じい》さんもいた。鎧を着た護衛の人たちもいた。皆、地に伏せ、血まみれで、ぴくりとも動かなかった。

カリたちが乗ってきた馬車の横に着くと、もう一度殴られ、腕を縛られた。顔にも布を巻かれ、視界を封じられる。そのまま乱暴に馬車に押しこまれた。

「いや――っ」

自分の悲鳴で、目を覚ます。

まだ夜明け前だった。藁の上に寝転んだまま、荒い息を整える。アミの家の、いつもの厩舎だ。危険はない。カリは胸を撫で下ろした。

まどろみの中、自然に、その後の記憶が蘇る。

カリたち子どもは、水も食料もろくに与えられないまま、気づいたらエジプトに連れられてきて、エジプト人に売られた。カリはアミに買われた。メリアは同じ馬車にいなかった。生きているかどうかもわからない。

カリはそれからずっと、エジプト人の男の人を見るだけで怖かった。今では慣れて、多少はマシになったけれど。

闇の中、ひとり寝ていると、だんだんと涙が滲んでくる。

自分が連れ去られたことへの恨みや悲しみは、いつの間にか風化しつつあった。本当にひどい話だとは思うけど、今になって、命が奪われなかっただけ幸運だと思える部分もある。

それよりも悲しいことは、別にあった。


――あんたは捨てられたのよ。

――お使いで外に出して、奴隷商に襲わせるのは、口減らしの常套手段さ。

――あんたの親は、よっぽどあんたが邪魔だったのね。

自分が親に捨てられたのだという可能性。アイシャに言われるまで、考えもしなかった。しかしその言葉は、足の裏に刺さった棘《とげ》のように、夜ごとにカリを苛み続ける。

ママ。パパ。
私、捨てられちゃったのかな。
私はママもパパも大好きだった。
お手伝い、もっと頑張ればよかったな。
悪い子で、ごめんね……。

カリは、ひとり泣いた。
ひとしきり泣いて、それから、生きるために立ち上がった。

第四章　砂漠の密室

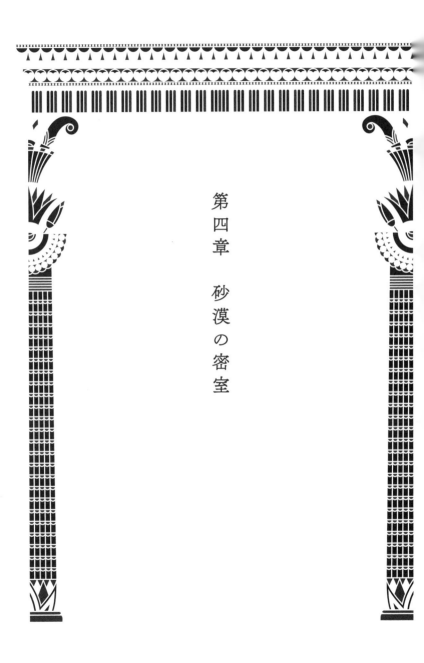

葬送の儀　翌日

1

夜明け前。今日もカリは石運びに向かう。

「カリ。今日も小憎らしい顔をしてるじゃないか。その顔が鞭で歪むのが楽しみだねぇ」

「……アイシャ。いたんだ」

船着き場に着くなりアイシャが絡んできたが、カリが相手にしないでいると、顔を引きつらせ、どこかへ行ってしまった。

不思議なものだ、とカリは思う。昨日はあれほど悩み、苦しんでいたというのに、取り組むべきもっと大きな問題が目の前にある今、アイシャとの諍《いさか》いなど些細《ささい》なものとしか思えなかった。

今日も、橇が出発した。今日のカリはいつも以上に、道順に注意を払っていた。

船着き場を背にして、しばらくはまっすぐ進む。やがて正面に崖が見えてきて、左手の坂へ向かう。坂を登り、今度は崖を右手にまっすぐ進むと、枯れかけたオアシスが見えてくる。このオアシスで右に直角に進路を変え、まっすぐに進むと、正面に王墓の建設現場が見えてきて、それが目標地点である。一年もの間、毎日欠かさず通った道順だ。これを夜明けと同時に出発し、普通は約六時間、パヌトムの班は八時間かけて進む。

カリは綱を引きながら、タレクが初め言ったように、この道順が間違っていて、遠回りをしている可能性について考えた。とはいえそれは、いくつかの理由でありそうにない。一つ目の理由として、偶然の欠員などでカリがほかの班に行ったときも、これとまったく同じ道を進んでいること。二つ目として、船着き場をパヌトムのあとから出発した班には、この道のどこかで必ず追い抜かれているから、ほかの班も同じ道を通っていると考えられること。三つ目は、遅れの原因がそんなに単純であれば、パヌトム自身がすぐに気づくはずであるということだ。パヌトムはカリよりもずっと真剣に、この問題を解決しようとしているはずなのだから。

カリは普段と同様に縄を引いていた。だが、パヌトムの様子はいつもと異なっている。奴隷を後ろから鞭で脅すのではなく、水を撒くペルヌウのさらに前、列の先頭に立ち、事あるごとに振り返ってカリを睨んでいる。

パヌトムの視線を感じるたび、カリは内心で冷や汗をかいていた。

橇が遅れる理由、それについてタレクが示した仮説は突拍子もないものだった。一方で、納得できるところもある。だが、今の時点では確たる証拠があるわけでもないのだ。もし間違っていたとき、自分がどんな日に遭うかは考えたくもない。

パヌトムとカリ、二人の間に漂うただならぬ雰囲気に、ほかの奴隷も皆、今日は一言も発さず黙々と足を動かしていた。間に挟まれたペルヌウは、いつになく青ざめた顔をしている。

それにしても、今日はやけに暑い。見上げた太陽が、普段の十倍近い大きさにも見える。錯覚かな——うん、きっと気のせい。太陽の大きさが、変わるはずなんてないのだから。

そうして、長いようにも短いようにも思える時間が過ぎ去った。


橇は建築現場に到着する。カリが縄を下ろすと、パヌトムがカリの真正面に歩いてきて、歯を剝きだしにして睨みつけた。

「この、くそガキめ」

パヌトムは腕組みをして、カリを見下ろしながら続ける。

「どんな呪《まじな》いを使ったか、説明してもらおうか」

カリは空を見上げる。太陽はまだ、天頂に差しかかる前だった。

いつもより、明らかに早い到着だ。

「呪いをかけたのは、私ではありません。あなたのほうですよ、パヌトム班長」

「俺は昨日言われたとおり、列の前を歩いていただけだ」

「ええ。でも、それこそが重要だったんです」

カリは言った。パヌトムは怪訝そうな顔でカリを見つめる。

そこにタレクがやってきた。予想通り橇が早く到着したことに、得意げな表情を浮かべている。それを見て、思わずカリも笑みを漏らした。

カリは軽く咳払いをして笑みを消すと、パヌトムのほうを向き、口火を切った。

「それでは――あらためて、今日はなぜ橇が早く着いたのか、説明しましょう」

と、いつの間にかほかの奴隷たちも、カリたち三人の周りを興味深そうな面持ちで取り囲んでいた。

パヌトムは左右に視線を走らせると、不機嫌そうに鼻を鳴らし、カリを睨む。

「もったいぶるな。さっさと話せ」

「わかりました。今日に限って橇が早く着いた理由、それは……見てのとおり、班長がいちばん前を歩いたからです」

「俺が前を歩いていたから、お前たちは遅れないように急いだのか？」

「いいえ。そんな単純な話ではありません」

「まさか、俺に対する遠回しな抗議か？　鞭がないほうが速いと、そうあてつけたかったのか」

「違いますよ。そんなわけないでしょう」カリは呆れて言った。「班長だってわかっているはずです。橇の速さは、いつもと変わりませんでした」

「だが実際、橇は早く着いたんだ。いつもより速かったと考えなければ、理屈に合わない」

「そうとは限りません。いつもより短い距離を歩いた、という可能性だってあります」

「それはありえない」パヌトムが言下に否定する。「今日通った道は、いつもと同じ、船着き場と建築現場の最短距離だ」

「そうですね、私も、違う道を通っていないかは何度も確かめました」

カリが頷くと、パヌトムが苛立ちを顕にする。

「お前は俺を馬鹿にしているのか？　道は間違っていない。だが、距離は短くなった。そんなおかしなこと、あるはずないだろう」

カリはパヌトムから視線をはずし、奴隷たちの輪の向こうにいる、ひとりの男の横顔を見つめた。素知らぬ顔をしながら、間違いなく聞き耳を立てているだろうその男に聞かせるため、カリはわざと声を大きくして先を続けた。

「――先ほど班長は、いつもの道は最短距離だと言いましたね。たしかに、私たちはいつも、最短の道を通っていました。でもそれは、最短距離ではなかったんです」

「なにを言ってるんだ？　最短の道を通れば、それは最短距離に決まっているだろう」

「それこそが、先入観というものですよ。……ところで、班長は波模様というものをご存じですか」カリは言って、地面にサンダルのつま先で、～～と連続した模様を描いた。「当然、ご存じですよね。聖刻文字《ヒエログリフ》にも波を表す文字があるそうですから。あるいは、コブラが這った跡、というほうがしっくりくるでしょうか」

「その波模様が、なんだというのだ」

「わかりませんか？　今まで私たちは毎日、最短の道を蛇みたいにくねくねと進んでいたのです」

　カリの言葉に、パヌトムは目を瞠って絶句した。頷くタレクに、カリも頷きを返し、波模様の中心に一歩の線を引いた。こうして見ると、最短距離と蛇行した跡の長さの差は明らかだ。

「私たちは一直線に建築現場に向かっているつもりでいて、その実、道の中心からはほんの少しずつ曲がって歩いていたのです。でも、ある程度離れたら、また最短距離の直線に近づくよう、戻ります。決して大きく曲がりはしません。同じ道を通っているように見えて、少しずつ少しずつ、遠回りをしていたのです」

「そんな、まさか……」パヌトムはなかば放心状態のようだったが、すぐに怒りに顔を歪める。

「だが、そんなことをして、気づかぬはずがないだろう」

「平地であれば、そうでしょう。しかし砂漠には凸凹《でこぼこ》があって、まっすぐ進むことが困難です。少しずつ曲がっているのなら、通った跡が直線であるかなんて、後ろを振り向いたところでわからないでしょう」

「なあ、カリ。俺が聞くのも変だけど、あとから来たほかの班が見たら、曲がってることがわかるんじゃないか？」

　タレクの指摘に、カリは小さく首を横に振った。

「草地や土の上であればともかく、砂の上にできた跡は風が吹けばすぐに消えてしまうものです。よほど派手に曲がっているならともかく、消えかけた跡がまっすぐかなんて見てもわかりません」

「待てよ。……ということは」なにかに気づいた様子のパヌトムが、眉間の皺《しわ》をいっそう深くして続ける。「お前の言うことが本当なら、これまで毎日、意図的に橇を遅らせていたやつがいるってことか……？」

パヌトムはカリに詰め寄ると、唾を飛ばしながら吠えた。

「誰だ、そんな馬鹿げたことをしている野郎は‼」

「班長、落ち着いて。木橇の構造を考えてみてください。橇についている四本の縄に、それぞれ十人の奴隷がついています。そして、どちらに進むかを決めているのは、縄の先頭の奴隷たちです」

「そうだな。そのうちのひとりが、お前というわけだ。ということは、お前ら先頭の四人が結託して──」

「いいえ、違います。私もほかの者も、別の班の応援にいくことがあります。そんな日であっても、いつもどおり到着は遅れていたのではありませんか？」

「……それは、たしかにそうだ」パヌトムは、渋々といった様子で頷いた。「ここ一ヶ月だけを見ても、先頭の奴隷が替わった日は何度かあったが、やはり橇は遅れていた」

「となれば、考えられる答えは一つしかありません。橇の進む方向を決めていたのはたしかに先頭の四人です。ですが、その四人の進む先を決めていた者が、ひとりだけいます」

「それは、まさか」

「そう……石運びは常に、水撒き男が先導します。私たち奴隷は、水が撒かれたほうに進むよう、訓練されているのですから」

パヌトムが振り向いた。青ざめたペルヌウが、震えはじめる。

「犯人は、ペルヌウです」


パヌトムは聞くやいなや、ずかずかとペルヌウのほうに歩いていく。ペルヌウはそれに気づいているだろうに、顔を上げなかった。パヌトムが拳を振るう。カリは思わず目をつむった。拳が骨にぶつかる音。目を開くと、ペルヌウは思い切り吹っ飛んで、地面に仰向けに倒れていた。パヌトムは馬乗りになると、その首を両手で摑んで揺さぶる。

「ペルヌウ、お前――自分がなにをしたか、わかっているのか」

ペルヌウは答えない。真っ青な顔で、唇の端から血を流したまま、じっとパヌトムを見つめている。

「なんとか言え、ペルヌウ。俺をコケにしやがって……ただで済むと思うなよ」

「しょ、証拠は」首根っこを摑まれたペルヌウが、喘《あえ》ぐように言う。「私が犯人だっていう証拠はあるんですか」

「今日、橇が早く着いたこと——それこそが、あなたが犯人である証拠ですよ」

カリはペルヌウのすぐそばまで歩み寄り、見下ろしながら説明を加える。

「この方法は、先頭にいる人物でないと使えないのです。今日は普段と違って、パヌトム班長がペルヌウの前を歩いていました。もし、橇がいつものようにくねくねと進んだら、班長だけが先に行って差が開いてしまいます。それに、班長は時々振り返って私を見ていましたから、班長から見て体が正面を向いていなかったら、そのことにすぐ気づくでしょう。だから、今日だけは、橇は班長の後ろをまっすぐ進むしかなかったのです。いつも先頭にいて、今日だけ先頭にいなかった人物——それは、ペルヌウ。あなたしかいないんです」

カリの言葉に、ペルヌウは反論の言葉を探したが、見当たらないらしく、最後には黙ったままカリを睨みつけた。カリに続いて近づいてきたタレクが、ペルヌウを見下ろし、軽蔑した目で見下ろす。

「もういいだろ。さっさと警察隊に突き出そうぜ」

「待ってください」ペルヌウは抵抗する。「仮に私だったとして、いったいなんの得があるのですか」

「今さらそんな言い訳は通じねえよ」タレクが低い声音でいう。「もう、全部わかってるんだ。王墓に砂岩を積みこんだのは、お前の仕業だな」

「な――」

ペルヌウは目を剥き、息を呑んだ。タレクは容赦なく、ペルヌウを追い詰めていく。

「いちばん初めに出発した橇は、遅らせることで、好きな順位で到着するよう操作することができる。お前は橇を普段から遅らせて、その分出発を早めるように誘導したんだ。石を決まった場所に積みこみたい日だけは、出発したあと、必要な数だけ追い抜かせて、そこからはまっすぐ進めばいい。そうすれば、狙った順位で石を到着させ、目的の場所に砂岩を積みこめる」

「そんな、そんな、畏《おそ》れ多くも、私が王墓に細工をするなど……」

「言い訳は警察隊にするんだな。どう言い繕っても極刑になるだろうが」

それを聞いて、ペルヌウの顔色は蒼白になった。仰向けの体勢のまま、小さな目だけが忙しなく動き回っている。

「なんとか言ったらどうだ、ペルヌウ」

パヌトムがつま先で小突くと、ペルヌウは疎ましげにパヌトムを見上げたが、口を開かない。騒ぎを聞きつけてか、奴隷たちの輪のさらに外に、多くの人が集まってきているようだった。

しばしの間があって、とうとうペルヌウは観念したようにため息をついた。

「……わかりました。認めます。橇を遅らせていたのは、私です。王墓に砂岩を積んだのも、私の働きでした」

憎々しげにペルヌウを睨むパヌトムの横で、タレクがつぶやきを漏らす。

「しかし、一つ腑《ふ》に落ちないな。先王の王墓に工作してたのはわかる。でも、もう石のすり替えは無理だろう。なのになんで新しい王墓の建設をしてる今も、わざわざ橇を遅らせてるんだ？」

「簡単な話ですよ」ペルヌウは口の端を吊り上げ、パヌトムを横目で見ながら言った。「優秀な私が、こんな下品な男の下で働いてるのが耐えられなくてね。あと少しで、馘首にできるところだったのですが」

「ペルヌウ、貴様」

パヌトムが激高し、ペルヌウの襟首を摑んだ。タレクは眉をひそめる。

「しかし、やけに素直に話すじゃねえか」

「ええ」ペルヌウが勝ち誇るように笑う。「だって、もう関係ないですからね」

「関係ない？　どういう意味だよ」

怪訝な顔をしたタレクの前で、ペルヌウは立ち上がった。同時に、周囲で事態を見守っていた奴隷の輪から、ざわめきが上がる。

カリが振り向くと、カリたちを囲む四十人ほどの奴隷、そのさらに外側に、武器を持った百人近い市民が集結していた。

ペルヌウは勝ち誇ったような笑みを浮かべると、宣言するように叫ぶ。

「すべてはアテン様が支配するのですから。裁かれるのは、あなたたちのほうです」

その声に応じるように、市民に見えた男たちは、手に手に棍棒《こんぼう》を、ナイフを、槍を、農具を掲げ、鬨《とき》の声を上げた。そのまま、カリたちに向かって輪を縮めてくる。

「……これ、ひょっとして、やべえんじゃねえの」

カリの横で、タレクがつぶやいた。

2

「——走るぞ、カリ」

タレクの行動は速かった。即座にカリの手を取ると、円形に立った男たちの間に体をねじ込んでいく。タレクは振り下ろされた棍棒をかわし、迫りくる男たちに体当たりをして、強引に突破した。カリは肩が抜けそうになりながら、手を引かれそのあとを追う。

「こっちだ‼」

タレクはそのまま走り続けた。カリが後ろを振り向くと、武器を持った五人の男が追いかけてきていた。そのさらに奥、輪の中心で、悲鳴を上げるアイシャの姿が見える。その頭に棍棒が振り下ろされようとする瞬間、カリは目を逸らすように前に向き直り、必死に走った。

大通りに出る。タレクはカリの手を引いたまま、人混みに突っ込んだ。昼時とあって、道は混雑していた。カリは必死にタレクの手を摑む。ここではぐれたら二度と会えなくなりそうで怖かった。

タレクは人混みをすり抜けるように走り、途中で大通りを曲がって路地に入った。さらに二回、三回と角を曲がる。そこで足を止め、耳を澄ました。

足音は聞こえない。一時的であれ、追っ手は撒いたようだった。

タレクは額の汗を手で拭って、一息つく。

「ペルヌウが、アテンの使徒の仲間だったとはな。神官団だけじゃなくて、俺たちも標的になっちまったらしい」

「これから、どうしたらいいんでしょうか」

「ひとまず、逃げるしかないだろ。誰が敵かわからねえ。街にいるのは危険だ」

そう言って、タレクは路地を歩きだす。

「安全な隠れ家を一つ知ってる。アテンの関係者には知られてないはずだ」

タレクはそのまま路地を突っ切り、建設村の端までたどり着くと、肩ほどまでの高さの壁をよじ登った。カリはタレクの手を借りて、壁を登り、向こうへ飛び降りる。

壁を乗り越えると、タレクは脇目も振らず、砂漠を一直線に突っ切っていった。目印もないのに、どうやって方角を判断しているのかとカリは不思議に思ったが、砂漠に生まれ育った者には見えるものが違うのだろう。

おとなしくあとを追いながら、カリは汗を拭った。気温は上昇し続け、見上げるたびに太陽が大きくなっている気がしていた。

三十分ほど進んだところで、タレクが立ち止まった。地面に屈みこみ、なにもない砂漠の砂を掘りはじめる。

「ここに、地下神殿があるんだ」そう言って、カリをちらりと見る。「曲がりなりにも神殿だからな。本当は毛を剃って身を清めなきゃいけないし、男神だから女は入っちゃいけないんだが……。こんなときだ、お目こぼしくださるだろう」

タレクが砂を掘り続けると、すぐに金属の跳ね上げ扉が現れた。引き上げると、地下へと続く階段が姿を現す。どうやら巨石の中に穴を掘り、階段状に削ったもののようだ。タレクは身を滑りこませると、階段を下っていった。

カリもあとに続いて、跳ね上げ扉を閉める。あたりは暗闇に包まれるが、石を打ち合わせる音がして、タレクがランプに火を点《つ》けた。

「足元に気をつけろ。落ちたら大怪我をするからな」

天然の石を削って作られた階段は、滑りやすく、カリは一歩一歩慎重に下りていった。階段は、一階分を下ったところで折り返し、さらにもう一階分ほど続いていた。そして、下りた先には木の扉がある。タレクに続いて扉をくぐったところで、カリは驚きの声を上げた。

「うわぁ……」

その声が反響して聞こえる。タレクの持ったランプに照らされて、左右の壁に彫りこまれた彫像が浮かび上がった。部屋——いや、大広間というべきか——の天井は遥か高く、その四方の壁の床から天井まで、彫刻や呪文、そして神になにかを捧げる場面の絵がびっしりと彫りこまれ、あるいは描かれている。人を象った彫刻は、王や神がそう描かれるように、帽子をかぶり、錫杖《しやくじよう》を持った手を体の前で交差させていた。

タレクは広間の奥へと向かう。ランプで照らされたそこには、金糸で縁取りをした真紅の絨《じゆう》毯《たん》が敷かれ、祭壇が設《しつら》えられていた。祭壇にはパンが積み上げられ、器に入ったシチューとビールが置かれている。いつのものかはわからないが、傷んではいないようだ。

そして、祭壇の上には一体の神像が祀られていた。羽根のついた王冠に、牧杖《クルツク》と殻竿《フレイル》を携えた人の姿をしている。

タレクは像の前まで歩み寄ると、ランプを地面に置き、ひざまずいた。頭を地につけ、腕を前に投げ出した姿勢のまま数分が過ぎる。横で立っているカリは居心地が悪くなってきた。かといって、知らぬ神を崇めるわけにもいかず、そわそわしながら待つことしかできない。

しばらくして、タレクは身を起こすと、カリに説明した。

「この神殿が祀っているのは、オシリス神。冥界を支配し、復活を司る、豊穣《ほうじよう》の神だ」

「アテン以外の神様って、信仰してもいいんでしたっけ」

「もちろんだめだ。十年前から王によって、固く禁じられている。だからここは、秘密の神殿だ」

「……それにしても、砂漠の地下にこんなすごい空間があるなんて。いったい誰が作ったんでしょうね」

「わからない。誰が作ったにせよ、随分手がかかったのはたしかだろうな。ここはメリラア様に教えてもらったんだ。内密の話をするのに、ちょうどいいってな」

「メリラア様？」

「エジプトの神官長だよ。葬送の儀が失敗して捕まったって、ムトエフが言ってただろ」

カリは曖昧《あいまい》に頷いた。エジプト人の名前は覚えづらいのだ。それに、カリにしてみれば、葬送の儀がなんなのかも知らないし、失敗したと言われても、その意味するところはよくわからなかった。とはいえ、ムトエフやタレクの態度から、エジプト人にとってはおおごとなのだろうと思えた。

「カリ、巻きこんで悪かったな。あの口ぶりだと、王墓の崩落事故にも、アテンが関わっていたみたいだ」

「結果として、その真相を知ってしまった私たちも、思いがけずアテンの敵になってしまった、と」

カリの言葉に、タレクは苦笑した。

「もともと俺は、オシリス神やアヌビス神を崇拝しているからな。あながち間違いでもない」

「アヌビスって、スゥに似た神様ですよね」

「ああ、犬の頭をした神だ。またの名を、聖地の主人、自らの山に居る者、ミイラを布で包む者。この世で初めて作られたミイラは、アヌビス神がオシリス神の遺体に包帯を巻いたものだ。だから、アヌビス神はミイラ職人の祖とされている」

「オシリス神は、そこにいる冥界の神ですね」

カリが何気なく像を指さすと、「指で差すな。もっと敬意を払ってくれよ」とタレクがたしなめる。

「オシリス神は、絶対にないがしろにしちゃだめだぜ。なにせ、冥界を統《す》べる支配者だからな」

「でも、オシリスさんもミイラになったってことは、一度死んじゃってるんですよね?」

「ああ。オシリスは生前、現世の王《ファラオ》だったんだ。でも、その地位と人望を羨《うらや》んだ弟セトに殺されてしまった。死体をバラバラにされ、ナイル川に投げこまれたところを、妻のイシスが拾ってまわったんだ。だからオシリスは、死と再生を司る神であり、冥界を統べる者だといわれている」

「弟にバラバラ死体にされるなんて……なんとも壮絶ですね」

「まあな。それをミイラにして復活させたのがアヌビス神ってわけだ」タレクは、自身がミイラ職人だからだろうか、誇らしげに言った。「本当は、毎年増水期の終わりにコイアク祭ってのがあってな。オシリス神の像を彫りだして、偉大なる復活を祝う盛大な祭だ。だけど……先王の時代からは、それもなくなっちまったな」

「タレク。私には冥界というものがよくわかりません。人は死んだら、それで終わりじゃないんですか？」

「終わりなもんか。むしろ、始まりだ。人は冥界で生きるための準備を現世でしている、ってほうが正確だと思うぜ」

ハットゥシャとは、なにもかもが違う感覚だ。だがカリは口を挟まず、タレクの話に耳を傾けた。

「現世の肉体が死んだのちも、俺たちは魂《バー》として生き続ける。魂《バー》は鳥の姿をしていて、ミイラの肉体に戻り、冥界で永遠に生きるんだ。例えば、カリは墓で食べ物の絵を見たことあるか？」

「ありますよ。お墓参りについていったときに。あれ、なにか意味があるんですか？」

「おおありだぜ。魂《バー》に寿命はないが、それでも腹は減るんだな。だから冥界の者は、現世の供え物を食べて飢えを満たすんだ。だけど、食事の用意も毎日は大変だし、うっかり忘れちまうこともある。そういうときは絵の中の食べ物を食べられるようにしてあるんだよ」

「あの絵には、そんな意味があったんですね」カリは感心して頷いた。「以前、人知れず死ぬと、冥界で永遠の飢えに苦しむと脅されたことがありました。供え物がないのは、本当につらいってことですね」

「ああ。大罪人の中には、罰として名《レン》を削がれる者がいる。あらゆる墓や石碑から、名前が消されちまうんだ。そうしたら誰からも祀られないし、供え物なんて受け取れないだろ？　永遠の生を得ながら、未来永劫に飢えと渇きに苦しめられるなんて、考えただけでも恐ろしいよ。俺なんて、一日なにも食わないだけで十分つらいからな……」

3

そのとき、広間の入り口のほうから、かすかに音が聞こえてきた。

金属が軋み、閉まる音。それは紛れもなく、跳ね上げ扉の開閉音だ。続いて、階段を下りる足音が響く。足音の主は音を殺そうとしているようで、それがかえって、カリに恐怖を与えた。

目線を上げ、タレクを見る。タレクも緊張していた。いざとなれば飛びかかれるようにか、腰を上げる。

ゆっくりと扉が開く。

姿を現したのは、ひとりの歳老いたエジプト兵だった。ランプの明かりに、眩しそうに目を細める。革の鎧を着こみ、背中には弓と矢筒を背負っている。その手には、抜身の長剣が握られていた。

「あんたは、たしか――」

タレクが声を上げた。エジプト兵は広間の中を見回すと、剣を下げ、鞘に収める。

「タレク殿。やはり、あなただったか」

「メリラア様の護衛の、アハブさん、だよな」

「アハブ、でよい」アハブは周囲すべてを警戒するように、目線をひとところに留めないまま、こちらに歩み寄ってくる。「そこなる女子《じょし》は？　異国の者のようだが」

「この子はカリ。俺の仲間だ」

「タレク殿は、なぜここへ」

「アテンの使徒とやらに突然襲われて、逃げてきたんだ。俺の知ってるなかで、いちばん安全そうな場所だったからな」

「なんと……神官団のみならず、市民にまで手をかけるとは」

ため息をつくアハブに、タレクが問いかけた。

「なあ、アハブ。今、エジプトはいったいどうなってるんだ？　アテンの使徒って何者なんだよ」

「そうだな。私の知る範囲でよければ、説明しよう」

アハブはそう言って、タレクとカリに相対するように座ると、浅い呼吸を整えるためか深呼吸をした。近くで見ると、アハブは脇腹を負傷しているようだ。革鎧は赤黒く染まり、その縁には乾いた血がこびりついているのが見えた。

「まず、タレク殿を襲った男たち――アテンの使徒についてだ」アハブが口を開いた。「彼らはアテンを崇める信奉者であり、アテン以外の神を崇める神官団を殺してまわっている。多くの神官が、彼らの手で命を落としたようだ」

「それ、不思議に思ってたんだ。アテンにしたって、神官は必要なんじゃないのか」

「おそらく、長であるメリラア様がアテンに反旗を翻《ひるがえ》したことで、今の神官団は根絶やしにすべきだと考えたのだろうな。必要ならば、神官はのちにアテンの使徒から選出するつもりだろう」

「じゃあ、こうなったのも全部、葬送の儀の失敗が原因ってことか」

「ああ。タレク殿も知ってのとおり、メリラア様の狙いは、先王アクエンアテンの魂《バー》を現世に復活させることにあった。先王のミイラに〝必要な処置〟をタレク殿に頼んだのはそのためだ。セティ殿にも復活の秘術を施す、その交換条件としてな」

　カリはなんのことかわからず、タレクを横目で見た。タレクは、後ろめたそうな表情で目を伏せる。

「もっとも、私自身はその処置がどんなものだったのかは知らなかったが……とにかくメリラア様は、冥界を訪れた先王がアテン信仰の廃絶を決意されることに賭けたのだ。だが、結果的に真逆の結末を招いてしまった。復活の儀は失敗し、それをきっかけにアテンの使徒は力をつけ、メリラア様は捕らえられた」

　アハブは淡々と話を続けた。

「アテンの使徒は、神官を探し出し、殺してまわっているようだな。疎ましいことに、私財を肥やしたい、あるいは私怨《しえん》を持った市民が、それに乗じて略奪をしているようだ」

「だけど、警察隊は頼れないいんだよ」

「ああ。王命がある限り、警察隊も軍も頼れぬ。この事態は、王がアテン信仰を廃すると宣言するまでは止まらぬだろう。だが、今それを妨げているのは、残念ながらメリラア様の儀式の失敗だと思うのだ。儀式の最中に消えた先王のミイラは、アテンの神殿で見つかった。細かい事情を知らずとも、先王がメリラア様の造反に感づいて、アテンの神殿に逃げこんだようにしか見えぬ」

「……それはたしかに、王からしたら、陰謀を巡らしたのはメリラア様のほうだって思うよな」

タレクは足を組み直すと、先を続けた。

「しかし、アテンって神様は本当に俺たちを幸せにしてくれるのかね」

「いや、メリラア様はこう言っていた。アテンの真の目的は、冥界を滅ぼすことにこそある、と」

「冥界を滅ぼす⁉　なんだよ、それ」

それを聞いて、カリは「あの」と遠慮がちに手を挙げる。

「なんだろうか、カリ殿」

アハブはカリを軽んじる様子はなく、しっかりと目を見て話してくれた。それに力を得て、カリは気になっていたことを質問する。

「冥界っていうのが本当にあるかはひとまず置いておいて……どうしてアテンっていう神様は、冥界を滅ぼそうとするんですか？　せっかく支配したものを、わざわざ滅ぼす必要があるのかなって。それに、アテンの使徒たちは、どうして自分たちを滅ぼそうとする神様を、そんなに崇めてるんでしょうか」

「うむ、よい質問だ。彼らの動機についても知っておくべきだろう」

　アハブは頷き、先を続ける。

「アテンが冥界を滅ぼそうとする理由――それはアテンの正体を知れば、自《おの》ずと理解できる」

「アテンの正体？」

　タレクが首を傾げて問い返すと、アハブは頷いた。

「先王よりも前の時代から、アテンは王を守護する軍神として崇められてきたが、太陽と同化しているアテンは、その名を借りた別の存在だとメリラア様はおっしゃっていた。アテンという言葉自体に日輪という意味があるため、隠れ蓑《みの》として使われたのだろう」

　アハブはそこで言葉を切ると、重々しく宣言した。

「今、空に輝くアテンの正体は、神などではない。名《レン》を失った無数の死者の魂《バー》が、寄り集まって一つの塊《かたまり》になったものだ」

「……なんてことだ」

　聞いた途端にタレクは青ざめるが、カリにはいまいちピンとこない。

「あの、それで、そのバー？が集まったものは、どうして冥界を滅ぼそうとするのですか」

カリの疑問に、タレクが怯えた表情のまま答えた。

「さっき言っただろ、カリ。名を失った魂《バー》は、冥界で永遠の命を得たせいで、死ぬこともできずに永劫の飢えに苦しんでいる。そこから解放するには……冥界そのものをなくすしかない」

「じゃあ、アテンのやろうとしてることって」

「言ってみれば、周りも巻きこんだ集団自殺みたいなもんだな。胸くそ悪いぜ」

「アテンの使徒の中核は、近親者や係累、あるいは先祖が名を失った者たちに違いない。彼らは家族や父祖を永遠の苦しみから解き放つため、アテンにその魂を売ったのだ」

「そうだよな。俺だって、親とか友達が永遠に……明日も明後日も、十年後も百年後も、千年後も一万年後も苦しみ続けるって聞いたら、なんとかしてやりたいと思うよ。でも、冥界にも幸せに暮らしてる人がたくさんいるし、それに、もし冥界がなくなったら、現世で死んだらそれで終わりってことじゃねえか。なんでそんな恐ろしいことができるんだよ」

そうつぶやくタレクは、頭を抱え、肩を震わせている。

——カリはタレクと友になったつもりでいて、彼のことをまったく理解していなかったことに気づいた。

カリにしてみれば、人は死んだらそれで終わりというのは、誰もが承知している至極当然の事実である。だが、エジプトの民にとってはそうではないのだ。生まれてこの方、冥界で得る永遠の生のために現世を生きている。死生観の異なるエジプト人たちは、生き方もその目的も、カリとはまるっきり違う。

そして同時にそれは、この一年というもの、カリがいかに他人に目を向けずに生きていたかを示す証拠でもあった。カリは、エジプトから拒絶されていると思っていた。もちろんひどいこともたくさんされたが、エジプトを拒絶していたのはカリも一緒だ。自分から理解するための努力もなく、ただ理解されたいというカリの姿勢は、果たして正しいものだったのだろうか。

考えこむカリの横で、タレクはアハブに質問を続けた。

「だけどよ。先王は、アテンがそんな恐ろしい存在だって知りながら、信仰を強制してたのか？」

「王に知らぬことはない。当然、知っていただろう。それでもアテンを崇めていた理由は、政治的なものだといわれているな。端的に言えば、当時の神官団は力をつけすぎてしまったのだ。メリラア様のような心ある神官は少なく、政治腐敗も横行していた。宰相府や軍閥を寄せつけないほどの支配力を持ち、王の権威をも脅かす恐れがあった。もし放置していたら、今ごろ王は形骸化し、この国はアメン・ラーの神官団がすべてを牛耳《ぎゆうじ》っていたかもしれない。だからこそ先王アクエンアテンは、旧《ふる》き神々と決別し、なにもない地に遷都をしてまで、神官団の力を削ごうとしたのだ」

「そんなことが、きっかけだったのか」

「だが、メリラア様は別の意見も持っておられた。アクエンアテン王は、名を失った民を救いたい一心だった。今起きているこの状況は、すべて先王様の慈悲深さ故に引き起こされたのだ」

「……そりゃ俺だって、王のことは信じたいよ。でも、その考えは甘すぎやしないか」

「そうだろうか。メリラア様はこうも言っておられた。『子を愛さぬ親がいないように、民を愛さぬ王などいない』と」

「そうでしょうか」カリは思わず口を出していた。「子を愛さない親だって、いると思います」

「カリ……？」

タレクが心配そうな視線を向ける。カリは後悔した。こんなこと、言うつもりじゃなかったのに。

「……私は両親に捨てられたんです。だから、軽々しくそんなことを言わないでください」

カリは思わず目を逸らした。アハブに悪気はなかったであろうが、その言葉はカリの胸に深々と刺さっていた。

「すまぬ。配慮が足りなかった」アハブは目を伏せて続けた。「話を戻そう。アテンやその使徒は、その目的のために冥界を滅ぼそうとしている。この企みを止められるとしたら、それはやはり、王だけのように思う」

アハブの言葉に、タレクは腕を組んで唸った。

「でもよお、王もとっくにアテンの味方なんじゃねえのか。現に、アテンの使徒ってやつをのさばらせて平気な顔してるんだからさ」

「トゥトアンクアテン王は、まだアテンに心酔しているわけではないかもしれない。メリラア様は、新王をアテンから遠ざけようと手を回していたのだ。どうにか嘆願の機会を得て、説得できればとは思うのだが」

「なあ、アハブ」タレクが、口を開いた。「思ったんだけどさ。やっぱりセティが鍵なんじゃないか」

「セティ殿が？　なぜ、そう思う」

そう問い返したアハブの目は妙に妖《あや》しく輝いているように見えて、カリは思わず身を引いてしまった。しかし、タレクは気づいていないらしく、勢いこんで言う。

「冥界から蘇ったセティは、神々が現に存在していることの証拠だ。セティを見つけ、王宮に連れていけば、王を説得できるかもしれないだろ」

「たしかにな。確実とはいえないが、我々ができるなかでは最良かもしれぬ」

「だけど、あいつは今日の夜までに棺に戻らなきゃいけないって言ってた。もしそれまでに戻れなきゃ、現世でも冥界でもないところで、永遠に苦しみながら、さまようことになるらしい」

「ほう……それはなんとも恐ろしい話だ」

「夜に墓所に行けば会えるだろうが、王様のとこに連れていく時間がねえ。それまでに見つけなきゃ」

「しかし、どこを探したものか」

「セティは心臓の欠片を探しているって言ってた。もしまだ見つけてないなら、そこに先回りできないかな」

「探しもの？」アハブが白い口ひげの下で、にやり、と笑った気がした。「もしかしたら、セティ殿は先王の王墓に来るかもしれない」

アハブの言葉に、タレクが首を傾げる。

「王墓に？　なんでだ」

「今は時間がない。詳細はあとで話すが、私の考えが正しければ、セティ殿は必ず玄室を訪れる。砂漠を闇雲に探すよりは、そこを張ったほうが可能性が高い」

「どっちにしろほかに手掛かりもない。王墓に行こう」

タレクはそう言って、カリのほうを向くと、問いかけた。

「カリはどうする？　流れで連れてきちまったが、これはエジプトの問題なんだ。ここから先はもっと危険かもしれない。逃げてもいいんだぜ。もっとも、逃げ場があるかはわからねえが」

「一つだけ聞かせてください。そのセティって人が、王墓の崩落事故で亡くなった、あなたの親友ですか」

「ああ、そうだよ」

「なら、私も行きます。あなたとその友達を助けるって、約束しましたから。それと」

カリはそう言って静かに立ち上がると、タレクから目を逸らしてつぶやいた。

「エジプトの人たちのこと、もう少し理解してみたいと思ったから……」

4

セティのいる地下牢に繋がる、その階段で足音が鳴った。

いつのまにか、寝てしまっていたらしい。セティは埃っぽい地面から身を起こした。

今がいつかはわからないが、現世に留まれる時間は残りわずかに違いない。心臓の欠片はまだ見つけていないが、見つけたところで、たどり着くのは滅びに向かう冥界だ。

静まり返った地下で、足音はよく響く。階段を下りた足音は、まっすぐにセティの牢へと向かってくる。

また、兵の交代だろう。そう思いながら見上げたセティの視界に飛びこんできたのは、よく知る者の姿だった。

「……父上」

「セティ」松明を掲げたイセシが、牢を覗きこんでいた。「こんなところでなにをしている」

「捕まってしまいました。申し訳ありません、父上」

「謝罪は要らぬ。さっさと立て」

「申し訳ありません。立てません……」

「なに？　どこか悪いのか」

セティは黙して俯いた。とても立てるとは思えなかった。体が、いうことを聞かない。

互いに沈黙のまま、時が過ぎる。

イセシはため息をつくと、口を開いた。

「セティよ。神官団はエジプトの敵として、追われているそうだな」

「申し訳ありません」セティは目を閉じ、謝罪の言葉をつぶやく。「私が神官書記になったばかりに、父上の家から罪人を出してしまいました。私も、父上のような宰相府の書記になっていれば」

「セティ。お前はもう、三度も謝ったな。なにをそんなに謝る必要がある」

「私は父上の家系に、泥を塗ってしまいました」

「セティよ」イセシはそこで言葉を切ると、重々しく先を続けた。「私はお前に、大切なことを教え損ねたようだな」

「……勉強不足で、申し訳ありません」

「そうではない。そうではないのだ。私は親として……お前に、自分の人生を生きるという、なにより大事なことを教えられなかった」

思わぬ言葉に、セティは弾かれたように顔を上げ、イセシの顔を見た。松明の明かりの陰になっていて、言葉を紡ぐイセシの表情はうかがい知れない。

「お前の人生はお前のものなのだ。私の人生が私のものであるのと同じように。だから、お前が私のことで責任を感じる必要などない」

「ですが、父上はよくおっしゃっていました。『国に身を捧げよ。すべての民は王《ファラオ》のために生きるのだ』と」

「たしかに、それは一つの真実だ。もちろん国と王は絶対だ。民が総力を上げて灌漑《かんがい》をしなければ、ナイルが氾濫《はんらん》し、作物は実らず飢饉《ききん》が起こり、多くの死者が出る。だから民には王に従えと言うが、我が子に不幸になってほしい親などいるはずがないだろう」

「しかし……」

「そもそも、子が親に迷惑をかけることなど、当たり前のことだ」

「でも、私は——」

「こんな当たり前のことを……お前が死んでからしか、伝えられないなんて」

セティはぎょっとして目を見開いた。イセシの言葉には、嗚咽《おえつ》が混じっていた。

「お父様」セティは反射的に口を開いた。「泣かないでください」

「……懐かしいな。お前が私を初めて父と呼んだのは、幼いセティが冥界へと旅立った夜だった」

言われてセティも、その日のことを思い出す。

もう、二十年以上前のことだ。妻を失指《しつし》の呪《のろ》いで亡くしたイセシは塞《ふさ》ぎこみ、家庭を顧みることもなく、ほとんど職場に泊まりこむようにして毎日を過ごすようになった。失指の呪いという業病は伝播する。使用人たちは、命を落とすか、あるいはそうなる前に家を去った。国政を担う書記を代々排出してきた傑物の一族という評価は反転し、呪われた家と囁かれるようになった。

イセシの家に残ったのは幼いひとり息子と、使用人であった奴隷の遺児である孤児《みなしご》だけだった。孤児は行くあてもなく、もともと体の弱かった息子の世話と家事手伝いをしていた。だが、イセシがほとんど寄りつかぬようになり、家は荒れ果てていった。

息子にも呪いの症状が出ていた。孤児にできたのは、手足の指が欠けていく痛みに叫ぶ息子をなだめ、励まし、咳が出るたびに崩れた鼻から漏れる分泌液を拭いてやることくらいだった。末期になると、イセシはまったく家に帰らなくなった。だから孤児は、ときどき息子に嘘をついた。

「坊ちゃま。お父様がお見舞いにいらしていますよ」

孤児はそう言って、息子の二の腕を摑み、さすった。そのたびに息子は嬉しそうにうめき声を上げた。そのころには、症状が進み、息子の目は見えなくなっていたので、嘘に気づかれることはなかった。

イセシは息子のために呪《まじな》い師を呼ぶこともなかった。妻のときに期待を裏切られたせいかもしれない。妻を思い出させるような事柄を、イセシは徹底的に避けていた。

イセシの妻の死から一年、息子も同じ呪いであとを追うことになった。食が細くなり、叫ぶだけの体力もなくなった息子は、孤児の前で最期までうめき、苦しみ抜きながら、狭い寝台の上で息を引き取った。

その夜、イセシはひと月ぶりに家に帰ってきた。息子の部屋で、動かぬ我が子と傍らに佇《たたず》む孤児を見つけたイセシは、この日が来ることをわかっていただろうに、立ったまま泣きはじめた。すすり泣きは、やがて慟哭《どうこく》に変わった。

「お父様」孤児は、気づくとイセシをそう呼んでいた。「泣かないでください……」

イセシは驚きに満ちた顔で、孤児を見下ろした。その顔は、社会に蔑まれ、呪われ、絶望と苦痛に揉まれ、息子に負けず劣らず、死相を浮かべていた。

やがて、イセシは笑みを浮かべ、口を開いた。

「……ああ、大丈夫だ、セティ」

その日から、孤児は息子の名で呼ばれるようになった。

孤児は、それが許されぬことと知りながら、生きるために新しい名前を受け入れることにした。拒絶してひどい目に遭わされるのが怖かったのもあるし、そのときの孤児は、道理に殉じて路頭に迷ってもいいと思えるほど強くはなかった。

その日から、セティの世界に対する嘘は始まった。

家に寄りつかなかったイセシは、逆に最低限の仕事を除いて家を出なくなった。セティを――健康なセティをなんとしてでも書記にする。そのために、昏い情念を燃やしているようだった。

自ら鞭を取り、文字を教え、詩や神話を暗唱させた。一回間違えるごとに、三回鞭を振るった。五回間違えると、食事が抜かれた。それ以上は、真っ暗な倉庫に閉じこめられることになった。セティにできるのは、勉強に打ちこむことだけだった。

セティにとって、罰はつらいが、勉強そのものは楽しかった。特に個性豊かで破天荒な神々の逸話は、いくら聞いても飽きなかった。セティは夢中になって神話を楽しみ、それを読むために文字を覚え、知識を蓄えていった。

そんな日々を二年ほど過ごし、十歳を迎えたセティは、青空教室に通うことを許された。同年代の子どもと初めて話したセティは、まずその知能の低さと子供っぽさに驚いた。話は嚙み合わないし、休みの日は家族と遊ぶなどと聞かされると、その能天気さに腹が立った。周囲から浮いたセティは、呪われた家の子だということが知られると、いじめられるようになった。

一度など、セティは近づくだけで怒られる神像の祭壇に放りこまれ、外から鍵を閉めて閉じこめられた。泣いても叫んでも、誰も気づいてくれなくて、神像のお披露目《ひろめ》は年に一回だから、誰にも見つからないままここで死ぬとまで思った。

そこをたまたま通りかかり、鍵を壊して助けてくれたのがタレクだった。二人して神官たちに背中が腫《は》れあがるほど鞭打たれたが、タレクはセティを責めるどころか、一緒に遊ぼうと誘ってくれた。タレクは自らが孤児だと明かした。セティはそれでタレクに共感を覚えたが、セティの秘密は打ち明けられなかった。

十二歳になると、セティはタレクとともに書記になるための学校に進学し、タレクは途中で退学したが、セティは勉学に励み、無事に書記の試験に合格した。宰相府に勤めることもできたが、父の職場を避けたセティは神官書記の道を選び、家を飛び出した。

アテンの大神殿にある神官寮と、アケトアテンの中心にある家は目と鼻の先であったが、イセシと顔を合わせるのが怖かったセティは、神官書記になることを手紙で報告しただけだった。返信として、そっけない祝いの言葉とともに、一本のナイフが送られてきた。

それから、セティが死に、冥界から戻るまでイセシと会うことはなかった。

5

「……セティ」

イセシが口を開いた。いつも叱られてばかりだったので、イセシに名前を呼ばれると、セティはいつでも身構えてしまう。

「お前は昔から、自分の気持ちや考えていることをほとんど外に出さなかったな。いや、責めているわけではない。お前がそのようになってしまったのは、私が原因だろう」

　イセシは言葉に力を込め、先を続けた。

「お前の子供時代は、私が奪ってしまった。お前はいつも、『こうしなければならない』『こうすべきだ』という論理で行動していた。それは人の有り様として高尚で、素晴らしいものだとは思う。だが、子がわがまま一つ言えないのは、親の責任だ。私はお前から、『こうしたい』という言葉は一度も聞いたことがない」

「それは……」

　そうかもしれない。だが、セティにとっては当たり前のことで、気にしたことなどなかった。

「何度でも言おう。お前の人生はお前のものなのだ。セティ、感情を表に出せ。不条理には怒れ。すべきでないことをしてもいいんだ。エジプトも、王も偉大だ。私も、それに歯向かう者がいれば激しく糾弾《きゅうだん》するだろう。だが、我が子だけは別だ。お前がなにをしようと、私だけは最後まで味方でいよう。結果、失敗することがあったとしても、その失敗はお前のものだ。私はお前に、他人にもたらされる成功よりも、自分で摑み取った失敗を誇ってほしい」

「ですが、私は……本来受け取るべきでないものを受け取りました。その責任は果たさねばなりません」

「そんなことはない。お前自身が何者かは、お前が決めればいい」

「私が、何者か……」

自分は、何者なのだろう。あらためて、胸のうちに問いかける。生まれたときの名を捨て、他人に成り代わった自分を、自分たらしめるものとはなにか？

名前か？　職業か？　知識か？　持ち物か？　友人か？　それとも、親なのだろうか？

――いや、どれも違う。

自分とは、魂《バー》だ。自分が自分であるとは、あるがままの魂《バー》に従うことだ。

私の魂《バー》はなんと言っているだろう。今、なにを欲して、なにをしたいと思っているのか。

「私は」セティは口を開いた。「私は、イセシの子、神官書記のセティです」

真実の女神マアトに相対したとき、初めに述べた言葉は、魂《バー》から出たものだった。

私を産み、育ててくれた両親との思い出も、決して忘れない。でも、やはりセティはイセシの子だ。それは、揺るぎない真実だった。

「セティ。私に言いたいことがあれば、なんでも言ってほしい。もう、話せるのは最後かもしれない」

「……昔のお父様は、本当に怖かった。鞭の痛みも、倉庫に閉じこめられたときの心細さも、食事を抜かれるつらさも、全部覚えています。でも、ほんのときどき、頭を優しく撫でてくれました。そうした思い出もまた、忘れられるものではありません。それに――」

セティは言葉を切り、瞑目した。そうしなければ、涙が溢れてしまいそうだった。

「今なら、お父様の気持ちがわかるんです。お父様が、受け継いできた家格をどれほど大切に思っていたか……。それは、私がエジプトを大切に思う気持ちと変わりません。それなのに、私は……」

自分の人生を生きるというのは、他人を顧みないことではない。誰を、なにを大切にするかを、自分自身で決めることだ。

「先立つ不孝をお許しください、お父様。私は世継ぎを残せませんでした。せっかく私にセティの名をくださったのに、私が伝統ある家系を終わらせてしまいました」

「お前が謝ることではない。家柄など、いつかは失われるものだ。自分の子より大切なものなど、この世にはなに一つない。お前とこうしてまた会えたことが嬉しいのだ。それに、親子というものは、血の繋がりだけではない。それを教えてくれたのはセティ、お前だ」

セティは立ち上がる。格子越しに、二人は抱擁を交わした。イセシが、耳元で囁く。

「……セティよ。冥界に行ったのなら、教えてくれ。イアルの野は、本当にあるのか」

「ええ。真実の神マアト様が、あるとおっしゃっていました」

「ならば、いつか、イアルの野でまた会えるな」

そう言って、抱擁を解いた。セティは、真剣な眼差しをイセシに向ける。

「お父様。イアルの野へ渡るためにも、私は行かなくてはなりません。心臓の欠片を探さなければ」

「……心臓の欠片、か」

「答えてください。私から心臓の欠片を盗んだのは――お父様、あなたなのですか」

埋葬のあと、セティの墓に入ったのは二人。ジェドが盗んでいないのなら、犯人はイセシしかいない。

セティの問いかけに、果たしてイセシは、ゆっくりと頷いた。

「そうだ。お前の心臓の欠片を棺から盗みだしたのは、この私だ」

「しかし、お父様が、なぜ……なぜ、そのようなことを」

「メリラア殿の助言だ」イセシは言った。「そうすれば、セティが現世に戻ってくるだろうと、そうおっしゃった。また、そのことはお前には伏せておくように、と。事実、そのとおりになったが……」

メリラアが、心臓の一部を盗みだすように、イセシに働きかけていた――。

そんなことがありうるのだろうか？　しかし、その言葉は嘘とは思えない。そもそも、仮に嘘だとして、自分が盗んだのではないと主張するならともかく、メリラアに指示されたと嘘をつく意味などないはずだ。

だがいったい、なぜメリラアがそんなことを。

ジェドにセティの暗殺を依頼し、イセシに心臓の一部を盗ませる。それほどまでにセティに憎しみを抱いていたのだろうか。

　セティはメリラアの部下として、叛意《はんい》を抱くどころか、むしろ期待に応え続けてきたつもりだった。神官長ともあろう者が、自らの立場を危うくしてまでセティを殺そうとする理由など思いつかないし、なによりひとりアテンに立ち向かい、自らの死を前にしながらエジプトを想い続けたメリラアの高潔さとは、印象が一貫しないように思えた。

「……お父様。今、欠片はどこにあるのですか」

「墓から盗んだあと、メリラア殿にお預けした。安全な場所で保管すると言われてな」イセシはそこで言葉を切ると、先を続けた。「そして、処刑前に、メリラア殿から伝言を受けた。セティ、お前の探しものは、王墓の玄室にあるそうだ」

「私の心臓が、玄室に」

　すべての始まりの場所。セティが命を落とし、先王のミイラが姿を消した、その玄室にセティの求めるものはあるという。

「すまない、セティ。私はただ、お前にもう一度会いたかったのだ。私のわがままが、お前を苦しめてしまったようだ」

「いいのです、お父様。過ぎたことを悔やんでも仕方ありません。子が親に迷惑をかけるように、親も子に迷惑をかけるものです」セティは小さく首を振った。「それより、すぐに向かわなければ」

　そう口にしたところで、違和感が浮かんでくる。

「お父様。見張りの姿がありませんが、なにかあったのですか？　そもそも、お父様はなぜここに」

「衛兵たちなら、とっくに逃げている。異形の太陽を目にしてな」

「異形の太陽。アテンですか」たしかに、アテンがあのあとも地上に近づき続けているなら、混乱や暴動が起こっていてもおかしくない。「お父様は、逃げなかったのですか」

「馬鹿なことを言うな。お前を見捨てて逃げるわけがなかろう」

松明のわずかな明かりのなか、目を凝らしてみれば、イセシの礼服は薄汚れ、顔には疲労が色濃く浮かんでいた。ここに来るまで、セティの姿を探して駆けずりまわっていたのだろう。

「鍵を探してくる。少し待て」

イセシはそう言って、階段を上がっていった。ほどなくして、再び姿を現す。

「鍵はなかったが」イセシは長いなにかを右手に下げていた。「なんとかしてみせる」

それは、黒曜石の鋸《のこぎり》だった。イセシは分厚いマントを脱ぎ、キルトの袖をまくると、格子に刃を当て、全身で挽《ひ》きはじめる。

文官であるイセシの体は老いて細く、その腕は今にも折れそうだった。すぐに顔が真っ赤になり、息が上がる。

「お父様」セティは手を伸ばした。「私がやります。貸してください」

「いいのだ、セティよ」イセシは息も絶え絶えに応えた。「お前は休んでいろ。これくらい、やらせてくれ」

「お父様……」

鋸の音が響く。やがて、丸い穴を開けるように格子が切り落とされ、どうにか、セティが外に出られるほどの隙間が空いた。

「セティよ、急げ」地面にへたりこみ、イセシが言った。「もう、日が暮れる。時間がない。私の馬を使うといい」

「しかし、お父様は」

「少し休んで、王宮へ戻る。宰相アイ様が、アテン信仰を廃するようトゥトアンクアテン王に嘆願しておられるのだ。王におもねるホルエムヘブ将軍が強硬にアテン信仰を支持しているため、状況は芳《かんば》しくない。微力ながら、私も嘆願に加わらなければ」

「わかりました」セティは頷いた。「ありがとう、お父様。私は行きます。お父様も、どうかご無事で」

6

牢を出たセティは、イセシを地下に残し一階へ向かう。そこには人の気配がなかった。階段を上がってすぐの部屋にまとめて置いてあった持ち物を取り戻し、兵舎を出ると、裏に繋いであった馬に飛び乗り、砂漠を王墓へ向かって駆けた。

日が、まさに沈もうしていた。だが、その太陽の大きさは、明らかに異常で……もう沈みかけているにもかかわらず、空のほとんどを埋め尽くさんばかりだ。うごめく白い腕の一本一本についいた、ひび割れた爪まで見てとれた。その不規則な触手の動きは、眺めているだけで頭が変になりそうだ。

時間がないのはセティだけではなかった。エジプトにも、もはや猶予はない。明日、太陽が昇るときには、空のすべてをアテンが埋め尽くすことになるだろう。

エジプトを救うには、いったいどうしたらいいか。この異常な風景を見て、トゥトアンクアテン王は意見を変えてくださるだろうか。

王墓へ向かう途上で、セティの決意は固まった。

——私がやるんだ。私が王に直訴し、エジプトの未来を救うんだ。

冥界から舞い戻ったセティは、先王が存在を否定した、アメン・ラーの神々が存在することの証だ。真実の神、マアトの使徒と名乗って王の前に姿を現せば、少なくとも話は聞いてもらえるだろう。

そしておそらく、アテンの使徒はそれを危惧していた。だからこそ、セティを王宮の牢でなく、兵舎の営倉に入れたのだ。イセシの言もあわせて考えれば、ホルエムヘブ将軍はアテンの使徒かもしれない。しかし、イセシと宰相アイの力を借りれば、必ずや王に言葉が届くはずだ。

　一度は馬を返して、先に王宮へ向かおうかとも思った。だが、やはり心臓が先決だ。王に直訴したあとにいざ取りにいって、そこに心臓の欠片がないとなれば、もう打つ手がなくなってしまう。

　すぐに心臓を手に入れ、王宮へ向かう。それこそが、今やらねばならないことだった。

　王墓に近づくと、入り口近くに松明の明かりが見えた。馬を遠くで乗り捨てて、闇に紛れて近づく。遠目に見ると、そこには三人。二人は知った顔だった。

「タレク‼」

「セティ」思わず名を呼ぶと、アハブの横にいたタレクが振り返り、笑った。「やっと会えた。無事だったか」

「大丈夫だ。タレクも無事でよかった。アハブ殿も」

　セティの言葉に、アハブが視線を寄越し、頷いた。そこで、タレクの横に、異人の少女が震えながら立っているのに気がついた。

「セティって人……本当に生き返ったんですね」

　少女は、セティの姿を見て呆然としていた。タレクが取りなすように口を開く。

「セティ、こいつはカリだ。ハットゥシャから来た娘で、俺たちに協力してくれてる。信頼できるやつだ」

「よろしく、カリ」

差し出した右手を、カリはこわごわとした様子で摑んだ。

「よ、よろしく」そう言って、セティの体を上から下まで眺めまわしたあと、木でできた下半身を凝視する。「その足、どうやって動かしてるんですか」

「特別なことは、なにも。自分の足を動かすのと同じことだ」

「……そう、ですか」

カリは納得がいかないようにつぶやく。

「セティ、やっぱりお前も王墓に来たんだな」

「ああ。心臓の欠片を取りに」

セティの言葉に、アハブが頷いた。

「メリラア様は、イセシ殿からの預かりものを玄室に収めた、とおっしゃっていた」

「やはり、そうか。ありがとう、アハブ殿」

セティは王墓へ向き直った。

暗闇の中でも、松明に照らされた四角錐は、神秘的に光っていた。その中で、白く輝く石道がぽっかりと口を開けている。かつて、セティが命を落とした場所。そしてこれからの命を繋ぐために必要なものが、ここにある。

セティはゆっくりと一歩を踏み出し、王墓へと足を踏み入れた。すぐ横にいたカリがついてくる。不思議そうにあたりを見回した。

「太い綱が何本もありますね。なんですか、これ」

「ああ、これは封緘綱といって、王墓の入り口を封鎖するための仕掛けだ。くれぐれも切ったり燃やしたりしないように。最悪、生き埋めになるぞ」

カリが引きつった顔をして、封緘綱から離れる。カリの後ろからはアハブ、タレクが続く。

「セティ」タレクが声を上げる。「先頭を歩くなら、明かりを持ってくれ」

セティが振り向き、松明を差し出すタレクと目を合わせた瞬間。アハブが鞘を払い、封緘綱を一息に切り払った。

「なっ――」

「――走れ、セティ!!　こっちだ!!」

タレクが叫ぶ。その言葉の最中にも、天井から多量の土砂が降り注ぐ。王墓の入り口の天井に埋まった砂の詰まった陶器の蓋がはずれ、大量の土砂が通路を埋めていく。

その場に立ち尽くしているカリの手を取り、外に走りでようとしたとき、行く手を阻むように、アハブが降り注ぐ砂の中で立ちはだかっているのを見た。

「アハブ殿……」セティはアハブに、静かに問いかける。「なぜ、このようなことを」

「お前の期限は今夜だそうだな。果たして、棺に戻れるかな」質問には答えず、アハブは口の端を吊り上げて笑った。「現世も冥界も、すぐにアテンに滅ぼされる。だが、お前だけは、お前の魂《バー》だけは、どこへも行けず永劫に苦しみ続けるのだ」

「なぜ、そこまでして……」

「神々の生き証人であるお前を、王に会わせるわけにはいかぬ。一度は王墓の崩落で計画が潰《つい》え、危ないところだったが、私たちの――アテンの勝利だ」

通路を砂が埋めていく。入り口近くに立ったタレクが歯がゆそうに拳を握り、隙をついてセティのもとへ来ようとするが、勝ち誇ったように笑みを浮かべるアハブは、剣を突きつけそれを許さない。見ている間に、アハブの全身は、肩から下までが砂に飲みこまれた。

「苦しめ、セティ。アテンに歯向かったことを、永遠に後悔するんだな……」

最後に言葉を残し、とうとう、アハブは頭の先まで砂に飲みこまれた。

間もなく、その砂が天井に到達すると同時に、あたりは暗闇に包まれる。

「どうしましょう……」

カリの声が闇から響く。セティは砂に呑まれた入り口に歩み寄り、声を張り上げた。

「タレク、聞こえないか⁉」

外から返事はない。大量の砂だ、声も通らないのだろう。試しに手で掘ってみるが、砂は上から降り続け、減るどころかセティの立つ場所を侵食してくる感触がある。

「セティ。この砂、どれくらいの量があるんですか」

「見えている通路の上に、まだ砂が大量に残っている。王墓に入ろうとする盗掘者を足止めするための仕組みだからな。手で掘っても、中から開通するのはとても無理だ」

セティはため息をついた。

「完全に、閉じこめられたな」

そう言って、あたりを見回すが、なにも見えない。

「とにかく、玄室へ行こう」

セティはカリに声をかけ、王墓の奥へと歩きだす。登り坂になっている大回廊を通り抜けて玄室へとたどり着くと、暗闇の中、空気穴からほんのわずかな月明かりが漏れていた。

「……これから、どうなるんでしょうか」

カリが怯えた声音でつぶやく。セティは努めて明るい声で応じた。

「なに、心配はいらない。タレクが助けを呼びにいってくれるはずだ。人を集めれば、明日か明後日には掘り返せるさ」

それまで、エジプトが滅ぼされなければの話だが――という言葉は口に出さなかった。

それよりも、とあたりを見回す。何度も仕事で入った場所だ。セティは棺の両脇に松明が並んで置かれているのを知っていた。火を点けたいが、まずは火種を探さなければならない。

「私はそうでしょうけど。セティには時間がないんじゃないですか？」

「そうだな……」セティは正直に言うべきか迷ったが、隠し立てはしないことにした。「私は、今日中に自分の棺へ帰れないと、冥界に戻れない」

無礼を承知でアクエンアテン王の棺を開けた。そこにミイラはなく、副葬品が入れられているのみだ。火打ち石や火起こし機の材料になるものがないかと、手探りで内部を物色する。

イセシが持っていたようなブレスレットがあればと思ったのだが、それは見つからなかった。代わりにセティは副葬品の中から、黄金の弓を見つけた。木の棒を組み合わせれば、火起こしが作れるかもしれない。

「現世に、そのまま留まれないんですか？」

「ああ。生命力《カー》が尽きれば肉体と魂が分離したまま、この世とあの世の狭間を永遠にさまようことになると聞いた」

「なにかのたとえとかじゃなくて、本当にそうなんですか」

「異国から来た君には信じがたいかもしれないが、魂《バー》というものは本当にあるんだよ、カリ」

セティは手探りで松明を探すと、一本を解体して木の棒を弓の糸に絡《から》ませた。もう一本の松明を横倒しにし、棒の先を松脂《まつやに》の染みこんだ木片に当て、弓を上下に動かす。

「でも、だとしたらそれって、つらすぎます……」

火起こしに集中しようとしながらも、セティの心は暗澹《あんたん》たる絶望に侵食されはじめていた。

こうして密室に閉じこめられてしまった以上、どう足掻《あが》いても、今夜中に棺に戻るのは無理だ。セティの一生は、ここで終わる――いや、たんに終わってくれるなら、まだよかった。永劫の苦しみが、ここから始まる。

だが、カリを不安にさせても仕方ない。セティは無理に笑って、言葉を紡いだ。

「私は覚悟の上で現世に来た。気にしなくていい。それより私が無念なのは、エジプトの危機に対して、もはやなにもできないことだ」

何度か試したところで、小さな種火ができた。種火は松脂を燃やしはじめ、松明に火が灯る。あたりを見回すと、玄室の様子はセティの知るとおりで、崩落などなかったかのように修復されていた。

セティは明かりを頼りに、副葬品を探っていった。棺以外にも、二十以上の箱がある。セティはそれらを開けてまわった。

四個目の箱を開けたとき、その中に、小さな木製の家型宝箱を見つけた。

副葬品である以上、本来は王が描かれるはずが、その宝箱に描かれていたのは、オシリスの姿だった。アテン信仰のもとでは、絶対に許されない意匠だ。アシェリが見たという箱はきっとこれだろう。宝箱を開けると、中にはシャブティ像が一体。そして、小さな包帯の包みがあった。

シャブティ像は、死者の奴隷として働かせるための人の形をした小像だ。答える者《シャブティ》という名のとおり、死者に代わって呼びかけに返事をし、死者が負うべき労働を肩代わりする奴隷の像である。そのため、体には死者の書の第六章の呪文が刻まれるのが通例であったが、セティが見つけた像には異なる命令が刻まれていた。

〝この心臓の欠片を、その持ち主に届けよ〟

内容そのものよりも、整った聖刻文字《ヒエログリフ》の筆跡が目を惹いた。何度も目にしてきた、見間違えようもないそれは、まさしくメリラアの字だった。

だからこそ、セティは混乱した。

――メリラア様は、い、い、いったい、な、に、が、し、た、か、っ、た、の、だ？

ジェドに依頼してセティを殺そうとし、イセシの手で心臓を盗ませ、最後にそれを、シャブティに命じてセティに返そうとしている。

いったいなぜ、そのようなことを……。

答えが見つからぬまま、セティは包帯の包みを解く。

中から出てきたのは、ようやく見つけた、心臓の欠片だった。

セティはそれを眼前に掲げ、見つめる。そのままゆっくりと胸に当てると、空いていた隙間にぴったりとはまった。

記憶と思考を司る心臓《イブ》が本来の姿を取り戻す。セティの中で、死ぬ直前の記憶が突如として浮かび上がってくるのを感じた。

「あの、セティ」呆然と立ち尽くすセティに、カリがおずおずと話しかけてくる。「さっき、エジプトの危機になにもできないって言ってましたけど、私たちにも、まだできることがあると思うんです」

「……できること、とは」

「復活の儀があった日、ここで本当はなにが起こったか、その真相を解き明かしませんか」

「真相……？」

「だって、新しい王様がアテン信仰をやめないのは、先王が葬送の儀を拒否したからですよね？　でも、もしそれが先王の意志ではないってことがわかれば、王様も考えを変えるんじゃないでしょうか」

記憶を取り戻した衝撃も冷めやらぬまま、セティは思考を整理し、答える。

「それは、そうだが……」セティはゆっくりと首を横に振る。「この状況は、先王様ご自身が復活の儀を拒否して飛び去ったとしか考えられない。事実でないことを仮定したところで、そこからはなにも生まれないだろう」

「セティ。私には魂《バー》や生命力《カー》のことはよくわかりませんし、セティがこうして復活して動いている以上、私の知らない力があることも認めなければいけないと思っています。でも、先王は、本当に儀式を拒否したんでしょうか」

「そうだろう。事実、先王様のお体は、消えるはずのない場所から消えたのだ」

「そこが疑問なのです。本当に消える方法がないのか、もう少し考えてみませんか」

「考えるのはかまわないが……なあ、カリ。君は、先王様は儀式を拒否していないと、そう思うのか」

「だって、王様は民を愛するものなんでしょう？　それに、本当にアテンを信仰してるなら、堂々と出てきてそう話せばいいじゃないですか。儀式から逃げる必要なんてないはずです」

「それは、そうだが」

あっけらかんと言うカリに頷きながら、セティは己を恥じる気持ちが湧いてきた。これでは、エジプトで生まれ育ったセティよりも、異国から来たカリのほうがよほど、王《ファラオ》のことを信じているではないか。

「それに、なんだかしっくりこないんです」カリは続ける。「そもそも、人が死んで魂《バー》になると、具体的になにが起こるんですか?」

セティは記憶を掘り起こしながら、答える。

「私自身が死んだときは、魂《バー》が肉体を離れた感覚があった。まさしく体が鳥のようになり、空に飛び立つようだった」

「肉体を離れた、のですよね」カリは追及するように言う。「じゃあ、鳥になったのは魂《バー》だけで、肉体はそのままそこにあったんじゃないですか」

「それは……そのとおりだ。私の体はのちに事故現場から回収され、タレクの手でミイラにされた。その後、魂《バー》となった私はその肉体に戻ったわけだ」

「だとしたら、先王のミイラが鳥になって飛んでいった、というのは理屈に合いません。魂《バー》だけが飛んでいったのならありうるかもしれませんが、それでもミイラは王墓の中に残ったはずです」

「理屈の上ではそうだ。しかし、王《ファラオ》の力というのは計り知れないものだ。人知を超える権能、未知の呪《まじな》いを使ったとしても、なにも驚きはない」

「あなたたちエジプト人は……王が絡むとそうやって、考えるのをやめちゃうんですよね」カリは眉根を寄せ、困ったように言った。「カバの口を素手で引き裂いたとか、ライオンの群れをひとりで殴り殺したとか、本気で信じてるんですか？　いくら王家に生まれたからって、ただの人間が、そんなことできるわけないじゃないですか」

「カリ、口を――」

「もし王様が全知全能だっていうなら、どうしてアテンなんていう化け物を、ここまでのさばらせることになったんですか」

「それは……」

「王に大きすぎる期待をかけて持ち上げるのは、本当に王のためになってるんですか。周囲からの無茶な期待に応え続けなければならないあの人たちは、本当に幸せなんですか」

セティは息を呑んだ。王の権能を疑うべきではない――これもまた、ずっとセティを縛ってきたべき論だった。

祀り上げられた王は、幸せなのだろうか。セティは反論の言葉を探したが、それらはすべて空虚に思え、セティ自身すらも納得させられそうになかった。

少なくとも、イセシと話す前ならば、セティは古来からの言い回しどおりの言葉を返していただろう。曰く、王はエジプトを導く唯一無二の存在である。民にとって、王に身を捧げることがいちばんの幸せであるように、民の幸せこそが王の幸せであり、それ以外に幸福はない。民から離れた王自身の人生など、ありはしない、と。

だが、本当にそうなのだろうか？　民が王を崇めれば崇めるほど、王は王自身の人生を生きられず、かえって王を追い詰めているのかもしれない。

「……とにかく、私は王様のミイラが鳥になって飛んでいったっていうのは、ほかの可能性をすべて追究したあとの、最後の最後にしか受け入れられないんです。王の力を信じるためには、まずそれを疑ってみましょうよ」

「カリの言いたいことはわかった。だが、ほかの可能性、といってもな」

セティは天井を見上げた。見えるのは細い空気穴のみ。そこまで登る足場もなく、仮に手が届いたとしても、人間の体など通るはずがない。

「セティ。ひとまず、どうしてミイラが人間の手で運び出されたわけじゃない、と考えているのか、教えてもらえませんか」

「ああ、それは……」

セティは自分がこれまで見聞きしたことを伝えた。主には警察隊の詰め所でメリラアがムトエフに語ったことだった。

「なるほど」

カリは一言つぶやくと、黙りこみ、なにかを考えていた。

二人の間に、しばしの静寂が満ちる。

やがて、松明の炎に照らされながら、カリがおもむろに口を開いた。

「もしかして、ミイラは、燃やされたのではないでしょうか」

「燃やされた？」

「ええ。人ひとり分の大きさのものを消す方法を考えていたんです。私だったら燃やすかな、と」

「……ほう」

幼いながら、このカリという少女は頭が回るようだ。

セティは立ち上がって、松明で石棺を照らした。よくよく見ると、石棺の一箇所の角に、煤の跡が付着しているのが見つかった。また、なにが燃えたのかはわからないが、わずかな灰が近くの石の隙間に入りこんでいた。

だが、目当てのものは見つからない。セティはそれを確認して、口を開いた。

「着眼点はいいが、手放しで受け入れるわけにはいかないな。例えば、ミイラが燃えたとして、残留物が残りそうなものだ」

「残留物？」

「わかりやすいのは骨だが、そもそも人間の体というのはそんなにきれいさっぱり燃えるものではないだろう。ミイラのように乾燥していても、必ずなにかが燃え残る。仮に燃えたとしても大量の灰が残ってしまう。このあたりに少量の灰は落ちているようだが、人の死体としてはあまりに少なすぎるな」

「なら、灰は犯人が処分したのかもしれません」

「仮にそうだとしても、もっと大きな問題がある。なにせ、先王様のミイラはのちにアテンの神殿で見つかっているのだ。燃えたのなら、そのミイラは失われていなければならない」

「それなら、運びこんだミイラが初めから偽物だった、とか」

「いや。メリラア様は、タレクの工房で包帯を巻くところを確認されていた。神官団もその場にいたのだから、他人のミイラだったとは考えづらいだろう」

「では、こういうのはどうでしょう」

セティの反論にも、カリはめげずに案をぶつけてくる。

「この王墓には、砂岩が積まれていたんですよね。ほかにも盗掘路、つまり外に通じる秘密の通路があったのではないでしょうか」

「残念ながら、その可能性は低いだろうな」

セティは否定の言葉とともに、ムトエフに見せられた調書の内容を思い出す。

「崩落事故のあとには、警察隊によってほぼすべての石が内外から検査されている。いくらなんでも、ほかに人を運び出せるような通路があって、それを見落とすような下手は打たないはずだ」

「うーん……」

カリは納得がいかないような顔で首をひねった。セティが見つめると、ぱっとなにかを思いついたように、顔を上げる。

「王墓の地下は、砂になっているのですよね」カリはつぶやく。「外からトンネルを掘れば、内部に入れるのではないでしょうか」

「なるほど、盲点だった」セティは松明を手に取った。「すぐに、宝物庫を見にいこう」

地下には、玄室に入り切らない副葬品を収める宝物庫があった。二人は大回廊を通り抜け、地下に急ぐ。

だが、部屋に入ってすぐに、地下からの侵入が不可能であることが明らかになった。宝物庫の床は、砂ではなく一枚の巨岩であった。

「いや、考えてみれば当然のことか」

セティは苦々しく思いながら、つぶやいた。

「王墓を建てるときは、土台として使えそうな大きな岩を探すところから始めるんだ。そうでなければ、王墓は積まれた石の重みで沈んでいってしまうからな。地下からの侵入は、やはり不可能だろう」

「ここを掘るのはとても無理ですし、絶対に跡が残りますね……」

カリも悔しそうに、爪先で岩の床を突っつく。岩は当然のごとく、びくともしなかった。

「こうしていても仕方ない。玄室に戻ろう」

セティが促すと、カリは恨めしそうに床を眺めながら、宝物庫をあとにした。

7

「ところで、カリ。君はどうして、ここまで親身になって力を貸してくれるんだ」

大回廊を戻りながら、セティが尋ねる。カリは不思議そうに首を傾げた。

「親身、ですか?」

「いや……君にとっては、この国は祖国でもなんでもない。それに、失礼だが、その腰布には、奴隷の印が入っているように見受けられる」

カリはちら、と自らの腰布に視線を落とした。

「はい。私は攫われて、奴隷としてエジプトにやってきました」

「……それは、すまないことを聞いた」セティは目を伏せる。「だがだからこそ、君がエジプトのために、一生懸命に考えてくれる理由がわからない」

「エジプトのためにやっているわけではありません」カリは静かな口調で言った。「私はタレクと約束したのです。彼の親友のために、謎を解く協力をする、と。そして、親友というのは、セティ、きっとあなたのことなのでしょう」

セティが頷くと、カリは微笑を浮かべた。

「私はすでに対価をもらいました。パンもお腹いっぱいいただきましたし、犬のスゥもたくさん撫でさせてもらった。今さら私が、約束を違《たが》えるわけにはいきません」

「そうか……それが君の、生き方というわけか」

セティがつぶやくと、カリは肩をすくめた。

「でも、一つだけ気になっていて。タレクはその親友のことを、昔、私とそっくりの目つきをしていた、と言いました。それがセティのイメージと合わないので、別の人のことかとも思っていたんです」

「そうか？　私とカリの境遇は似たようなものだ。私も、生まれつき奴隷だったから」

「えっ？」

「もっとも、タレクにそれを明かしたことはないが。まあ、やつにはお見通しだったのだろう」

「セティは……奴隷から、書記になったんですか」

「色々なことがあったんだ。父に——養父に、よくしてもらってな」

「そうですか。それは、よかったですね」カリはそう言って、目を伏せた。「私とは真逆です。私は親に捨てられて、奴隷になったんです」

「カリ……」

セティは目の前の少女に、なんと言葉をかけるべきかわからなかった。

だが、セティには言いたいことがあった。もしかしたら、適切な言葉ではないかもしれない。聞こえようによっては残酷で、カリを余計に傷つけてしまうかもしれない。だから、昨日までのセティなら無難な一般論で慰めただろう。

しかし、今のセティは、言いたいことを言うべきだと思った。

「カリ、聞いてくれ。私もずっと、親を避けて生きていた。だけど、今ならこう思う。子を愛さない親などいない。いるはずがないんだ」セティはじっと、カリの双眸を見つめた。「なにか、やむにやまれぬ事情があったのかもしれない。でも、それでも、君の親はカリを愛していたし、今も愛していると思う」

「そんなの……」カリはぐっと拳を握った。「そんなの、信じられません」

「ああ。私も無責任なことを言っている自覚はある。現実は、もっとつらく、厳しいのかもしれない。だが、私は、そんな世界であってほしいんだ」

セティはそう言って、カリに右手を差し出した。

「一緒に信じてくれないか、カリ。ただのわがままかもしれない、私の幻想を」

カリはぽかんと口を開けて、セティを見た。やがて、くすりと笑う。

「セティ、あなたって不思議な人ですね。私、暗いところに閉じこめられておかしくなってるのかもしれない。でも、そうですね。そうであったら、とてもいいですね――うん」

カリは自分自身に言い聞かせるように頷くと、セティの手を取った。

「証拠があるわけでもなし、くだらないエジプト女に言われただけのことを、ここまで引きずっていた私がバカでした。私も、セティの理想を信じます」

「私も……エジプト人であることを忘れないでくれよ」

セティは苦笑した。

「ええ。エジプト人も捨てたもんじゃないってこと、だんだんとわかってきましたから」

そう言って、カリも笑みを浮かべた。

互いに笑い合って、玄室に入る。二人で空気穴の真下まで歩くと、上を見上げた。

「ねえ、セティ。ミイラが外に出たというなら、やっぱりこの穴を通るしかないと思うんです。なんか煙穴みたいだけど、そもそもこの穴ってなんのためにあるんですか？」

「簡単にいうと、外の空気を取りこむための穴だ。人間は水の中では生きられないだろう？それに、狭い部屋に閉じこもったままだと気分が悪くなって、最悪の場合死に至ることがわかっている。つまり人は、空気を吸って、毒を吐き出すのだ。この穴は、定期的に空気を取りこみ、毒が貯まりすぎないように外に出すためのものだ」

「なるほど」

カリが納得したように頷く。

「もう少し、詳しく調べたいが」

セティは周囲を見回した。空気穴までは身長の三倍程度の高さがある。カリを肩車しても、手は届かないだろう。足場が欲しいが、その場にある副葬品を積み上げても高さは足りないようだ。

先ほど見た宝物庫に、黄金で彩られた天蓋付きの寝台と馬車《チャリオット》があったのを思い出す。玄室に運びこんで足場にすれば、穴に手が届くかもしれない。

「カリ、ちょっと力仕事を頼めるか」

「ずっと石運びをやってましたからね」カリはそう言って、胸を張った。「書記さんよりは、得意だと思いますけど」

二人して地下室と玄室を往復し、大型の副葬品を運びこむ。大小とりどりの椅子や棚といった家具があって、なんとか天井に手が届きそうな高さまで積み上げることができた。

セティは寝台の天蓋の上に乗せた棚、さらにその上にある椅子に登り、立ち上がる。天蓋は布張りなので、今にも倒れそうに不安定だったが、ぎりぎり空気穴に手が届いた。

「危ないですよ、セティ」

「ああ、わかって……いる」

精一杯手を伸ばし、空気穴に腕を突っ込む。だが、入るのは腕だけで、どうやっても肩は入らない。頭がぎりぎり通るくらいだろうか。四角形の穴で、幅は狭く、人が通るのは絶対に不可能だ。

「カリ、君だとどうだ」

「えっ」

「試してみてくれないか」

セティと入れ替わりに、カリがこわごわと天蓋に登る。椅子によじ登り、穴に精一杯手を伸ばした。

「……うーん。頭は通ると思いますけど、体は絶対に無理です。それに、入れたところでまっすぐな穴ですから。そこまで長さはないみたいですけど、登って出るなんてとても無理ですよ」

カリの言葉に、セティはムトエフに見せられた図面を思い出す。空気穴の長さは、玄室の床から天井までのおよそ二倍くらいだったはずだ。とはいえ、仮にもっと短かったとしても、そもそもの穴が通れないことに変わりはなかった。

「やはり、アクエンアテン様は鳥に姿を変え、この穴を通り抜けたのだろう」

「やっぱり、そうなんでしょうか」

カリはつぶやいて、天蓋から降りた。セティはそれに手を貸す。

床まで下りたカリは、悔しそうに親指の爪を噛んだ。

「なにか、ないでしょうか……ここからミイラを運び出す方法が……」

そうつぶやきながら、空気穴を見上げる。セティも横に立って、それに倣った。四角に切り取られた穴越しに、星空が見えた。

今日の終わりが、刻一刻と近づいてきていた。セティが現世に留まれるのは、あとほんのわずかだ。

8

「……ティ。セティ!!」

カリの声がする。どうやら、いつの間にか眠っていたらしい。セティはうっすらと目を開けた。

「カリ……?」

「大丈夫ですか⁉ 急に倒れたんですよ」

セティは右腕に力をこめたが、鉛のように重く、微かに動いただけだった。下半身に至っては、ぴくりともしない。

「……そろそろ、生命力《カー》が尽きるようだ。そのせいで、肉体と魂《バー》の結びつきも弱まってきたらしい」

「冷静に言っている場合ですか」カリはセティの両肩を摑んで揺さぶった。「もうすぐ、死んじゃうんですよ⁉」

「死ぬ、か……」

セティはつぶやいた。もとより一度は死んだ身だ。もし冥界に行けるのなら、怖くはない。しかし、永遠にさまよい、苦しみ続けることには強い恐怖があった。

だがそれ以上に心残りがあるのは……エジプトの危機に、なにもできないこと。そして、タレクと二度と会えないことだ。

「ああ、それにしても。この三日間は――楽しかった」

セティは思いを巡らす。現世に戻ってきて、死に別れた人々に会った。メリラア、ムトエフ、アシェリ……。ジェドやアハブですら、懐かしい。生前うまく話せなかったイセシにも、胸の内を伝えられてよかったと思う。

追憶の余韻に浸っていると、カリが声をかけてきた。

「……あの、セティ」

「なんだろうか」

「一つ、聞いてもいいでしょうか」

「ああ。私に答えられることなら、なんでも」

「もし、メリラアさんとタレクが、死んじゃった王様を復活させようとしたら、どんなことをすると思いますか？」

「……？」

セティは茫漠《ぼうばく》とした意識のまま、カリを見つめた。

「……すまない、よく意味が」

「ああ、そうですよね。ごめんなさい、急に結論に飛んでしまいました。ちゃんと一から話しますね」

カリは息を整えると、再び口を開く。

「実は、アハブがこんなことを言ってたんです」カリはアハブの口調を真似て言った。「メリラア様の狙いは、先王アクエンアテンの魂《バー》を現世に復活させることにあった。先王のミイラに〝必要な処置〟をタレク殿に頼んだのはそのためだ――って」

「メリラア様に、タレクが協力していた……それは、たしかなのか？」

アテンの使徒であったアハブの言を、頭ごなしに信用するわけにはいかない。それに、いくら神官長の依頼とはいえ、タレクが王に逆らうという重罪を犯したとは、にわかには信じがたかった。しかし、そんなセティの疑念に、カリはあっさりと首肯《しゅこう》を返す。

「ええ。タレク本人もその場にいましたから、間違いないでしょう。今はそのことより、タレクが先王のミイラに行った〝必要な処置〟ってなんだろう。それを考えていたんです」

「〝必要な処置〟、か……」

「あ、復活の秘術っていうのがどんなものか、セティは知ってますか？　それなら話が早いんですけど」

「いや、残念ながら私は知らない。私は神官ではなく神官書記だ。儀式の準備を整えるのが職務で、秘術そのものを伝授される立場にはなかった」

「そうですか。残念です。と、なれば、それを推測して解き明かさなきゃいけないんですけど」

カリはそう言って、お手上げとばかりに肩をすくめた。

「私には想像もつきません。エジプトの人じゃなきゃわからないと思うんですよ。だから、セティ、なにか思いつきませんか」

「……復活と聞いて最初に思いつくのは、やはりオシリス神だろうな。復活と豊穣を司る、冥界の神だ」

「たしかに、タレクもその名を口にしていました」

「王《ファラオ》は死ねば、オシリス神になる。生きている王がホルス神であるのと同様にな。そういう意味では、死んだ王は常に復活するともいえる。アテンを信奉していたアクエンアテン王を除いて、だが」

「王が死ぬと、オシリスになる？」カリは混乱したように首を傾げた。「それって、おかしくないですか。もともとオシリスだった人はどうなっちゃうんですか？　オシリスって神様がどんどん増えて、たくさんいることになっちゃうような……」

「いや、なにもおかしくはない。神とはもとよりそういうものだ。色々な顔を持ち、同じとき、同じ場所に複数の異なる姿を現すことが自然だ」

「……エジプトの人の常識って、やっぱり私、全然理解できません」

セティは苦笑した。こればかりは、神というものを理解していないと、いきなり呑みこむのも難しいかもしれない。

「まあ、とにかくだ。アクエンアテン王をオシリス神にすることができれば、それは復活したものといえるだろう」

セティは、牢でメリラアから聞いたことを思い出す。

「メリラア様はこうもおっしゃっていた。先王様を復活させ、その口からアテン信仰を止めるよう、トゥトアンクアテン王に伝えていただくつもりだった、と。神話によれば、オシリス神は現世にも短い時間なら留まることができたらしいから、やはり先王様をオシリス神にすることが、メリラア様の目的だったと考えていいと思う」

「オシリスは、現世には短い時間しか留まれないんですか？　復活を司る神様なのに」

「ああ、それは男性器《ペニス》が偽物だったから……」

「男性器⁉」

カリが目を白黒させる。セティは言葉に困りながら、先を続けた。

「復活の過程に由来があってな。もともとオシリス神は、弟であるセト神との争いによって体を十四に切断され、エジプト各地にばら撒かれたのだ。妻のイシス神は慈悲深く、それらすべてを集めてまわったが、唯一、生殖器だけが見つからなかった。結局、イシス神が呪文で作りだした生殖器の代用品を使って、オシリス神は復活した。しかし本来の体でないものが混ざったせいで、現世には長い間留まれず、冥界の王となった……と、こういうわけだ」

「うーん」

カリは腕組みをして、唸った。しばらく首をひねったあと、ぽつぽつとつぶやく。

「やっぱり大事なのは、メリラアさんやタレクが王様を復活させようとしたら、どんなことをするか、だと思うんです」

セティもカリに同意見だった。そして、心臓《イブ》の片隅になにかが引っかかっているような感覚がある。あとほんの少しで、なにかが掴めそうな、そんな感触があった。

「実際に秘術を施したのはメリラアさんです。でも、ミイラ職人であるタレクの協力なしには実行できなかった。まるで、イシスがオシリスを復活させるのに、アヌビスの手を借りたように……」

――イシスとオシリス、そしてアヌビス。その三人がなにを行ったか。

カリの言葉が最後の手掛かりだった。セティの中で、ある発想が形を成す。そして、連鎖的に、あの晩なにが起こったのか、次々とわかりはじめた。

「そうか、そういうことだったのか。オシリスになることを拒んだ王を、オシリス神にしようというのならば、メリラア様とタレクがなにをしたのかは明らかだ」

「セティ？」カリが顔を上げて、セティを見る。「ひょっとして……わかったのですか？」

カリの言葉に背を押されるように、セティは頷いた。

「ああ」

カリが無言で、先を促すようにセティを見る。セティは一言一言を嚙みしめるように、言葉を紡いだ。

「……タレクはミイラを作る途中で、アクエンアテン王にオシリス神と同じことをした。つまり、先王の遺体を一度バラバラにしたんだ。そして、アヌビス神と同じく、それを元の形に戻し、包帯を巻いた」

カリは無言でセティを見つめる。見開かれたその目を見返しながら、セティは先を続けた。

「だとすれば、先王様のミイラ消失事件。これは王の意志によるものではない。それを偽装し、ミイラを王墓の外に持ち出した犯人がいたことになる」

セティは、心臓《イブ》が燃えるように熱くなっていくのを感じた。

「アテンの信奉者、アハブ。やはりやつこそが、ミイラを消し去った犯人だったんだ」

9

「結果だけを見れば、タレクもアハブの片棒を担いでいたことになるな。まさか、こんな企みに利用されるなどとは思いもよらずに」

セティの言葉に、カリは首を傾げる。

「片棒を担いだ、というのは……遺体をバラバラにしたことですか」

「そのとおりだ。先王をオシリス神と同一視して行った復活の儀式が、この犯行を可能にしてしまった。ミイラが通った脱出口は、もちろん……そこの空気穴だ」

セティは天井の空気穴を指さす。

「全身では通れない穴でも、バラバラの遺体なら通れる、というわけですね」

「ああ。バラバラになった体は、蜜蠟や松脂で固められていたのを、熱して溶かしたのだろう。石棺に煤が付着していたのは、松明で棺を熱した痕跡だろうな。棺の周りに残ったわずかな灰というのは、体内に詰められていたおがくずを燃やした跡だと思う」

「でも、セティ。穴は天井にあるんですよ。いったいどうやって、アハブはミイラを外に出したのですか」

「おそらくだが……アハブはバラバラになったミイラを縄に結んで一列にした。そのうえで、弓と二本の矢、それに空気穴を使って、滑車のような仕組みを作ったのだと思う」

「カッシャ……って、なんですか？」

「祭のときなどに使う、重い物を持ち上げる仕組みだ。巨大な石柱を持ち上げるときは、縄の一端を柱に結び、反対側を高い位置にある輪にくぐらせて引っ張る。そうすると、縄を上方向に引っ張らずとも、柱を持ち上げることができるだろう。要は、力の向きを変える仕組みということだ」

「なるほど。それで、弓矢でどうやってその滑車みたいなのを作ったんですか」

「例えば、こんな形だろう。一本目の矢には、両端にそれぞれ縄を結び、先に外に射掛ける。こちらの縄の一方の先には、バラバラの遺体が結んである。その矢を外に出したあとで、二本目の矢を、今度は矢の中心のみに縄を結んで、外に射掛ける。そして、二本目の矢の縄を引くんだ」

「その縄を引っ張ると、外に出た二本目の矢が、空気穴の外側を橋渡しするような形で引っかかりますね」

「ああ、この二本目の矢が空気穴に引っかかり、穴を二つに区切ることで滑車の役割を果たす。重要なのは、一本目の矢の両端に結ばれた縄が、それぞれ区切られた別の穴を通っていることだ。その状態で、一本目の矢に結んだ縄を引っ張れば、滑車の要領でミイラは上方へ上がっていく、というわけだ」

セティは指先に煤をつけると、玄室の床に図を描いて見せた。その図はかすれて見づらかったが、カリは納得したようにうなずき、別の疑問を口にした。

「でも、セティ。そこでいくら引っ張っても、ミイラは一瞬外に出るだけで、また王墓の中に戻ってきてしまいませんか?」

「その通りだ。だから、縄の最終端には重りを結ぶ。空気穴は王墓の斜面に作られているから、最終端だけは外に出たとき、斜面を転がっていく。すると、縄に結ばれた遺体は、手で引っ張ったのと逆方向に、外に出た重りに引っ張られる。重りが十分であれば、次々と空気穴から外に出て、王墓の斜面を入り口から見て裏側に転がり落ちていくだろう」

「でも、空気穴は結構高い位置にありますけど、弓矢が届くのでしょうか」

「天井までは六、七十シェセプ、その先に空気穴が二倍の長さ続くとして、全部で二百シェセプ……つまり、私の身長の十倍程度だ。もとより弓矢というのはその倍以上の距離を狙うものだし、鉛直方向であることを加味しても、現実的に可能な高さだろう」

「とはいえ、そんなにうまくいきますかね」

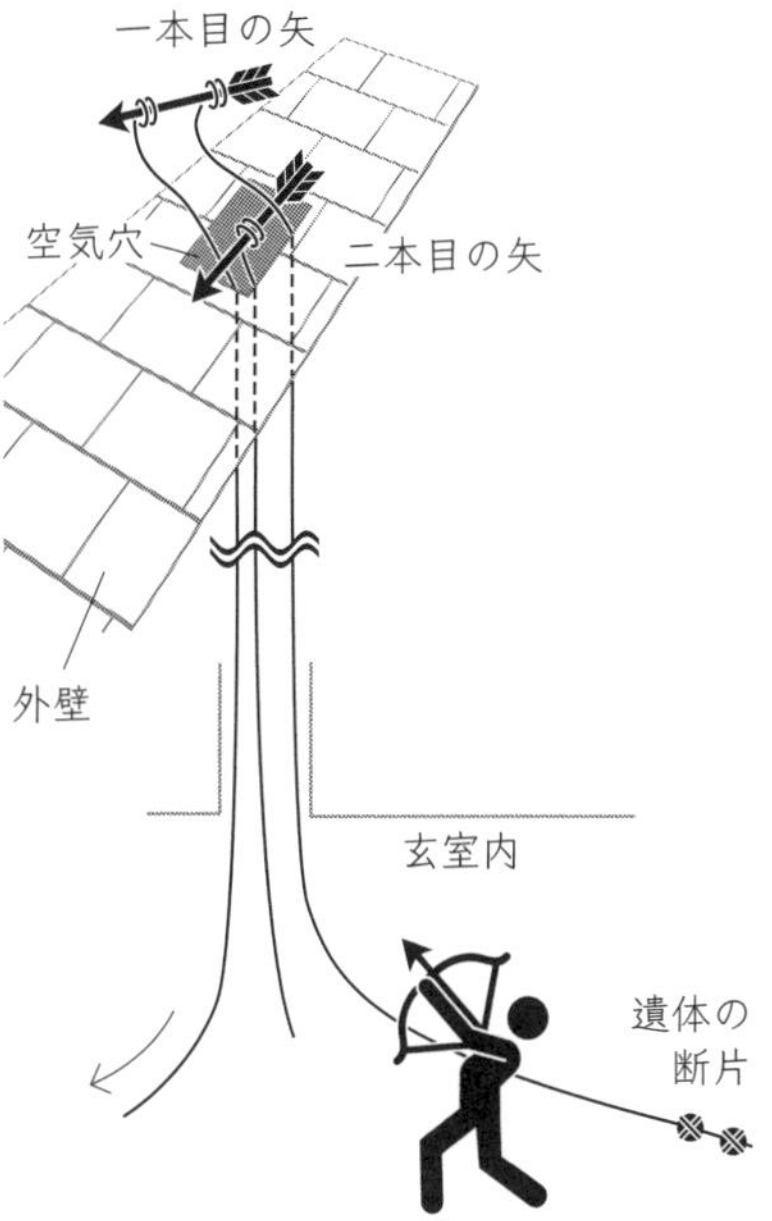

セティの描いた図

「アハブは弓の名手なんだ。それに、失敗しようと、何度でも試せるからな。いずれにせよ、空気穴から矢が放たれたことには、私は確信を持っている」

「それは……なにか、証拠でも？」

「タレクとともに見た、夜の涙だよ」セティは答えた。「夜が流した涙の正体は、王墓の明かりを反射して、夜空できらめいた鏃《やじり》だったんだ」

葬送の儀の前夜、タレクの工房で見たものを説明すると、カリは納得したように頷いた。

「じゃあ、矢に結ばれていた重りというのは」

「神殿で見つかった副葬品、黄金でできたサンダルだろう。乾燥したミイラは元の四、五分の一程度の体重しかないだろうから、金の重さがあれば十分だ。縄は、先王様のミイラに巻かれていた包帯が使われたに違いない」

セティはそこで言葉を切ると、当日のアハブの動きを想像した。

「葬送の儀の前夜、メリラア様とアハブは、王墓の中を交互に巡回していた。アハブはメリラア様の目を盗み、縄の確保やミイラの分解など、何度かに分けて準備をし、夜を待ってこの手順を実行したのだろう」

「でも、セティ。外に出したミイラは、誰かに見咎められなかったのですか」

「犯行の瞬間は、私たちが夜の涙を見たとき。つまり夜更けだった。王墓の周囲は衛兵が警備していたが、不審者が来ないかを見張っていただろうから、警戒の目は外側に向く。暗闇の中、王墓の真裏に王のミイラが落ちているとは夢にも思わないだろうな」

「それは、そうでしょうね……」

「推測の域を出ないが、今なおアテンを支持するホルエムヘブ将軍は、アテンの使徒である可能性が高い。となると、軍属の衛兵には息のかかった者もいたと考えるべきだろう。密室であった王墓の外にさえ出してしまえば、協力者の介在する余地はいくらでもあったわけだ。闇夜に紛れて、あるいは砂漠に潜んで遺体を回収するのは容易だろうな」

「それでも、セティ。一つ、どうしてもわからないことがあるのですが」

「ああ、なんだろうか」

「アハブはどうやって、遺体がバラバラに分解できることを知ったんでしょうか。メリラアさんやタレクが、そんな大事なこと、事前に話していたとは考えづらいのですが」

「私は、アハブがそのことに気づいたのは、ある事故がきっかけだったと考えている」

セティはそう言って、少し考えたあと、再び口を開いた。

「アハブの最期の言葉から、そもそもの筋書きを考えれば、王墓に砂岩でできた秘密の通路を仕込んだのはアテンの使徒のはずだ。私もメリラア様も、あれは盗掘用の通路だと思っていたが、実際は先王様のミイラを運び出すために用意したものだったのだろう」

「たしかに、砂岩を積みこんだペルヌウは、アテンの使徒でした！……でも、それって、メリラアさんの狙いとは無関係に、先王が葬送の儀を拒絶したっていうふりをするつもりだったってことでしょうか？」

「おそらくはな。形は違ったかもしれないが、アテン信仰を強固にし、同時に反アテンの疑いがあるメリラア様を排除するため、先王様のミイラを砂岩の通路から外に出す計画があったのだろう。だが、王墓の崩落で砂岩の通路は使えなくなった。警戒が強化され、次の仕掛けは仕込めなくなり、計画は頓挫《とんざ》した。そんなときにメリラア様が、葬送の儀ではなく復活の秘術を施すと、護衛であるアハブには打ち明けたのだ」

それを聞いて、アハブはなにを考えたのだろう。表面上はともかく、内心穏やかではいられなかったはずだ。

「アハブは焦った。このままでは、アテンの信仰を強めるどころか、復活したアクエンアテン王によってアテン信仰を廃絶される可能性がある。なにか、復活の儀を妨害する手段はないか、と」

「その状態から、どうやってアハブはミイラの秘密に気づいたんですか」

「実は、私がメリラア様にお会いしたとき、王墓の中からなにかが落ちる音がしたんだ」

「音、ですか」

「そのときはメリラア様とアハブが様子を見に駆けこんでいき、副葬品が崩れたと教えてくれた。だが、おそらく本当はあのとき、アクエンアテン王の黄金のマスクが落ちたのではないかと思う」

「マスクが……落ちた」

「ほとんど密室に近い王墓の中で松明が焚かれ、室内の温度は上がっていたはずだ。ミイラを固める蜜蠟か松脂かは、溶けないまでも軟化していただろう。そんなときに王墓の中で、それまで横に置かれていた棺が縦に置かれた。それで黄金のマスクの重さに耐えかねたバラバラの遺体が崩れたんだ」

「ああ……」

「メリラア様とともに玄室に駆けこんだアハブは、バラバラになったミイラを目にした。メリラア様は、そこでアハブにも事情を話さざるをえず、二人で修復したのだろう。一段落したあと、アハブは、空気穴からミイラを外に出すことで、もともとの筋書きを復活させられると考えたんだ」

「その土壇場で、よくそんなことを思いつきましたね」

「私たちが悩んだのは、ミイラが分割できることを知らなかったからだよ。バラバラになったミイラを目撃したあとで、それを外に出す方法を考えるのなら、空気穴を使うのはむしろ自然だ」

「なるほど。あとは、遺体が噛まれたという話がありましたけど、あれは」

「おそらく、王墓の斜面を転がり落ちた傷を誤魔化すためだろうな。それに、肩が食いちぎられていたという話は、縄がほどけるなどして遺体の一部をなくしてしまったために、動物の歯形で細工をしたのかもしれない」

セティは一息ついて、締めくくった。

「――以上が、先王様のミイラ消失事件、その真相だ」

「セティ」カリが真剣な声音で問いかける。「私、なんとかして王様に伝えますから。先王は、復活の儀を拒絶してなんかいないって」

「ああ、頼む」セティは微笑んだ。「そのときは、書記長のイセシを頼ってくれ。私たちの言葉を、必ず王に届けてくれるだろう」

「わかりました。でも……」カリはそう言って、表情を暗くする。「セティは……」

「気にするな、カリ。もとより覚悟の上だ。君がエジプトを救ってくれるのなら、私にもう、心残りはない」

「セティ……」

それきり、二人の間に、沈黙が落ちた。

セティが見抜いた真相で、エジプトの未来は救えるしれない。だが、それでもセティに明日が訪れることはない。

ここは王《ファラオ》が永き眠りにつくための密室だ。人の身でここから出ることなど、できようはずもなかった。

10

セティは、数秒ごとに気が遠くなり、再びにわかに意識を取り戻すということを繰り返していた。まるで、抗えない睡魔が訪れたときのように。

意識が明滅している。

終わりのときは近い。それだけはたしかだった。

セティの思考は、水中を漂っているかのようだった。だが、魚が餌に食いつくように、ある一つの事柄に、気づけば吸い寄せられ、どうしても考えてしまう。

――いったい、メリラア様は私に、なにをしようとしていたのか。

ジェドは言った。メリラアは、セティを殺すよう依頼した、と。

イセシは言った。メリラアは、セティの心臓の一部を盗むよう助言した、と。

そして、筆跡が語っている。メリラアは、セティに盗んだ心臓を返そうとした、と。

結局、どこからどこまでが本当なのだろうか。セティにはわからないし、もはや確かめる術《すべ》もない。

しかし、すべてが真実なのだとしたら、一貫する理由として考えられるのは――。

――私を、冥界から現世に戻したかった。

死んでいなければ、冥界から現世には戻れない。だから殺す必要があった。

心臓が欠けていなければ、現世に戻る必要はない。だから、心臓の一部を盗む必要があった。

最後に、心臓を返す必要性はないかもしれないが、セティに恨みがないのなら、きっとメリラアは返そうとするだろう。

これで、一応の理屈は通る。通るのだが、やはり次には〝なぜ〟がくる。

なぜメリラアは、わざわざ生きているセティを殺してまで、セティを冥界から現世に戻したかったのか。そこが、どうしてもわからない。

だが……わかったところで、これから無限のときをさまようセティにとって、どうでもいいことかもしれない。それに、それこそ考える時間はたっぷりとあるのだ。永劫のときが、セティを待っている。

ああ、そろそろ、意識が保《も》たないようだ……。

私は……。


「セティ、……セティ」

カリが体を揺り動かす、そのおぼろげな感覚を頼りに目を開く。滲む視界の中、カリは泣きだしそうな顔をして、セティを覗きこんでいた。

「なんとかならないんですか。せめて一日だけでも、期限を延ばす方法はないんですか」

「残念ながら……それは無理だ、カリ」セティは努めて穏やかに答える。「現世は死者の居場所ではない。生命力《カー》が失われれば、留まることは叶わない」

「じゃあ、生命力《カー》を足せないんですか。私は生きています。私の生命力《カー》をセティに分けることはできないんですか」

「君は優しいな、カリ」自然に、微笑が漏れた。目の前の少女を撫でてやりたかったが、腕は持ち上がらなかった。「だが、死者に生命力《カー》を与える方法はないんだ」

「でも、セティがここにいるのは、メリラアさんがそれをやったからですよね？」

「……え？」セティは反射的に聞き返す。「メリラア様が？　なぜ、そう思う」

「アハブが言っていたんです。メリラアさんはセティに復活の秘術を施した、って」

「メリラア様が、私に」

復活の秘術を、施していた。

突然、暗闇に、光が差したような気がした。

そう、それこそが答えだ。

ずっと謎だったメリラアの行動、その動機。なぜ、セティにこんな仕打ちをしたのか。気づいてみれば、なんて単純な答えなのだろう。なにもおかしなことはなかった。エジプトの未来を憂いた、高徳な神官長は、ただ一つの目的のために行動していた。

メリラアの狙いは、セティに復活の秘術を施すことそのものにあった。

「そうか……私は、王のための実験台だったんだな。同じ秘術を施して、本当に現世に戻ってこられるかを確かめるための」

メリラアにとっても、復活の秘術は前例のないものだったに違いない。王の遺体にいきなり試して、失敗でした、不完全な術でした、ではすまされない。確実に成功するよう、事前に実験が必要だったのだ。

そう考えれば、メリラアの行動は一貫していた。セティを冥界に送り、生命力《カー》を与え、審判を受けられないセティが心臓の欠片を探すため現世に戻るように仕向け、無事に現世に戻ってきたのを確認できたなら、王にも同じく復活の儀を執り行う。

残酷にも思えるが、エジプトのために一族の名《レン》をかけてまで王に逆らったメリラアだ。セティひとりの命くらい、代償として覚悟はできていたのだろう。

それにメリラアは、盗んだ心臓の欠片を、手を尽くして返してくれようとしていた。万が一、秘術に不備があり、セティが現世に戻れず、現世で受け渡しができない場合に備えて、冥界で受け渡しができるよう玄室にシャブティとともに置いてくれたのだ。

「実験台……」カリが驚愕に目を見開く。「でも、どうしてセティが選ばれたのですか」

「それは、この計画に、タレクが不可欠だったからだ」

セティは、タレクとの交渉材料に使われたのだ。メリラアは先王のミイラに〝必要な処置〟を施すため、タレクを抱きこむ必要があった。王のミイラに細工することがなにを意味するか、タレクにわからないはずはあるまい。王に逆らってでも欲しい物を、タレクのために用意する必要があった。だから、セティだったのだ。

「とにかく、これで、謎はすべて解けた」

セティはそう言って、瞑目した。意識は急速に失われつつあった。

「カリ、私はここまでのようだ……。どうか、エジプトを、頼む……」

「なに言ってるんですか!!」

突然のカリの大声に、セティは飛び上がりそうになった。実際には体が動かなかったが、手放しそうだった意識すら、わずかに戻ってきている。視線だけで見やると、カリが興奮に満ちた笑顔をセティに向けている。

「カリ……？」

「気づいてないんですか、セティ。あなたは実験台だったんですよ」

「ああ、そうだな。それが、どうしたというのだ」

「あなたには、復活の秘術が施されたんです。先王と同じように」

カリとの会話は、現世に留まるための舫い綱だった。カリの言葉に集中し、途絶えそうになる意識を必死に繋ぎ止める。

「実験台であるセティのミイラは、先王と同じようにタレクが手掛けたし、メリラアさんが復活の秘術を施した――」

カリはそこで言葉を切ると、真剣な眼差しでセティを見つめ、先を続ける。

「――だとしたら、ですよ。タレクは先王だけじゃなく、セティの体にも、復活の秘術のために〝必要な処置〟を施していたんじゃないでしょうか？」

「それは……」

セティは、目を見開いた。

「たしかに、そうだ」

カリの言うとおりだ。その可能性はある。

「もし、そうなら。セティの体も、バラバラになれるのなら」

「先王様のときと、同じ仕掛けが使える」

そう言って、空気穴を見上げる。

「外に、出られるかもしれない……」

それは、か細い希望だった。

だが、今は、それに賭けるしかない。

「セティ、急ぎましょう。私はなにをすれば？」

黙考していたセティは、カリの言葉に意識を引き戻され、答えた。

「……まずは、私の体を熱する必要がある。石棺を倒して、松明を当ててくれないか」

もはや、体に力は入らず、指先すら動かせない。カリを頼るしかなかった。

セティの頼みを聞いたカリは、力強く頷くと、玄室の奥へと走りだす。

それを横たわったまま見送る、セティの胸には一つの思いが浮かんでいた。

「カリ」

「はい。次はなにをすればいいですか」

「私の……胸についたブローチを持っていってくれ」

カリは、玄室の奥から横倒しにした石棺を引きずってくると、セティの胸から黄金のスカラベのブローチを取り上げ、しげしげと眺める。

「これは……？」

「価値のあるものだ。売れば、奴隷をひとり買えるくらいに」

「でも、それって」

「自分を買い戻すんだ、カリ。故郷に帰って、両親に会いにいってほしい。私の抱いた願いが、幻想なのか、真実なのか、私の代わりに確かめてくれ」

「……セティ」

カリはセティの前にかがみこむと、セティの上体を抱き起こし、強く抱きしめた。

「セティ、私は商人の娘です。一方的な施しは受けません」

カリはセティの両肩に手を置いて、真正面から顔を見つめ、宣言した。

「だから私は、絶対に、セティを助けてみせます」

カリはそう言うと、セティの目の前で松明を床に転がし、棺に当てた。石の棺が熱されていく。

そこで、セティは問題に気づき、声を上げた。

「……待てよ。ここには弓矢がない」

セティは仰向けに転がったまま、空気穴越しの空を見上げる。ここからでは、外界の星空は果てしなく遠く感じた。

「今さら、なにを言いだすかと思えば」カリはセティを勇気づけるように、不敵に笑った。「弓はそこにあります。セティがさっき、火起こしに使ったじゃないですか。矢なんて、なければ作ればいいんです。こんなところで諦めないでください」

「だが、君には弓の心得もないだろうし……」

「どれだけ失敗しようと、成功するまで何度でも挑戦します。それに、セティが言ったんじゃないですか。空気穴の外までは大した距離じゃありません」

「アハブに比べれば膂力《りょりょく》もない。仕掛けを作れたとして、縄を引けるかどうか」

「セティの下半身をはずしますよ。その分、軽くなるはずです。それに、石運びではずっと重い縄を引いてましたから、へっちゃらです」

「もっと大きな問題がある。私はもう、体を動かせない。体が王墓から外に出たところで、そこから動きようもない」

「セティ」カリは微笑を浮かべた。「外にはタレクがいます。タレクなら、きっとなんとかしてくれます。……それとも、信じられませんか」

「いや――」

セティは静かに答える。

「タレクは、必ず私を助けてくれる。昔から、そうだった」

カリはそれを聞いて、にっこりと笑った。

「急ぎましょう。時間がありません」

セティが眺めていると、カリは松明の棒を細く割り、先王の副葬品である黄金の護符を木の割れ目に挟みこんで、鏃の代わりにしていた。それが終わると、寝台の天蓋を背伸びして掴み、手で引っ張って裂こうとする。

「カリ、なにをしてるんだ?」

「長い縄が……作りたくて……」カリはそう言って、肩で息をした。「ナイフがあれば、この布を裂いて縄代わりにできそうなんですが」

「ナイフならある。私の服の中だ」

セティの言葉に、カリは駆け寄ってくると、胸元に手を突っ込んで探り、小さなナイフを取り出した。それは奇《く》しくも、この玄室で、セティの胸に刺さっていたナイフだった。

カリが、ナイフではなくセティを見て、驚愕の表情を浮かべる。

「セティ……あなた、もしかして――」

「大事なナイフだ、カリ」セティはさえぎるように言った。「ここを出たら、イセシに渡してほしい。私の、父に」

「……わかりました」

カリは頷くと、寝台に上り、天蓋に張られた布を細く裂いた。端と端を結び合わせれば、十分な長さになりそうだ。

「セティ、石棺が熱くなったみたいです。寝かせますね」

手をかざして熱気を確かめると、カリはセティの体の下に肩を入れ、持ち上げて、石棺に横たえた。もう、セティには感覚も残っておらず、熱を感じることはなかった。だが、体は溶けだしているのだろう。意識も、徐々に遠のいていく。

「……これで、お別れですね」

そう言って笑うカリの目に、涙が浮かぶ。その顔を目に焼きつけ、セティはゆっくりと目を閉じた。

「さようなら、カリ。君の人生に、神々の加護があらんことを……」

意識がゆらめく。

上へ上へと昇っていく。

いつのまにか、セティは中空から、仰向けに寝ているセティ自身の体と棺を見下ろしている。

セティは、一羽の鳥になっていた。カリの目には見えないらしい。カリの真剣な視線の先にあるセティのミイラは、固めていた蠟が溶け、いくつもの部位に分かれていた。

カリは遺体が冷えるのも待たず、まだ熱いだろうに、素手でセティの頭、右胸、左胸、腕、と摑んでいき、縄にくくりつけはじめた。細かく分けられた遺体が、一本の縄に結ばれる。

カリは黄金の弓を手に取ると、空気穴に向けて、即席の矢を射掛けはじめた。それを見て、セティは羽ばたき、空気穴から外へと飛び立った。

11

空から見下ろすエジプトは、息を呑むほど美しかった。

セティの眼下で、王墓が月明かりに照らされ光り輝く。

どこまでも続く夜の砂漠は、まるで上質な織物のようで、透明な砂粒がそこかしこできらめいている。

目を向ければ遠く、アケトアテンの街の灯が浮かび上がっていた。父は、無事にあそこへたどり着けただろうか。

初めのうち、矢は外まで出てこなかった。だがすぐに、王墓の上を旋回するセティの横を、時々黄金の塊が通り過ぎては、夜の空に照り映えた。

しかし、そう簡単にはいかないようだ。歪《いびつ》な形の矢は、穴にうまく引っかからず、あるいは用をなさずに折れてしまい、そのたびにカリは縄を引っ張り回収し、再び矢を射掛けているようだ。

セティはもはや、現世には干渉できなかった。カリを信じ、託すしかない。

そして、とうとう、成功の瞬間がやってきた。

天蓋の布を結び合わせた即席の縄の先には、セティのアンクが括《くく》りつけられている。ひとたび王墓の斜面を滑りはじめたアンクは、勢いを増して転がっていく。あるいは、石と石の繋ぎ目が道の役割を果たしたのかもしれない。縄に繋がったセティの体が、次々と引っ張られ外に出てきて、王墓の下まで転がり落ちていった。

――やってくれたな、カリ。

セティは胸中でつぶやく。

あとは……。

セティは旋回しながら高度を下げ、自らの身体の近くに舞い降りる。そこに、息を切らし、駆けつけた人影があった。

「セティ――」

タレクがそこにいた。セティの体を次々に拾い上げ、両の腕で大事そうに抱きしめる。

「見てたぞ。夜がまた、涙を流した。何度も、何度も。俺は――」

タレクはセティの体を抱いたまま、引いてきた馬に飛び乗る。片手で手綱《たづな》を取り、アケトアテンの街、そのはずれの高台に向かって、走りはじめる。

「――俺はお前を、二度と失いはしない」

タレクは墓所へと駆けこんだ。一直線にイセシの墓にたどり着くと、扉を蹴破る勢いで、埋葬室へと駆けこんでいく。

闇の中、タレクがランプに火を灯す。か細い明かりを頼りに、タレクは棺の蓋を開け、セティをそっと寝かせた。

「なあ、セティ。聞いてくれよ」

熱心に手を動かしながら、タレクは上気した顔で、なにかをつぶやいている。

「俺がムトエフのとこに行ってさ。セティとカリの話をしてたらよ、詰め所にいた夫婦に、突然声かけられたんだ」

バラバラになった部位を繋ぎ合わせ、セティの体を元の形に戻していく。その上から、手際よく、丁寧に包帯を巻いていった。セティはずっと、上からそれを見ていた。

「驚いたよ、あの人たち。あんなに遠いハットゥシャから来て、エジプト中を回って娘を探してたんだって。あいつ。あいつ――」

最後に、包帯の上からマスクをかぶせて、叫んだ。

「あいつ、捨てられてなんていなかった!!　親御さんはずっと、必死にカリのこと探してたんだ。すげえよな……よかったなあ、カリ。もうすぐ両親に会えるぞ。もう少しだけ、待っててくれよな」

タレクはそこまで言うと、副葬品にあった木の斧《おの》を手に取って、寂しげな表情を浮かべた。

「なあ、セティ。この声、お前に届いてんのかな。届いてるといいなあ……」

タレクはセティにかぶされたマスクの口に、斧をコツンと当てる。

「……俺は神官じゃないし、見様見真似だけど、許してくれよ」と優しく笑う。

そして、低い声で呪文を唱えはじめた。


真実《マアト》の領主、永遠の主人、永遠《とわ》に美しきもの、オシリス神の名のもとに。

あなたが再び口を開き、供物を口にできますように。

あなたが再び耳を開き、神々の声が聞こえますように。

あなたが再び目を開き、家族の姿を見られますように。

あなたが再び鼻を開き、かぐわしい香の匂いを嗅げますように。

――そして、どうかあなたが、無事にイアルの野へと渡れますように。


タレクは木の斧を口、耳、目、鼻と順に当てながら、祈りの句を唱えた。それが終わると、冥界に渡るためか、セティの意識は、急速に薄れていった。

現世を離れる最後の瞬間、なにかを言いかける、タレクの声が聞こえた気がした。

「なあ、セティ。俺は、お前を――」

エピローグ

良き支配者、祖先とすべての神々に有益なるもの、
彼は廃墟となったものを、過去未来永劫の記念物
として復興した。彼は二国から無秩序を撃退した。
彼が欺瞞を忌み嫌うことにより、マアトはその場に
永続した。国土はその原初の時のようであった。

（カルナック神殿、ツタンカーメンの信仰復興碑）

セティは、ゆっくりと目を開く。

視界に飛びこんできたのは、見覚えのある大広間の天井——マアトの法廷だ。背中の感触からして、どうやらベンチに寝かされているようだった。

「セティよ。大儀であったな」

天から声が降ってきて、セティは弾かれたように上体を起こす。が、下半身がなく、ベンチから落ちそうになり、慌てて両手で縁を摑んだ。

居住まいを正し、声の主、マアトへと向き直る。

「マアト様。私は」

「よくやってくれた。それに、よくぞ回復したものだ」

「回復、ですか」

「ああ。生命力《カー》を限界まで使い果たした反動であろう。ナイルの岸辺に倒れていたお主を見つけて以来、十日も気を失っておったのよ」

「十日……」そうつぶやいて目を見開く。「アテンは。アテンは、どうなったのですか」

あの大きさの太陽の前では、冥界は十日を待たずに滅んでいるはずだった。慌ててあたりを見回すセティを見て、マアトはくつくつと笑う。

「案ずるな。その件はお主が寝ていた間に、すべて解決しておる」

「すべて……解決した？」

「うむ。お主が暴いたアテンの使徒の企みは、王の知るところとなった。王はアテン信仰を捨てる決心をし、アメンをはじめとするエジプトの神々への信仰を復活すると宣言したのだ。自身の名もツタンカーメンと改め、首都もアケトアテンからワセトへと戻すことになる。信仰を失ったアテンは、力を失い姿を消した。そして、このような悲劇を繰り返さぬよう、名を失った民への慰霊碑《レン》の建設も決まっておる」

「なんと、トゥトアンクアテン王が」

セティは小さくつぶやく。いや、もはや王の名はトゥトアンクアテンではない。トゥトアンクアメン――すなわち、ツタンカーメンだ。

「危機は去ったが、それで先王アクエンアテンの悪名が消えるわけではない。王墓は取り壊し、初めからなかったものとするらしいな。エジプトの歴史から除名するという話も出ているようだ。彼の名は、後世には残らぬかもしれぬな……」

目を伏せたセティに、マアトは「それはさておき」と話題を替えた。

「セティ。アテンの陰謀は打ち砕かれ、再びエジプトに栄光の時代が訪れるのだ。誇るがいい――それもすべて、お主の働きによるものよ」

「もったいないお言葉です。それに、私ひとりの力ではありません。友や仲間に助けられて、どうにかここまで来ることができました」

「殊勝なことよ。褒美《ほうび》を取らせたいが、お主の審判が先であろうな」

その顔から、表情が消えた。セティもベンチの上で背筋を伸ばし、それに応える。

マアトは、神としてあるべき厳かさで、告げた。

「……死者セティよ。そなたの心臓をここに」

セティは頭《こうべ》を垂れ、歩み寄ってきたネフェルに心臓を託した。黄金の盆に載せて運ばれたそれを、マアトが受け取り、秤の一方に静かに載せる。

「我、真実を司る神、マアトが問う――」

マアトが重々しく宣言する。が、そこで再び表情を崩し、微笑んだ。

「セティよ。今さら我らに、形式的な否定告白は無用だ。その代わり、いくつか質問に答えてくれぬか」

「仰せのままに、マアト様」

頭を垂れたままのセティに、マアトは問いかける。

「――初めてここに来たとき、お主は嘘をついておったな。結局、生前にお主がついていた嘘とはなんだったのか」

「謹《つつし》んでお答えします。私は奴隷の孤児でありながら、幼くして命を落としたイセシの一人息子、セティに成り代わり、その財を我がものとしました」

「なるほどの。では、お主はその地位を不当に搾取《さくしゅ》していたのか？　あるいは、真《まこと》にイセシの子であったのか？」

「私には産みの親がいますが、イセシもまた、私の親に違いありません。生まれがどうであろうと、私は真にイセシの子です」

「だとすれば、お主の嘘に罪はないように思えるがの」

「……私の嘘は、それだけではありませんでした」

「その嘘は、お主の死に様とも関係があるのか？」

「それは――」

セティは言葉に詰まる。

「質問を変えよう」とマアト。「お主は崩落事故に巻きこまれ、命を落とした。だが本当は、逃げることもできたのに、自ら死を選んだのか？」

セティは口を閉ざしたまま、マアトを見つめる。

「お主はその際に、下半身を失った。これも、意図的なものか」

黙したセティに向かって、マアトは畳みかけるように問う。

「答えろ、セティ」

セティは、うつむいたまま口を引き結ぶ。

法廷を、沈黙が支配した。

ややあって、セティが口を開く。

「私は――ずっと、自分が嫌いでした。嘘を重ねなければ生きていけない境遇も。その嘘にそぐわないこの体も。想いを捨てきれない弱さも。全部、嫌いだったんです」

「だから、死を選んだのか？」

「いえ……そうではありません。私が命を落としたのは、本当に偶然、落ちてきた石に潰されたからです。生きることに迷いはありましたが、死ぬつもりがあったわけではありませんでした」

「偶然だというのであれば、お主を殺した者はいなかった、ということか」

「はい。ジェドも、もちろんアシェリも、私を殺してはいません」

「では、お主の胸にナイフを突き立てたのは……」

「当然、私自身ということになります」

「それは、なぜだ。なぜ死にゆくお主は、自らに刃を突き立てたのだ」

「私は……イセシの息子、セティとして生きなければなりませんでした。だから、ずっと……タレクに本当の想いを告げることが、できなかった」

セティは、ぎゅっと拳を握り、長年秘していた想いを、吐露しようとする。

「私は――私は、タレクを……」

セティの歯切れの悪い独白に、マアトは無言を貫いた。もとより真実の神には、すべてお見通しに違いない。

「私の嘘……それは……」

マアトは答えない。答えてくれない。あくまでセティの口から、真実が伝えられるのを待っている。

「……何度も、タレクには本当のことを打ち明けようかと悩みました。でも、お父様を裏切ることはできなかった。それに、本来足を踏み入れる資格のない神殿に入り、神々をも冒瀆してきた私は、事が露見すれば間違いなく名《レン》を削がれたでしょう。今さら私に、罪を濯《そそ》ぐ方法などありませんでした。そんなとき、王墓での仕事中に、あの崩落事故が起きたのです」

あの日も、悩みから寝不足で仕事に身が入らず、ぼうっとしていた。アシェリの手を振り払ったのは驚いたからだし、出遅れたのも本当だ。ただ、もしかしたら必死に逃げれば、一命は取り留めたかもしれない。しかし、楽になりたいという気持ちもまた、きっとどこかにはあった。

「下半身が潰れたのは、狙ってそうしたわけではありません。とっさに心臓《イブ》を庇った結果です。でも、私をミイラにするのはきっとタレクでしょうから。死にゆくなかで、せめて……どうか私が女だと知られませんようにと、そう祈っていました」

だから、胸を切り落としたいと……そんな衝動で自らナイフを刺した。痛みに耐えきれず、浅く刺しただけで止まってしまったけど。

それに、タレクが気づかないはずはない——文字通り、体の隅々まで覗きこまれたのだから。だが、タレクはセティの心を汲んで、最後まで友として接してくれた。それがなにより、嬉しかった。

「お主の嘘は、わかった。……さて、セティよ。これが最後の問いとなる」

マアトはそこで言葉を切ると、セティに尋ねた。

「死者セティに問う。真実とは、なんだ?」

「真実……」

セティは言葉に詰まる。

あまりに単純であり、だからこそ窮するその問いに、悩み抜いた末、答える。

「真実とは……誰にとっても嘘ではない、事実のこと」

セティは、自らの想いを紡ぐ。

「命を落とし、現世に戻るまでは、そう……思っていました」

マアトは無表情で、しかし神たる慈愛をもって、セティの言葉の続きを待っている。

「でも、わかったんです。真実とは、心のありようです。それは、ほかの誰でもない、自分自身を偽らないこと。それこそが、私の真実です」

セティの答えを聞いて、マアトがかすかに、笑ったような気がした。

「我、真実を司る神、マアトが問う――」

厳かに天から降ってくるその言葉に、セティは全身全霊で対峙する。

「お主の真実とはなんだ、セティ」

「私は――」

セティは覚悟を決めた。大きく息を吸って、目を閉じ、人生で最大の覚悟を持って、自らを覆っていた嘘をかなぐり捨てた。

「――私は、タレクを愛しています」

口にした瞬間、涙が溢れ、ぽろぽろとこぼれてきた。

――ああ、私は。ずっとずっと、これを伝えたかった。幼いころから、ずっと。

肩を震わせるセティに、マアトは優しく微笑んだ。終始無表情だったネフェルも、目を閉じ、微笑を浮かべて女神のそばに控えている。

「よく言った。それこそが揺るぎない、お主の魂《バー》が示した真実よ。――さて」

マアトは髪に挿していた羽根を引き抜き、右手で弄ぶ。

「せっかくだ。お主の言葉が真実かどうか、秤にも聞いてみようかの」

そう言って、マアトは秤のもう一方に、そっと羽根を載せた。真実を量るその秤が揺れ、きらりと光った気がした。

神殿を抜けると、どこまでも続く、緑に満ちた草原が広がっていた。

セティは新しい義足でイアルの野に一歩を踏みだし、あたりを見渡す。

人々は白い服を着て、地面に寝転び、笑い合っている。犬とじゃれあっている人や、のんびりと牛を引く人もいた。

風がそよぎ、セティの頬を柔らかく撫でていった。今は肩までしかないこの髪も、もっと伸ばしてみてもいいかもしれない。タレクがここに来るまで、時間はたっぷりとあるのだから。

それに、会いたい人もたくさんいる。まずは……大切な二人に。あなたたちの子どもは、幸せに生きたと、そう伝えにいこう。

見上げれば遥か遠く、空には黄金の太陽が輝いている。

そこにアテンの影はなく、ラーの宿りし真円が、偉大なるエジプトを遍《あまね》く照らしていた。

〈参考文献〉

書籍

『古代エジプト 死者からの声：ナイルに培われたその死生観』大城道則著　河出書房新社

『古代エジプト人は何を描いたのか：サハラ砂漠の原始絵画と文明の記憶』大城道則著　教育評論社

『古代エジプト三〇〇〇年史』吉成薫著　新人物往来社（※資料1）

『古代エジプト解剖図鑑：神秘と謎に満ちた古代文明のすべて』近藤二郎著　エクスナレッジ

『古代エジプト全史』河合望著　雄山閣

『ヒエログリフ入門　古代エジプト文字への招待』吉成薫著　弥呂久

『古代エジプト語基本単語集：初めてのヒエログリフ』西村洋子著　平凡社

『神々と旅する冥界 来世へ〔前編・後編〕』松本弥著　弥呂久

『病と風土：古代の慢性病・疫病と日常生活』ジョイス・ファイラー著　學藝書林

『古代エジプト神々大百科』リチャード・ウィルキンソン著　内田杉彦訳　東洋書林

『図説　古代エジプト生活誌〔上巻・下巻〕』エヴジェン・ストロウハル著　内田杉彦訳　原書房

『The Book of the Dead: The Papyrus of Ani In The British Museum（English Edition)』Sir E. A. Wallis Budge 著　Delhi Open Books

論文・Webサイト

〝トゥトアンクアメン王の「復興碑」について〟河合望、エジプト学研究 The journal of the Egyptian studies 7, p.p.46-60（※資料2）

〝古代エジプトの勅令に見る罪の重さに対する意識〟西村洋子、奈良史学（Nara shigaku : Nara journal of history）Vol.28 ,p.p.91-114

※ツタンカーメンの信仰復興碑の訳文は、第一章扉では資料1から、エピローグ扉では資料2から引用しました。

この物語はフィクションです。作中に同一の名称があった場合でも、実在する人物、団体等とは一切関係ありません。単行本化にあたり、第22回『このミステリーがすごい！』大賞受賞作品、「ミイラの仮面と欠けのある心臓」を改題・加筆・修正しました。

第22回『このミステリーがすごい!』大賞（二〇二三年八月二十三日現在）

本大賞は、ミステリー&エンターテインメント作家の発掘・育成をめざす公募小説新人賞です。『このミステリーがすごい!』を発行する宝島社が、新しい才能を発掘すべく企画しました。

【大賞】

ミイラの仮面《マスク》と欠けのある心臓《イブ》　白川尚史

※『ファラオの密室』として発刊

【文庫グランプリ】

溺れる星くず　遠藤遺書

※遠藤かたるに改名

箱庭の小さき賢人たち　海底 明

※浅瀬 明に改名

第22回の受賞作は右記に決定しました。大賞賞金は一二〇〇万円、文庫グランプリは二〇〇万円（均等に分配）です。

●最終候補作品

「箱庭の小さき賢人たち」海底 明

「龍と熊の捜査線」新藤元気

「空港を遊泳する怪人の話」阿波野秀汰

「ミイラの仮面と欠けのある心臓」白川尚史

「あなたの事件、高く売ります。」長瀬 遼

「溺れる星くず」遠藤遺書

第22回『このミステリーがすごい!』大賞　選評

「まれに見る激闘を制したのは、魅力的な謎に正面から挑んだ古代エジプトミステリー」

大森望（翻訳家・書評家）

もう二十二回目だというのにいまさら……って感じですが、今回に限っては、最終候補の六作が決まってから選考会当日まで、どの作品を大賞に推すべきか、迷いに迷った。候補作はそれぞれ一長一短、選ぶべき理由も落とすべき理由もある。作品が持つさまざまな特徴の中で、新しさをとるか、売りやすさをとるか、インパクトをとるか、リーダビリティをとるか、一般性をとるか、珍しさをとるか。重視すべきはトリックかプロットかキャラクターかロジックか。ああでもないこうでもないとさんざん悩んだ挙げ句、最終的に『このミステリーがすごい!』大賞の原点に立ち返ることにした。すなわち、「このミステリーがすごい!」と自信を持って言える作品はどれか？

その結果（自分の中で）浮上したのが、大賞受賞作となった白川尚史『ミイラの仮面と欠けのある心臓』だった。日本人も現代人もひとりも出てこない、古代エジプトを舞台にした歴史小説であると同時に、（ありえないことが起こるという意味で）一種の異世界ファンタジーでもある。その時点ですでに、万人向けのミステリーとは呼べないかもしれない。しかしこの作品は、死者が甦《よみがえ》る世界でなければ書けない魅惑的な謎に正面から挑んでいる。

主人公は、死んでミイラにされたにもかかわらず、心臓の一部に欠落があるため冥界の審判を受けられず、地上に舞い戻った神官書記セティ。冥界に赴《おもむ》く（＝めでたく成仏する）ためには、欠けた心臓を三日のうちにとり戻さなければならない。遺体が損傷していたのか、セティのミイラの下半身は木製の義肢と義体に替わっているが、なぜかその体でふつうに歩いたりしゃべったりできる——というのがこの小説のミソ。「おまえ、死んだはずじゃ？」と会う人ごとに驚かれながら、自分が死んだ事件の捜査を進める、活動的な〝ミイラ男〟（本物）。やがてセティの前に、もうひとつのもっと大きな謎が浮上する。棺に収められた先王のミイラが、葬送の儀のさなか、ピラミッドの玄室から忽然《こつぜん》と消失し、外の大神殿で発見されたのである。この奇跡は、唯一神アテン以外の信仰を禁じた先王が葬送の儀を否定した事実を物語るのか？　タイムリミットが刻々と迫るなか、セティはエジプトを救うため、この遺体消失事件に挑むことになる。

……というふうに要約すれば王道の特殊設定ミステリーに見えるが、なにしろ舞台が古代エジプトなので、ミステリー用語は使えない。神話的な世界観と物理的なトリックをいかに両立させるかが作者の腕の見せ所になる。正直、導入はすんなり読者を引き込めているとは言いがたいし、メインの謎解きについては不満が残る。しかし、これだけ野心的な設定を用意して、壮大な物語をきちんと着地させた点は高く評価できる。しかも、特筆すべきことに、読後感がたいへん爽《さわ》やかだ。いろいろ考え合わせると、マイナスポイントを差し引いても、このミステリーはたしかにすごい。と選考委員の評価が一致して、意外とすんなりこれが大賞受賞作に決まった。


文庫グランプリに選ばれた二本に関しても、面白さだけで言えば大賞受賞作と遜色ない。

海底明『箱庭の小さき賢人たち』は、架空の商科大学を舞台に、学内だけで通用するポイント稼ぎに熱中する主人公（ポイントが足りないと卒業できないという事情がある）を描く仮想経済小説というかギャンブル小説。他人からの評価を可視化するアイデアには前例があるが（「ブラックミラー」シーズン3の『ランク社会』とか、コリイ・ドクトロウ『マジック・キングダムで落ちぶれて』とか）、それをコンゲームの材料に使っているところがうまい。ミステリー度は低めながら、エンターテインメントとしてはたいへんよくできている。

遠藤遺書『溺れる星くず』は、大阪を拠点に活動する三人組の地下アイドルを主役に据えたノンストップ・サスペンス。所属事務所の社長を殺して山に埋めた彼女たちを襲う危機また危機！　いきなりこんなところから語り始めて、結末はどうするつもり？　と心配しながら読んでいるうちにその心配を忘れてしまうくらいの加速っぷりと、テンポのいい女の子たちの大阪弁のやりとりがすばらしく、あっという間に読み終えた。この先のことを考えると、いいのかそれで——という気がしなくもないが、このドライブ感は貴重。ただし、ドルオタ的観点から言うと、地下アイドルのリアリティはもう少し補強したほうがいいかもしれない。


惜しくも選に漏れた他の三作も、それぞれ推しポイントがあって、埋もれさせるには惜しい。加筆修正のうえ、いつか何らかのかたちで世に出ることに期待したい。

「奇想天外な謎作りといい友情溢れる人間関係劇といい大賞の価値あり」香山二三郎（コラムニスト）

いつもの通り応募番号順にいくと、海底明『箱庭の小さき賢人たち』は学内でのみ利用できる通貨が流通している大学を舞台にしたコンゲームもの。

軽妙なライトノベルタッチで展開するキャンパス・サスペンスで、のちに降町たちが立ち向かうことになる学内の三賢人などキャラも立っているし、そこで呈示されるタイムマシン設定などもユニークなのだが、個人的には通貨の流通する大学という設定からして裏に何かありそうで突っ込みを入れたくなった。せっかく個性的な人物を配しているのに、背景の世界作りが最後まで気にかかって今一つその面白さに乗り切れず。

新藤元気『龍と熊の捜査線』は警察捜査小説。主役のコンビは川瀬七緒の法医昆虫学捜査官シリーズの二人を髣髴《ほうふつ》させる。童顔とは裏腹のヒロインの伝法な口調は面白いが、捜査の主役を張るわけでもないし、数学の天才たるくだんの少年の方が印象的だったりする。リーダブルだが、大賞候補とするには、独自性という点において今一つ推しに欠ける。

阿波野秀汰『空港を遊泳する怪人の話』は、東京空港内のカフェで働く青年、外崎快人が見知らぬ男に、空港で誘拐事件がありこの店で明日身代金の受け渡しが行われる、と話しかけられるところから始まる。誘拐されたのは国内の航空会社の社長で、犯人は男の友人だといい、拉致《らち》動画まで見せられる。

出だしこそ奇抜なアイデアに富んでいるが、事件が大掛かりになる割には主人公の仲間内を中心にした話作り、ありがちな因縁話にとどまってしまう感あり。「くうこうのかいじん」も今一つ怪しさに乏しく、もっとキッチュな魅力がほしかった。

白川尚史『ミイラの仮面と欠けのある心臓』は古代エジプトを舞台にした日本人が出てこない本格ミステリー。神官書記のセティは半年前、先王の葬送の儀の準備中に王墓の崩落に巻き込まれて死んだが、冥界で死の審判を受け心臓に欠けがあるので審判を受ける資格なしとされ、現世で心臓のありかを探すことに。セティの死体にはナイフが刺さっており、容疑者は元同僚のアシェリとジェドと思われた。セティは幼馴染のミイラ職人タレクに捜査の協力を求める。やがて取り押さえられた犯人はセティ暗殺の依頼人の正体を明かすが……。

古代信仰に基づく大枠の謎作りなど独自の設定、造形に最初はついていけるか不安だったが、思いのほか読みやすいしわかりやすかった。特に現世によみがえったミイラのセティがかつての仲間に何の違和感もなく受け入れられちゃうあたり、落語にも似たとぼけた味わいがあって、思わず吹き出しそうになった。一般受けするとは思えないが、奇想天外な謎作りといい、友情溢れる人間関係劇といい、大賞の価値はありと見た。

長瀬遼『あなたの事件、高く売ります。』は沖縄が舞台。桃原カリン、運天遥、喜屋武さゆり、仲吉萌奈の個性あふれる四人娘が信金を襲撃、立てこもる。彼女たちはコロナで困窮した県民を救うためと称して身代金一〇億円を要求。県知事はそれを呑み、大金が県内各所で撒《さん》布《ぷ》され、その様子は瞬く間に世に報じられた。義賊として称賛を浴びた四人は、あの手この手で信金からの脱出を計るが……。ご都合主義といってしまえばそれまでだが、四人の先の読めない襲撃計画がテンポよく描かれ、全篇沖縄言葉に貫かれているところも個人的には買い。今年はこれかもと思わせられたが、結末があっと驚く〇〇落ちで、一気に興ざめ。そこを直せば、授賞の可能性もありということで。

最後も駆け足になるが、遠藤遺書『溺れる星くず』は三人組グループの地下アイドルが災難に直面する。最古参のルイとテルマは嫌々接待仕事に駆り出され、事務所の社長兼マネージャーの羽浦と大喧嘩。いよいよグループの危機かと思われたとき、さらなるトラブルに。センターのイズミがＤＶを振るっていた秘密の恋人を殺してしまったのだ。一言でいえば、桐野夏生『ＯＵＴ』の地下アイドル版。三人のヒロインのキャラ付けといい、紋切り型ではあるのだが、キレのある文章、ハイテンポの展開でくいくい読ませるノワールだ。

今年は大本命はなしだが、選考会には後半の三本の中から大賞が出せたらいいなというスタンスで臨んだ。案の定、票は割れたが、日本人が一人も出てこないハンデを除けばそのセンスの高さが評価された『ミイラ――』が見事大賞をゲット。筆者は今一つその面白さがわからなかったぶん瀧井さんが高い評価を与えた『箱庭――』と、その逆に瀧井さんは今二つ楽しめなかったぶん筆者と大森委員が快作評価を与えた『溺れる――』に文庫グランプリが授与されることに。受賞者は皆さん即戦力の実力の持ち主と察します。頑張って！

「古代エジプトと聞いて〝興味ないかも〟と思った方々にもぜひ読んでほしい作品」

瀧井朝世（ライター）

今回の応募作は良作が多く、みなさんこの先プロになれると確信できる方ばかり。ただしどれも優れた点と同時に難点もあり、選考はかなり悩みました。

海底明さん『箱庭の小さき賢人たち』は、校内のみで使える事業ポイントが流通する大学というユニークな設定と、学生たちのポイントを稼ぐための試みのバリエーションやコンゲームっぷりが楽しかったです。システムについての説明も分かりやすく文章力もある。起承転結の「転」が生じるテンポもよくて一気読み。三賢人の一人、大学内で引き籠《こ》もっている岩内天音などキャラクターが魅力的で、さまざまな人物が有機的に連なっていく過程も面白かった。発想も構築力も文章力も魅せられた一作でした。文庫グランプリおめでとうございます。

新藤元気さん『龍と熊の捜査線』は刑事の青年と科捜研の女性のコンビが難事件に挑むという、充分楽しく読ませる話ではありますが、キャラクターが類型的でちょっと白ける部分があり、かつ、科捜研の知識よりも、終盤に重要性が増す数学にまつわるあれこれの情報のほうがインパクト大で科捜研ものとしての印象が薄まった気が。また、甥っ子が誰なのか読者はすぐに気づくのにその情報がなかなか出てこないなど、謎と情報の出し方のテンポが少し惜しかった。

阿波野秀汰さん『空港を遊泳する怪人の話』も好感を持ちました。警察でも事件の関係者でもない空港のカフェバイトの青年が誘拐事件の謎に迫っていく設定が新鮮。しかもこの方、文章も書けているし、場面転換がむちゃくちゃ上手い。ただ、怪人の存在が中途半端であることと、身近なところに事件関係者がわらわら出てくる後半はある程度予測できてしまい、それが悪いわけではないけれど、もうちょっと驚きが欲しかったかも。

白川尚史さん『ミイラの仮面と欠けのある心臓』は正直、最初は世界観に入っていけるか不安だったのにいつの間にかのめり込んでいました。非常に分かりやすく描写されているうえ、探偵役がミイラだったりタイムリミットがあったり不可能犯罪のほか小さな謎がちりばめられてあったり、読ませるポイントが随所に用意されている。奴隷の話も切実でした。しかもそれらが破綻なくちゃんとまとめられている。他の候補作と比べてもオリジナリティ、整合性、魔術のある世界でミステリをまとめあげた手腕を評価しました。古代エジプトと聞いて「興味ないかも…」と思った方々もぜひ読んでください。大賞受賞おめでとうございます。

　長瀬遼さん『あなたの事件、高く売ります。』は前半素晴らしかった。沖縄という舞台、女性グループの強盗団、二転三転する事態。強盗団の沖縄言葉でのテンポのよい会話も活き活きしていて読ませる。そこに小説教室のエピソードがどう絡むかの興味でも読ませます。ただ、後半がとっても、とーーっても惜しかったです。もっと痛快な、納得のいく結末だったら激推ししてました。

　遠藤遺書さん『溺れる星くず』は地下アイドル版『OUT』といえるサスペンスで、殺人を犯してしまったアイドルたちがその隠ぺいに走る過程で読ませるエピソードがたくさんありました。ただ地下アイドルの裏側の世界はややステレオタイプに感じるうえ、自分がアイドルに詳しくないせいか、なぜ彼女たちが突然団結したのか、なぜそこまでアイドルをやり続けたいのかは伝わりにくかった。そこは加筆すれば問題ないと思います。ということで文庫グランプリに異論はありません。

　さて、入選作はもちろん入選しなかった作品も「隠し玉」として発表される可能性があるため、以下はネタバレ回避のため作品を特定せずに指摘しておきます。

・プロローグや序章が効果的でないものがいくつかありました。いきなり生理的に嫌悪感をもよおすグロテスクな描写が続いたり、読者が世界観にすっと入っていけない導入部は、かえってそこだけ読んで本を閉じる人が出てきてしまうのでは？

・もちろん物語運びにもよるのですが、難病を都合よく使う設定は白けます。余命わずかな人物が残される人々のために自己犠牲的な行動を起こしての事件でした、ということが終盤に明かされ突如お涙頂戴になるのはあまりにベタすぎ。かつ、あまりに独善的すぎる印象です。

・多視点の群像劇風作品で、出番が多い上に事件解決後この人どうなるのと思わせる視点人物がフェイドアウトして後日譚《ごじつたん》が分からないのは消化不良感を残します。

・明らかにシリーズ化を狙っている作品で、未回収の謎があったり、余分と思われる脇役やエピソードが盛り込まれていると、「この方、一作だけで物語を完成させる力はあるのかな」と疑問を持ちます。絶対やるなとは言いませんが、まずは投稿作だけで読者を満足させることを目指してくれると嬉しいです。

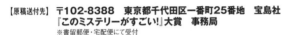

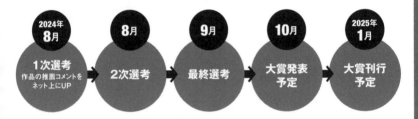

このミステリーがすごい!

大賞賞金

第23回

『このミステリーがすごい!』大賞

募集要項

○本大賞創設の意図は、面白い作品・新しい才能を発掘・育成する新しいシステムを構築することにあります。ミステリー&エンターテインメントの分野で渾身の一作を世に問いたいという人や、自分の作品に関して書評家からアドバイスを受けてみたいという人を、インターネットを通して読者・書評家・編集者と結びつけるのが、この賞です。
○『このミステリーがすごい!』など書評界で活躍する著名書評家が、読者の立場に立ち候補作を絞り込むため、いま読者が読みたい作品、関心をもつテーマが、いち早く明らかになり、作家志望者の参考になるのでは、と考えています。
○1次選考に残れば、書評家の推薦コメントがネット上にアップされ、プロの意見を知ることができます。これも、作家をめざす皆さんの励みになるのではないでしょうか。

【主　催】 **株式会社宝島社**

【募集対象】 **エンターテインメントを第一義の目的とした広義のミステリー**
『このミステリーがすごい!』エントリー作品に準拠、ホラー的要素の強い小説やSF的設定をもつ小説でも、
斬新な発想や社会性および現代性に富んだ作品であればOKです。
また時代小説であっても、冒険小説的興味を多分に含んだ作品であれば、その設定は問いません。

【原稿規定】 **❶40字×40行で100枚〜163枚の原稿**(枚数厳守・両面印刷不可・手書き原稿不可)
○タテ組40字×40行でページ設定し、通しノンブルを入れる
○マス目・罫線のないA4サイズの紙を横長使用し、片面にプリントアウトする
○A4用紙を横に使用、縦書という設定で書いてください
○原稿の巻頭にタイトル・筆名(本名も可)を記す
○原稿がバラバラにならないように右側をダブルクリップで綴じる
※原稿にはカバーを付けないでください
　また、送付後、手直しした同作品を再度、送らないでください(よくチェックしてから送付してください)

❷1600字程度の梗概1枚(❶に綴じない)
○タテ組40字詰めでページ設定し、必ず1枚にプリントアウトする
○マス目・罫線のないA4サイズの紙を横長使用しプリントアウトする
○巻頭にタイトル・筆名(本名も可)を記す

❸応募書類(❶に綴じない)
ヨコ組で以下を明記した書類を添付(A4サイズの紙を縦長使用)
①タイトル　②筆名もしくは本名　③住所　④氏名　⑤連絡先(電話番号・E-MAILアドレス併記)
⑥生年月日・年齢　⑦職業と略歴　⑧応募に際しご覧になった媒体名　⑨好きな作家・作品(複数回答可)
⑩1年以内に購入して面白かった本(複数回答可)　⑪応募原稿の売り文句(30字以内)

**※❶❷に関しては、1次選考を通った作品はテキストデータも必要となりますので
(原稿は手書き不可、E-mailなどで送付)、テキストデータは保存しておいてください
(1次選考の結果は【進行情報】の項を参照)。**最初の応募にはデータの送付は必要ありません

白川尚史（しらかわ なおふみ）
1989年、神奈川県横浜市生まれ。東京都渋谷区在住。弁理士。東京大学工学部卒業。在学中は松尾研究室に所属し、機械学習を学ぶ。2012年に株式会社AppReSearch（現 株式会社PKSHA Technology）を設立し、代表取締役に就任。2020年に退任し、現マネックスグループ取締役兼執行役。

『このミステリーがすごい！』大賞　https://konomys.jp

ファラオの密室《みっしつ》

2024年1月23日　第１刷発行

著　者：白川尚史
発行人：蓮見清一
発行所：株式会社宝島社
〒102-8388 東京都千代田区一番町25番地
電話：営業　03(3234)4621／編集　03(3239)0599
https://tkj.jp
組版：株式会社明昌堂
印刷・製本：中央精版印刷株式会社

Printed in Japan
ISBN 978-4-299-04931-5